U0676013

用文字照亮每个人的精神夜空

领读文化传媒
LINGDU Culture & Media

微信 | 微博 | 豆瓣　领读文化

漫说文化丛书·续编

君子博物

陈平原 王 芳 编

湖南人民出版社·长沙·

● **如何收听《君子博物》全本有声书？**

① 微信扫描左边的二维码关注"领读文化"公众号。
② 后台回复【君子博物】，即可获取兑换券。
③ 扫描兑换券二维码，免费兑换全本有声书。

● **去哪里查看已购买的有声书？**

方法 ①
兑换成功后，收藏已购有声书专栏，
即可在微信收藏列表中找到已购有声书。

方法 ②
在"领读文化"公众号菜单栏点击"我的课程"，
即可找到已购有声书。

总序

陈平原

　　三十年前钱理群、黄子平和我合编的"漫说文化"丛书前五种由人民文学出版社推出；两年后，后五种刊行时，我撰写了《漫说"漫说文化"》，提及作为分专题编散文集的先行者，我们最初只是希望有一套文章好读、装帧好看的小书，可以送朋友，也可搁在书架上。没想到书出版后反应很好，真可谓"无心插柳柳成荫"。十三年后，复旦大学出版社（2005）予以重印。又过了十三年，北京时代华文书局（2018）重新制作发行。

　　一套小书，能一而再再而三地刊行，可见其生命力的旺盛。多年后回想，这生命力固然主要得益于那四百多篇精彩选文，也与吹响集结号的八十年代文化热、寻根文学思潮以及"二十世纪中国文学"的视野密切相关。时过境迁，这种小里有大、软中带硬、兼及思考与休闲的阅读趣味，依旧有某种特殊魅力。有感于此，出版社希望我续编"漫说文化"丛书。考虑到钱、黄二位的实际情况，我改变工作方式，带领十二位在京工作的老学生组成读书会，用两年半的时间，编选并导读改革开放以来四十多年的散文随笔。

当初发给合作者的编选原则很简单：第一，文化底蕴（不收纯抒情文字）；第二，阅读感受（文章好读最重要）；第三，篇幅短小（原则上不收六千字以上的长文）；第四，作者声誉（在文坛或学界）。依旧不是梁山泊英雄排座次的文学史，而是以文学为经、以文化为纬的专题散文集。也就是《漫说"漫说文化"》说的："选择一批有文化意味而又妙趣横生的散文分专题汇编成册，一方面是让读者体会到'文化'不仅凝聚在高文典册上，而且渗透在日常生活中，落实为你所熟悉的一种情感，一种心态，一种习俗，一种生活方式；另一方面则是希望借此改变世人对散文的偏见。让读者自己品味这些很少'写景'也不怎么'抒情'的'闲话'，远比给出一个我们自认为准确的'散文'定义更有价值。"

考虑到初编从1900年选起，一直选到20世纪80年代中期，续编从改革开放起，一直选到2020年，中间几年重叠略为规避即可。两个甲子的风起云涌，鸟语花香，借助千篇左右的短文得以呈现，说起来也是颇有气势与韵味的。参与其事的都是专业研究者，圈定范围后，选哪些作者，用什么本子，如何排列组合等，此类技术问题好解决，难处在入口处——哪些是你想要凸显的"文化"？根据以往的阅读经验，先大致确定话题、视野及方向，再根据选出来的文章，不断调整与琢磨，最终成了现在这个样子。

初编十册分别题为《男男女女》《父父子子》《读书读书》《闲情乐事》《世故人情》《乡风市声》《说东道西》《生生死死》《佛佛道道》《神神鬼鬼》，而续编十二册则是《城乡变奏》《国学浮沉》《域外杂记》《边地寻踪》《家庭内外》《学堂往事》《世间滋味》《俗世俗民》《爱书者说》《君子博物》《旧戏新文》《闻乐观风》，略为比勘不难发现二者的联系与差异。

既然是续编，自然必须与初编对话。明显看得出承继关系的，有《城乡变奏》之于《乡风市声》，《爱书者说》之于《读书读书》，不过前者第二辑"城市之美"从不同层面呈现了当代中国城市的多彩风姿，以及后者第三辑"书叶之美"谈封面、装帧、插图、毛边书、藏书票等，与初编的文风与趣味还是拉开了距离。《家庭内外》的第一、第三辑类似《父父子子》，而第二、第四辑则接近《男男女女》。《域外杂记》与《国学浮沉》隐约可见《说东道西》的影子，但又都属于说开去了。至于《世间滋味》仅从饮食入手，不再像《闲情乐事》那样衣食住行并举，也算别有幽怀。所有这些调整，不管是拓展还是收缩，都源于我们对四十年来中国文化思潮及文章趣味的体验与品味。不再延续《世故人情》《生生死死》《佛佛道道》《神神鬼鬼》的思路，并非缺乏此类好文章，而是觉得难以于法度之中出新意。

另起炉灶的六册包括《边地寻踪》《学堂往事》《俗世俗民》

《君子博物》《旧戏新文》《闻乐观风》，其实更能体现续编的立场与趣味。没有依傍初编，不必考虑增减，自我作古的好处是，操作起来更为自由，也更为酣畅。《边地寻踪》和《俗世俗民》两册，有些话题不太好把握与论述，最后腾挪趋避，处理得不错。最为别出心裁的，当数《旧戏新文》与《君子博物》——实际上，这两册的确定方向与编选过程最为曲折，编者下的功夫也最多。最终审稿时我居然有惊艳的感觉。

比较前后两编，最大的感叹是：前编多小品，后编多长文；前编多随意挥洒，后编多刻意经营；前编多单纯议论，后编多夹叙夹议；前编多社会人生，后编多学术文化；前编多悲愤忧伤，后编多平和恬淡——当然，所有这一切，与社会生活及文坛风气的变迁有直接关系。至于不选动辄万言的"大散文"，以及遗落异彩纷呈的台港澳文章，既是为了跟前编体例统一，也有版权等不得已的因素。

十二册小书，范围有宽有窄，题目有难有易，好在各位编者精诚合作，选文时互通有无，最后皆大欢喜——做不到出奇制胜的，也都能不负众望。作为一个集体项目，能走到这一步，已经很不容易了。

身为主编，除了丛书的整体设计，也参与了各册题目及选文的讨论。至于每册前面的"导读"文字，则全靠十二位合作者。选家大都喜欢标榜公平与公正，可只要认真阅读各册的"导读"，你就会明白，所有选本其实都带个人性情与偏见。十二篇随笔性质的"导读"，或醇厚，或幽深，或俏皮，或淡定，风格迥异，并非学位论文，不妨信马由缰，能引起阅读兴趣，就算完成任务——毕竟，珠玉在后。

2021年2月19日于京西圆明园花园

导读：斯人有斯文

王　芳

· **复苏的"文物江湖"**

从长城、敦煌、礼器、宗器，到书房中的一笔一扇，穿越于公共和私人领域，将这些"物"联系起来的，是读书人对于家国、历史和美术的质朴兴趣与文化情怀。这兴趣和情怀也逐渐凝结为一支文脉，虽然算不上十分繁荣，但胜在连绵不断。其起落沉浮，也折射着时代思想文化的变迁。

宋室南渡后，李清照在《金石录·后序》中追忆夫妇二人对外物的两次取舍，尤可见动荡时代古物所承载的文化重量。第一次是举家南下不得不舍，"先去书之重大印本者，又去画之多幅者，又去古器之无款识者，后又去书之监本者，画之平常者，器之重大者。凡屡减去，尚载书十五车"。第二次则是赵明诚嘱托独守的李清照，若不得已再逃，"先弃辎重，次衣被，次书册卷轴，次古器，独所谓宗器者，可自负抱，与身俱存亡，勿忘之"。这种文化为先、性命次之的担当令人唏嘘，而先书画、后重大古器、最后与宗器共存亡的取舍次第，也透露出其时士大夫的价值观。

今日的文物观当然已与宋代大不相同，"在古物市场上，文物、古玩和古董是三个不同概念。日本人将古物统称'骨董'，但在中国人心里却是不同层次。文物是指那种堪称某一时代典型、珍罕稀有的古物；古玩不一定是指某一时代的代表，却必须是艺术精美、制作精湛、材料贵重的古物；而古董则泛指一切旧时器物"（冯骥才《文化收藏》）。这种层次感是近现代确立起来的。清末民初，随着礼法社会的瓦解，宗器等物意义不再，二十世纪初中国成立了各级文物保护会，文物因为种种原因成了想象和建构统一民族的基础，被视为古美术的文物，成为后人触探历史和"国魂"的媒介。

家与国的颠倒，礼教与文史的颠倒，一定程度上塑造了二十世纪中国文化的基本形态，而在二十世纪文化的连续性中，也有众所周知的兴衰起伏。陈平原在"漫说文化"再版序言中提到，二十世纪八十年代兴起了"文化热"，此后，文物江湖也重新热闹了起来。对于我们这个近乎以历史为信仰的民族而言，这条脉络的中断似乎只是个插曲，一旦条件允许，无论是官方还是私人，研究机构或是文物市场，所有层面都迅速恢复了运转——敦煌莫高窟、兵马俑和三星堆等重要历史文物恢复了发掘和保护,各地的博物馆重新步入正轨,北京、上海的文物和收藏市场又兴盛了起来,等等。可以说,从二十世纪八十年代到九十年代,文物重新成为学术研究的重点,文人趣味的指向,以及凝聚民族国家想象的方式。余秋雨的《莫高窟》等散文能在当时产生巨大反响,也是因为刻画出了个体与历史承载物重新相遇的震惊体验,或一定程度上呈现了整个社会"文化寻根"的集体心理。

马未都曾总结出中国历史上的五次收藏热,即宋代、晚明、清代康乾、晚清民国以及当下这五个历史时期。上述五个时期关于文物的散文创作也相对繁荣。宋代的欧、苏文章,晚明小品中的赏鉴之文,清代的考据文章,晚清民国接续晚明传统的小品文,都已成经典。当代散文中写文物的也不少,尽管因为写作主体更为多样化,水平较之前几次也更加参差。有人追问这一波文物热潮究竟是经济潮还是文化潮,其实两者的确难以区分,共同的文化心理和文物流通的现实可能性,造就了盛况。而文章既是其衍生物,也是这一文化活动价值的凝聚。所谓"泥沙俱下",反过来也可以视为文化普及的成果,而"沙里淘金"又何尝不是对社会脉搏的触摸。

· 家学师承与行家学人

如果说宋明时期知识人收集、研究古器物大多基于个人趣味，那么到了清代，"六经皆史"逐渐成为共识，儒学家讲究实学，注重目验，古器物的发掘记录和研究也成为正统学术的重要环节。晚清学制改革后，大学设立考古专业，博物馆逐渐取代了私家藏阁，培养和成就了专精于一门或几门文物的学人。

前面谈到，今天我们最看重的是承载特殊历史价值和美术价值的文物。谈论这些物件，与写吃喝住行不同，后者是日常经验，善观察、勤思索、文笔佳者为之，大概率能产出好文章。而写文物有专业门槛，没有数十年的专精钻研很难说清一二。二十世纪八十年代初，一批在文物领域深耕多年的行家学者重新拾笔，因大量的知识储备和精深的研究，一出手便能拨云去雾。譬如，王世襄说文物鉴定有赖"望气与直觉"，看似简单，背后是数十年的"经手过眼"；朱家溍有家学传统，且在故宫博物院成立之初就进入其中，他谈故宫文物，就能句句落到实处。这样的例子还有很多，这些老辈方家不同于现在一般的学院学人，首先是受益于家学传承，如朱家溍写他与张伯驹的相识，"伯驹道兄和我认识是偶然的。我的父亲翼庵先生平生收藏法书名画及各种古器物，所以琉璃厂各古玩铺都经常往我家送东西，我和他们非常熟悉，也常到琉璃厂去。有一次在惠古斋，遇见伯驹，惠古斋掌柜的柳春农给我们两人介绍的，当时我二十岁"（朱家溍《我与张伯驹道兄》）。中国历来有不少文化世家，其子弟耳濡目染，相互结识，学问也由此入门。

　　这种方式后来日渐被学院教育取代，家学让位于师承，亦培养了不少学者，将其一生奉献给文物事业，如常书鸿、段文杰与其弟子辈的樊锦诗，在"破破烂烂""寸草不生"的敦煌待了一辈子，文物与他们是文化和精神上的血肉联系，"原来，他们不是一群对着敦煌壁画赞叹、欣赏，获取资料的旁观者，他们甘愿过着清教徒般艰苦的生活，孜孜不倦，默默无闻，无怨无悔地工作，是因为敦煌艺术成了他们生命中不可缺少的一部分"（樊锦诗《忆常老》）。几十年的艰苦，化作小文，不过是涓滴之于大海，无论文字如何质朴，谁人能不为之动容呢？

　　无论是樊锦诗回忆常书鸿，还是黄永玉回忆沈从文、朱家溍回忆张伯驹，文字水平可能有参差，却因为同样的原因而珍贵——有黄永玉这样一位有心人，沈从文观察生活的眼光、直言不讳的片语才能被记录下来，也只有樊锦诗动手写小文，才能实在道出两代敦煌人筚路蓝缕的艰辛。当然，学者们也会为读者写一些小"故事"，郑珉中写唐琴、王世襄写明代家具和杂项、尚刚写元青花、扬之水写"惊喜碗"，深入浅出地写出了文物的历史。有斯人方有斯文，这次序，乱不得。

　　其中比较特殊的是沈从文，他本是作家，在"文革"中转而研究文物。他自言："总的说来，这份工作和个人前半生搞的文学创作方法态度或仍有相通处，由于具体时间不及一年，只是由个人认识角度出发，据实物图像为主，试用不同方式，比较有系统进行探讨综合的第一部分工作。内容材料虽有连续性，解释说明却缺少统一性。给人印象，总的看来虽具有一个长篇小说的规模，内容却近似风格不一分章叙事的散文。"（沈从文《〈中国古代服饰研究〉引言》）将文物工作比作写小说搞创作，先处理材料，再探讨综合，其过程和成果可以有各种各样的方式和可能性，这是文学者特有的洞见和趣味。

　　而在二十世纪八十年代后全球化的背景下，与文化寻根这一"思乡病"共同生长的是"文物是人类的共同财富"这一观念。从普遍的"人"的角度思考文物的意义，重新审视作为人类文明的中国历史，成为重要潮流。这方面祝勇很有代表性，他用华丽的文笔，描画出文物聚散背后帝国的权力实质和历史变迁，"此外，还有小室隔扇横楣装裱的乾隆御笔《三希堂记》，墙壁张贴的宫廷画家金廷标的《王羲之学书图》、沈德潜作的《三希堂歌》以及董邦达的山水画等。文雅的布置，几乎使人忘记了宫殿的暴力属性——作为太和殿的延伸，三希堂以自己的方式，表明皇宫在本质上是掠夺者的大本营"（祝勇《三希堂：帝国的博物馆》）。透过帝王一己的闲情看见权力掠夺的实质，呈现出不一样的思想深度和力度，与老一辈学人的治学范式之差异，也可窥见一二。

・ 文人趣味与文脉传承

在重要文物之外，我们最熟悉的还是私人空间中的长物清供，小小文房背后是悠久尚雅的趣味和审美，重点往往不在价值几何，而在乐趣闲情本身。李清照描述夫妇二人沉迷金石，"几案罗列，枕席枕藉，意会心谋，目往神授，乐在声色狗马之上"（李清照《金石录·后序》），如此种种，不足为外人道也。

古代士大夫的个体趣味往往被挤压到私人领域，成为无法公开言说，至少是须谨慎回护的个体选择。无论李清照还是欧阳修，大都自谦"好事"。"好事"一语本是贬义，指那些费钱费力却不求甚解的非专业爱好者，雅好此道者则以此自嘲，应付外界质疑。在物质匮乏的古代社会，这种文化压力有一定的合理性，它时刻提醒士大夫肩负着社会责任，不要堕入自我中心和过度消费中。然而也须看见，在某些历史时期，这种无关宏旨的趣味，乃至私人领域本身都被挤压到近乎无。

对此，何其芳在二十世纪三十年代有过深刻的论述："我们这民族的悲剧是双重的，一方面诚实的知识分子已和罗曼·罗兰一样深切地感到个人主义者的短处，软弱无力，一方面不近人情地忽视了个人的儒家思想还是有力地存在着。"（何其芳《论本位文化》）处在这种矛盾中的中国读书人，总是像走钢丝一样在两者之间寻找平衡。

二十世纪三十年代发生"小品文"之争，周作人等自认晚明小品文的继承者，反对革命成为"载道正统"后的独大与排他倾向，背后是他关于文明发展和个人自由的思考。而八十年代重新接续这一脉络的是张中行、陆文夫、黄苗子、黄裳等文化人物，在他们的文章中，"癖好""玩物养志""博物君子"等概念，恰沿着晚明和二十年代、三十年代的根脉重新发芽开花。也有人说，正是张中行这样的"老人"在八十年代文化场域的出现，才重新带热了周作人等现代京派作家。

这些"老人"重新谈论书房中的小器物，谈逛市场的小欢喜，有意识地将日常生活艺术化和审美化，背后自有一份历史的沉重——被遗忘的文化生活之美重新进入话语场域，其实是文化人通过对个体历史际遇的不断反顾，重新获得价值感和身份认同。如张中行通过闲章"炉行者"勾勒出知识人的烧炉往事，他称闲章为"玩意儿"，却不惜笔墨，曲尽背后的个人际遇和文化考量，无论文笔如何优游婉转，归根结底是对人道底线和文化审美的柔性坚守。而晚一辈的赵珩等人，则是"隔辈"领略了这份多少"异乡化"了的文化魅力。

"我常常想起二十世纪八十年代与袁行云先生观赏书札时的情景，袁先生是中国社会科学院的学者，虽出身世家，但生活并不富裕，家中所遗吉光片羽，他也从未用金钱去估算过价值……袁先生生活的时代虽远远脱离了文人士大夫年代，但他身上的那种谦和、低调，却从骨子里透出旧时文人的气质。"（赵珩《博物君子今何在——文人与收藏》）

召唤旧时文人的精魂，不再只是试图找回私人空间，更是歆慕其不沾铜臭的风骨和对文化底蕴的深谙，归根到底还是出于对文化根脉的向往和事实上的断裂。

反过来我们也会发现，二十世纪八十年代后接续周作人一脉者多，但沿着鲁迅继续思考、写作杂文者却少了。因此，在看到《文物与垃圾》一文时颇有些惊喜，吴冠中警惕对旧形式的保护是否会妨碍真正有生命力的新艺术，也看到了其中暗含的城乡结构性问题，"城乡区别减弱，民间的含义日益淡化，固有的民间艺术的样式不能永葆原貌，智慧不断发展，民间艺术必然在创新中变异，呈现新貌。旧情浓浓，人们对旧形式的过分维护，其实是断了她们的新生前程"（吴冠中《文物与垃圾》）。这显然和他有承有变的美术思考一脉相承，在沉浸于自我和金钱的时代大潮中，以鲁迅式的冷眼，与作为"时尚"的文物热保持距离，指出流弊，看见物背后更多的无言之人，也是时代的幸运。

事实上，启功、周国平、赵园等人不约而同谈到了"玩物丧志"的问题，"玩物"作为古老的文化思想命题在二十世纪八十年代之后被重新述说，背后是这个时代知识分子个体选择及人生观的改变。比如周国平认为，"人活世上，主旨应是享受生活乐趣"（周国平《玩物也可养志》），这当然是一个有时代症候性的观念，不过，从八十年代到今天却几成共识，其弊端就也自然展露。赵园在一篇学术文章中谈到了这个问题，大意是所谓"玩物丧志"并非表面上的意思，只要知识分子不是为了达到自己的志向而行动，那么无论是醉心文玩，还是注释经书，一样都是"丧志"，换言之，"罪"不在物而在人（赵园《说"玩物丧志"——对明清之际士人的一种言论的分析》）。这种去除一切表象，回到对自身与时代和社会关系的严肃思考，也是"文物热"中难得的面相。

最后说说"文笔"。与九十年代流行的现代主义相比，这类散文显得有些"旧"，产生这种观感，大概因为它们接续的是本土的文章传统。陆云龙总结晚明小品的特点说"率真则性灵现，性灵现则趣生"，好文章是真人平淡流出的真趣味。所以在选文的时候我也在思考散文的价值究竟何在，最终确认，还是在于写散文的"人"。从专精的学人、收藏的大家，到关心文保的作家、好事玩票的文化人，他们自然写出温情回忆、方法管窥、学术小文、辛辣批评等，思想和历史也因此在身边细腻展开，这大概就是散文的魅力。

所以，本书选文的宗旨是先选可信的作者，再从中挑好文章。这类文章对作者的要求高，对读者的要求也不低，正如鲁迅所说，"伟大也要有人懂"。不过，即使是门外汉，也能随这些"可信者"一同，聆听大家心得，瞻仰重器国宝，走出大殿，再潜入那烟火味儿十足的街市好奇闲逛，最后回到书房同饮一盏浓淡皆宜的清茶，品味这千百年来层叠萦绕在各类空间中的文化滋味。有点遗憾的是，漫翻书卷，瞻仰国宝和细写书房的作品不少，但想找到描摹出闲逛之乐的好文章却有些难度——偏偏这类文章有趣有料，如城市指南一般是读者乐见易懂的，毕竟嘛，不懂不买，咱们逛逛也是好的。

目　录

总序 | 陈平原　　　　　　　　　　　　　　　·I

导读：斯人有斯文 | 王　芳　　　　　　　　·I

辑一　说文化

《中国古代服饰研究》引言 | 沈从文　　　·002

我与张伯驹道兄 | 朱家溍　　　　　　　·016

玩物也可养志 | 周国平　　　　　　　　·021

忆常老 | 樊锦诗　　　　　　　　　　　·025

平常的沈从文 | 黄永玉　　　　　　　　·029

文化收藏 | 冯骥才　　　　　　　　　　·037

望气与直觉 | 王世襄　　　　　　　　　·040

王世襄与芳嘉园小院 | 郁　风　　　　　·045

博物君子今何在——文人与收藏 | 赵　珩　·056

文物与垃圾 | 吴冠中　　　　　　　　　·065

辑二　访瑰宝

苏州网师园 | 陈从周　　　　　　　　　·070

从溥仪出宫到故宫博物院 | 单士元　　　·075

莫高窟 | 余秋雨　　　　　　　　　　　·080

唐代骏马 | 孙　机　　　　　　　　　　·089

三星堆铜像 | 杨　泓　　　　　　　　　·096

陶俑 | 贾平凹　　　　　　　　　　　　·100

从"海上三家"看文物聚散——梅景书屋，

梅花安在？ | 郑　重　　　　　　　　　·106

两张珍贵唐琴 | 郑珉中　　　　　　　　·120

我和长城 | 罗哲文　　　　　　　　　　·126

太和殿的宝座 | 朱家溍　　　　　　　　·136

三希堂：帝国的博物馆 | 祝　勇　　　　　·139

故事：满池娇 | 尚　刚　　　　　·145

厮守，一眼千年 | 樊锦诗　　　　　·155

辑三　逛市场

琉璃厂 | 黄　裳　　　　　·162

鬼市 | 张中行　　　　　·170

捃古缘 | 王世襄　　　　　·174

得壶记趣 | 陆文夫　　　　　·177

塞纳河边的中国古董 | 冯骥才　　　　　·183

厂甸旧事 | 赵　珩　　　　　·189

古玩铺 | 邓云乡　　　　　·192

静夜玩明月 | 金晓东　　　　　·196

从马路市场到潘家园 | 王金昌　　　　　·203

逛旧货店有乐趣 | 吴少华　顾惠康　　　　　·208

侠客刘新园 | 马未都　　　　　·215

辑四　窥文房

中国早期的眼镜 | 孙　机　　　　　　　· 222

一方闲章的联想 | 张中行　　　　　　　· 227

《竹木牙角器珍赏》序 | 史树青　　　　· 233

漫话铜炉 | 王世襄　　　　　　　　　　· 237

书斋一日 | 冯骥才　　　　　　　　　　· 242

神意雕刻——微雕艺术鉴赏 | 蔡国声　　· 247

琉璃的奢侈 | 孟　晖　　　　　　　　　· 262

谈笔 | 黄苗子　　　　　　　　　　　　· 266

买墨小记 | 黄　裳　　　　　　　　　　· 268

宋人与宋枕 | 马未都　　　　　　　　　· 274

读物小札："惊喜碗" | 扬之水　　　　　· 279

访徽墨 | 仇春霞　　　　　　　　　　　· 283

士大夫的香席 | 刘锡荣　　　　　　　　· 296

编辑凡例　　　　　　　　　　　　　　· 306

辑一 说文化

《中国古代服饰研究》引言

沈从文

中国服饰研究，文字材料多，和具体问题差距大，纯粹由文字出发而做出的说明和图解，所得知识实难全面。如宋人作《三礼图》，就是一个好例。但由于官刻影响大，此后千年却容易讹谬相承。如和近年大量出土文物铜、玉、砖、石、木、漆、刻画一加比证，就可知这部门工作研究方法，或值得重新着手。汉代以来各史虽多附有舆服志、仪卫志、郊祀志，五行志，无不有涉及舆服的记载，内容重点多限于上层统治者朝会、郊祀、燕享和一个庞大官僚集团的朝服官服，记载虽若十分详尽，其实多辗转沿袭，未必见于实用。私人著述不下百十种，如《西京杂记》《古今注》《拾遗记》《酉阳杂俎》《炙毂子》《事物纪原》《清异录》《云仙散录》等，又多近小说家言，或故神其说，或以意附会，即汉人叙汉事，唐人叙唐事，亦难于落实征信。墓葬中出土陶、土、木、石、铜诸人形俑，时代虽若十分明确，其实亦不尽然，真实性也只能相对而言。因社会习惯相承，经常有从政治角度出发，把前一王朝官吏作为新王朝仆从差役事。因此新的探讨，似乎还值得多方面去求理解，才可望得到应有的新认识。

本人因在博物馆工作较久，有机会接触实物、图像、壁画、墓俑较多，杂文物经手过眼也较广泛，因此试从常识出发，排比排比材料，采用一个以图像为主结合文献进行比较探索、综合分析的方法，得到些新的认识理解，根据它提出些新的问题。但出土文物以千百万计，即和服饰有关部分，也宜以百十万计。遗物既分散国内外各地，个人见闻接触究竟有限，试探性工作中，自难免顾此失彼，得失互见，十分显明。只是应用方法较实际，由此出发，日积月累，或许还是一条比较唯物实事求是的新路。因此在本书付印之前，对于书中重点做些简要介绍，求救于海内外学者专家。

本书中商代部分，辑录了较多用不同材料反映不同衣着体型的商代人形，文字说明却较少。私意这些人形，不仅反映商王朝不同阶层，可能还包括有甲骨文中常提到的征伐所及，当时与商王朝对立各部族，如在西北的人方、鬼方，在东南的徐、淮夷，在西南的荆、楚及巴、濮各族人民形象。在铜、玉、陶、石人形中必兼而有之。特别是青铜兵器和其他器物上所反映形象，多来自异族劲敌，可能性更大。

西周和东周，材料比较贫乏，似可作两种解释。一、为立国重农而比较节俭，前期大型墓葬即较少。而铜玉器物制度，且多沿袭商代式样。礼制用玉占主要地位，赏玩玉物却不多（近年在湖南、云南和其他地区出土大量商代玉器，和史称分纣之宝玉重器于诸有功国事之大臣情形或相关。说是商代逃亡奴隶主遗物，似值得商讨）。二、用土木俑殉葬制犹未形成。车乘重实用而少华靡，有一定制度。车上装饰物作铜人形象亦仅见。衣作矩式曲折而下，上承商代而下及战国，十分重要。另一铜簋下座两扇门间露出一个人像，虽具体而微仍极重要。据近年江南出土东周残匜细刻纹饰反映生活情形看来，制作也还简质。在同时青铜器物纹饰中为仅见。直到春秋战国，才成为一种常用主题装饰图案。

春秋战国由于诸侯兼并，技术交流，周代往日"珠玉锦绣不鬻于市"的法规制度已被突破，珠玉锦绣已成为商品市场特别商品一部门，因之陈留襄邑彩锦，齐鲁细薄丝织品和彩绣，及金银镶嵌工艺，价值连城之珠玉，制作精美使用轻便之彩绘漆器，均逐一出现于诸侯聘问礼物中，或成为新兴市场特种商品。衣着服饰之文彩缤纷，光辉灿烂，车乘装饰之华美，经常反映于诗歌文传记载中。又由于厚葬风气盛行，保存技术也得到高度进展。因之近年大量出土文物中，一一得到证实。三门峡虢墓出土物，和新郑出土物，河南信阳楚墓出土物，安徽寿县蔡侯墓出土物，辉县琉璃阁出土物，金村韩墓出土物……及近年湖北随县曾侯墓出土物，河北中山王墓出土物，文物数量之多，制作之精美，无一不令人眼目一新，为前所未闻。特别是在这一历史阶段中，运用各种不同器材，反映出人物生活形象之具体逼真，衣着服饰之多样化，更开拓了我们的眼界不少。前人千言万语形容难以明确处，从新出土文物中，均可初步得到较正确理解。有的形象和史传诗文可以互证，居多且可充实文献所不足处。不过，图像反映虽多，材料既分散全国，有的又流传国外，这方面知识因之依然有一定局限性。丝绸锦绣，且因时间经过二十四五个世纪，残余物难于保存本来面目。但由于出土数量多，分布面积广，依旧可以证明一部中国古代物质文化史，还保存得上好于地下。今后随同生产建设，更新更多方面的发现，是完全可以肯定的。综合各部门的发现加以分别研究，所得的知识，也必然将比过去以文献为主的史部学研究方法，开拓了无限广阔的天地。"文物学"必将成为一种崭新独立科学，得到应有重视，值得投入更多人力物力进行分门别类研究，为技术发展史、美术史、美学史、文化史提供丰富无可比拟的新原料。如善于应用，得到的新成就，是可以预料得到的。因为世界任何一个国家，都没有条件保存得那么丰富完整物质文化遗产于地下！

近人喜说春秋战国是一个"百家争鸣，百花齐放"的时代。严格一点说来，目下治文史的，居多注重前面四个字，指的只是诸子百家各自著书立说而言。而对后面四个字，还缺少应有的关心，认识也就比较模糊。因为照习惯，对于百工艺业的成就，就兴趣不多。其实若不把这个时期物质文化成就各部门成就加以深入研究，并能会通运用，是不可能对于"百花齐放"真正有深刻体会的。因为就这个时代的应用工艺的任何一部门成就而言，就令人有目迷五色叹观止感！以衣着材料言，从图像方面还难得明确完整印象。但仅就近年河北出土中山王墓内青铜文物，和湖北随县曾侯墓出土棺椁器物彩漆文饰，和当时诗文辞赋形容衣饰之华美，与事实必相差不多。由春秋战国到秦统一，先后近三个世纪。由于时间、空间、族别、习惯不同，文献材料不足征。目下实物图像材料反映虽较具体，仍只能说是点点滴滴。但基本式样，也可说已能把握得住。如衣袍宽博属于社会上层；奴隶仆从，则短衣紧袖口具一般性，又或与历来说的胡服有些联系。比较可以肯定的，则花样百出不拘一格、式样突破礼制是特征。至于在采用同一形式加工于不同器物上，如金银错器反映生活文武男女有相近处。就我们目下知识，只能做如下推测：即这类器物同出于一个地区，当时系作为特种礼品或商品而分布各地，衣着反映因之近于一律，和真实情形必有一定差距。我们用它来说明，这是春秋战国时工艺品反映当时人事生活作为主题的新产品。同时也反映部分社会现实，似不会错误。若一律肯定为出土地社会生活，衣着亦即反映某地区人民衣着特征，证据还不够充分。

秦代统一中国后，虽有"天下书同文车同轨"记载，至于这一历史时代的衣着，除了秦尚黑，囚徒衣赭，此外，我们却近于极端无知。直到近年，才仅从始皇陵前发现几件大型妇女坐俑，得知衣袖紧小，梳银锭式后垂发髻，和辉县出土战国小铜人实相近，与楚帛画妇女发髻亦相差不多。最重要的发现，是衣着多绕襟盘旋而下。反映于铜器平面图像上，虽不甚具体，反映于木陶彩俑、铜玉人形等立体材料上，则十分明确。腰带边沿彩织装饰物，花纹精致处，多超过我们想象。由比较得知，这种制度，一直相沿到汉代，且具全国性。证明《方言》说的"绕衿谓之帬"的正确含义。历来从文字学角度出发，对于"衿"字解释为"衣领"固不确，即解释为"衣襟"，若不从图像上明白当时衣襟制度，亦始终难得其解。因为这种衣服，原来从大襟至胁间即向后旋绕而下。其中一式至背后即直下，另一式则仍回绕向前，和古称"衣作绣，锦为缘"有密切联系。到马王堆西汉初期古墓大量实物和彩绘木俑出土，才深一层明白如此使用材料，实用价值比艺术效果占更重要意义。从大量图像比较，又才明白这种衣着剪裁方式，实由战国到两汉，结束于晋代。《东宫旧事》和墓葬中殉葬铭木简牍，都提到"单裙""复裙"。提到衣衫时，且常有某某衣及某某结缨字样。结缨即系衣时代替纽扣的带子，分段固定于襟下的。（衣裙分别存在，虽在近年北京琉璃河出一西汉雕玉舞女上，即反映分明，但直到东汉末三国时期才流行。图像则从《女史箴》临镜化妆部分进一步得到证实。）

秦代出土人形，主要为战车和骑士，数量达八千余人。人物面目既高度写实，衣甲器物亦一切如真。唯战士头髻处理烦琐到无从设想。当时如何加工，又如何能持久保持原有状态？髻偏于一侧，有无等级区别，是一个无从索解的问题，实有待更新的发现。

两汉时间长、变化大，而史部书又特列舆服部门，冠绶二物且和官爵等第密切相关，记载十分详尽。但试和大量石刻彩绘校核，都不易符合。主要原因文献记载中冠制，多朝会燕享、郊天祀地，高级统治者的礼仪上服用制度；而石刻反映，却多平时燕居生活和奴仆劳动情况。且东汉人叙西汉事已隔一层，组绶织作技术即因战乱而失传，悬重赏征求才告恢复，可知加工技术必相当复杂。近半个世纪以来，出土石刻彩绘图像虽多，有的还保存得十分完整，唯绶的制作，仍少具体知识。又如东汉石刻壁画的梁冠，照记载梁数和爵位密切相关，帝王必九梁。而石刻反映，则一般只一梁至三梁，也难和记载一一印证。且主要区别，西汉冠巾约发而不裹额。裹额之巾帻，东汉始出现。袍服东汉具有一定形制，西汉不甚严格统一。从近年长沙马王堆出土大量保存完整实物，更易明确问题。又帝王及其亲属，礼制中最重要的为东园秘器二十八种中的金银缕玉衣。照汉志记载，这种玉衣全部重叠如鱼鳞，足胫用长及尺许玉札缠裹。从近年较多出土实物看来，则全身均用长方玉片连缀而成，唯用大玉片做足底。王侯丧葬礼仪，史志正式记载，尚如此不易符合事实，其余难征信处可想而知。

又汉代叔孙通虽订下车舆等级制度，由于商业发展，许多禁令制度，早即为商人所破坏，不受法律约束。正如贾谊说的帝王所衣黼绣，商人则用以被墙壁，童奴且穿丝履。

从东汉社会上层看来，袍服转入制度化，似乎比西汉较统一。武氏石刻全部虽如用图案化加以表现，交代制度即相当具体。特别是象征官爵等级的绶，制度区别严格，由色彩、长短和绪头粗细区别官品地位。武氏石刻绶的形象及位置，反映得还是比较清楚。直到汉末梁冠去梁之平巾帻，汉末也经过统一，不分贵贱，一律使用。到三国，则因军事原因，多用巾帼代替。不仅文人使用巾子表示名士风流，主持军事将帅，如袁绍崔钧之徒，亦均以幅巾为雅。诸葛亮亦有纶巾羽扇指挥战事，且故事流传千载。当时有折角巾、菱角巾、紫纶巾、白纶巾等等名目，张角起义则着黄巾。可知形状、材料、色彩，也必各有不同。风气且影响到晋南北朝。至于巾子式样，如不联系当时或稍后图像，则知识并不落实。其实，仿古弁形制如合掌的，似应为"帢"，如波浪皱褶的，应名为"幍"。时代稍后，或出于晋人戴逵作《列女仁智图》，及近年南京西善桥出土《竹林七贤图》，齐梁时人作《斫琴图》，均有较明确反映。

至两晋衣着特征，男子在官职的，头上流行小冠子，实即平巾帻缩小，转回到"约发而不裹额"式样。一般平民侍仆，男的头上则为后部尖耸略偏一侧之"帩头"，到后转成尖顶毡帽。南北且有同一趋势。妇女则如干宝《晋纪》和《晋书·五行志》说的衣着上俭而下半（即上短小，下宽大），髻用假发相衬，见时代特征。因发髻过大过重，不能常戴，平时必搁置架上。从墓俑反映，西晋作十字式，尚不过大。到东晋，则两鬓抱面，直到遮蔽眉额。到东晋末齐梁间改为急束其发上耸成双环，名"飞天纷"，邓县（今邓州市）出土南朝画像砖上所见妇女有典型性，显然受佛教影响。北方石刻作梁鸿孟光举案齐眉故事，天龙山石刻供养人，头上均有这种发式出现，且做种种不同发展。但北朝男子官服定型有异于南朝，则为在晋式小冠子外加一筒子式平顶漆纱笼冠。因此得知，传世《洛神赋图》产生时代，绝不会早于元魏定都洛阳以前。历来相传为顾恺之笔，由服饰看来，时代即晚。

隋统一中国后，文帝一朝社会生活比较简朴。从敦煌壁画贵族进香人，到青白釉墓葬女侍俑比较，衣着式样均相差不多。特征为小袖长裙，裙上系及胸。

谈唐代服饰的，因文献详明具体，材料又特别丰富，论述亦多。因此，本书只就前人所未及处，略加引申。一、从唐初李寿墓中出土物，伎乐石刻绘画，及传世《步辇图》中宫女看来，可得如下较新知识：初唐衣着还多沿隋代旧制，变化不大。而伎乐已分坐部和立部。二、由新疆近年出土墓俑，及长安新出唐永泰公主、懿德太子诸陵壁画所见，得知唐代"胡服"似可分前后两期，前期来自西域、高昌、龟兹，间接则出于波斯影响，特征为头戴浑脱帽，身穿圆领或翻领小袖衣衫，条纹卷口裤，透空软底锦靴。出行骑马必着帷帽。如文献所称，盛行于开天间实早百十年。后期则如白居易新乐府所咏"时世装"形容，特征为蛮鬟椎髻，眉作八字低颦，脸敷黄粉，唇注乌膏，影响实出自吐蕃。图像反映有传世《宫乐图》《倦绣图》均具代表性。实元和间产物。至于开元天宝间，则画迹传世甚多，和胡服关系不大。叙发展谈衍变，影响后世较大，特别值得一提的，即帷帽。历来相传出于北齐"冪篱"，或称"冪罗"，以为原遮蔽全身，至今无图像可证。帷帽废除于开元天宝间，是事实亦不尽合事实，因为宫廷贵族虽已废除，以后还流行于民间，宋元画迹中均可发现。在社会上层，也还留下部分残余痕迹，即在额前露出一小方马尾罗，名"透额罗"。反映于图像中，只敦煌开元间《乐廷瓌夫人行香图》中进香青年眷属或侍女三人额间，尚可明白位置和式样。透额罗虽后世无闻，但转至宋代则成为渔婆勒子、帽勒，且盛行于明清。帷帽上层妇女虽不使用，代替它的是在头顶上披一薄纱，称"盖头"。宋代用紫罗，称"紫罗盖头"。反映于北宋上层妇女头上，《花竹仕女图》有代表性。反映于农村妇女，则南宋名画家李嵩《货郎图》中几个农村妇女头上，均罩有同式薄质纱罗。就一般说，既有装饰美观作用，亦有实用价值，才因此继续使用。

妇女花冠起源于唐代，盛行于宋代。名称虽同，着法式样迥异。唐代花冠如一顶帽子套在头上，直到发际。《宫乐图》《倦绣图》反映都极具体。至于宋代花冠，则系用罗帛仿照真花做成。宋人尚高髻，向上直耸高及三尺，以至朝廷在皇佑中不得不用法律禁止。原因是当时花冠多仿拟真花。宋代尚牡丹芍药。据《洛阳花木记》记载，由于栽培得法，花朵重台有高及二尺的，称"重楼子"，在磁州窑墨绘瓷枕上即常有反映。此外，《洛阳花木记》《牡丹谱》《芍药谱》称"楼子""冠子"的多不胜数。宋人作《花竹仕女图》中所见，应即重楼子花冠。且由此得知，至于传世《簪花仕女图》，从人形衣着言，原稿必成于开元天宝间，即在蓬松发际加一点翠金步摇钗，实纯粹当时标准式样。如再加一像生花朵，则近于"画蛇添足"、不伦不类矣。这种插戴在唐代为稀有少见，在宋则近一般性。宋代遇喜庆大典，佳节良辰，帝王出行，公卿百官骑从卫士无不簪花。帝王本人亦不例外。花朵式样和使用材料，均有记载，区别明确。图像反映，更可相互取证。又唐代官服彩绫花纹分六种。除"地黄交枝"属植物，其余均为鸟类衔花，在铜镜和带板上，均有形象可证，唯图像和实物却少证据，是一待解决问题。

宋人衣着特别值得一提的，即除妇女高髻大梳见时代特征，还有北宋一时曾流行来自契丹上部着宋式对襟加领抹（花边）旋袄，下身不着裙只着长筒袜裤的"吊墩服"，即后来的"解马装"，影响流行于社会上层，至用严格法律禁止。但伎乐人衣着，照顾不受法令限制，所以在杂剧人图画中，还经常可见到这种外来衣着形象。男子朝服大袖宽衫。官服仍流行唐式圆领服制度，和唐式截然不同处，为圆领内必加衬领。起于五代，敦煌壁画反映明确。而宋人侍仆和子侄晚辈，闲散无事时，必"叉手示敬"。在近年大量出土壁画上所见，及辽、金墓壁画上的南官及汉人部从，亦无例外，随处可以发现这种示敬形象。宋元间刻的《事林广记》中，且用图说加以解释。试从制度出发，即可发现有些传世名画的产生年代，或值得重新研究。例如传世韩滉《文苑图》，或应成于宋代画家之手，问题即在圆领服出现衬领，不可能早于五代十国。《韩熙载夜宴图》，其中叉手示敬的人且兼及一和尚，也必成于南唐降宋以后，却早于淳化二年以前。画中人多服绿。《宋大诏令集》中曾载有淳化二年诏令，提及"南唐降官一律服绿，今可照原官服朱紫"，可知《夜宴图》产生时代必在南唐政权倾覆以后，太宗淳化二年以前。尚有传为李煜与周文矩合作的《重屏会棋图》，内中一披发画童，亦不忘叉手示敬。历来鉴定画迹时代的专家，多习惯于以帝王题跋，流传有绪，名家收藏三大原则作为尺度，当然未可厚非。可最易忽略事物制度的时代特征。传世阎立本作《萧翼赚兰亭图》，人无间言，殊不知图中烧茶部分，有一荷叶形小小茶叶罐盖，只在宋元银瓷器上常见，哪会出现于唐初？古人说"谈言微中，或可以排难解纷"。但从画迹本身和其他材料互证，或其他器物作旁证的研究方法，能得专家通人点头认可，或当有待于他日。

元蒙王朝统治，不足一世纪，影响世界却极大。大事情专门著作多，而本书却在统治范围内的小事，为前人所忽略，或史志不具备部分，提出些问题，试做些叙述解释。一如理发的法令歌诀；二如元代男女贵族衣上多着四合如意云肩，每年集中殿廷上万人举行"只孙宴"制作精丽只孙服上的云肩式样；三如全国大量织造纳石失织金锦，是否已完全失传；四如女人头上的罟罟冠应用情况等等进行些比较探讨。是否能够得到些新知？

至于明清二代，时间过近，材料过多，因此只能就一时一地引用部分图像材料结合部分朝野杂记，试作说明。又由于个人对丝绸锦绣略有常识，因此，每一段落必就这一历史时期的纺织品辉煌成就也略做介绍。唯实物收藏于国家博物馆的以十万计。书中举例则不过手边所有劫余点滴残物，略见一斑而已。

总的说来，这份工作和个人前半生搞的文学创作方法态度或仍有相通处，由于具体时间不及一年，只是由个人认识角度出发，据实物图像为主，试用不同方式，比较有系统进行探讨综合的第一部分工作。内容材料虽有连续性，解释说明却缺少统一性。给人印象，总的看来虽具有一个长篇小说的规模，内容却近似风格不一分章叙事的散文。并且这只是从客观材料出发工作一次开端，可能成为一种良好的开端，也可能还得改变方法另辟蹊径，才可望取得应有的进展，工作方法和结论，才能得到读者的认可。

好在国内对服装问题，正有许多专家学者从各种不同角度进行研究工作，且各有显著成就。有的专从文献着手，具有无比丰富知识，有的又专从图像出发，做得十分仔细。据个人私见，这部门工作，实值得有更多专家学者来从事，万壑争流，齐头并进，必然会取得"百花齐放"的崭新纪录突破。至于我个人进行的工作，可能达到的目标，始终不会超过一个探路打前站小卒所能完成的任务，是预料得到的。

1980年4月，于北京

（录自《花花朵朵　坛坛罐罐》，江苏美术出版社，2002年版）

我与张伯驹道兄

朱家溍

伯驹道兄和我认识是偶然的。我的父亲翼庵先生平生收藏法书名画及各种古器物，所以琉璃厂各古玩铺都经常往我家送东西，我和他们非常熟悉，也常到琉璃厂去。有一次在惠古斋，遇见伯驹，惠古斋掌柜的柳春农给我们两人介绍的，当时我二十岁。我还记得那天我在低着头看一个高澹游《万峰秋霁图》卷，柳春农在陪着我的时候，忽然听他自言自语地说："张大爷来了，四爷您慢慢看，我先去招呼一下。"说着话他就迎上去，徒弟已经开门，进来一位细高身材，三十多岁，在戏院也常遇见的人。我听别人说过，他就是张伯驹，但因为没人介绍，没说过话，所以我仍旧低头看画。柳春农陪他坐着。惠古斋在厂东门里，路南的古玩铺如吉珍斋、韵古斋等等都是老字号，惠古斋当时是路南的新字号，匾额是我父亲写的。柳春农是个很能干的人，琉璃厂的同行们都叫他小柳。当时古玩行业中有几个人，如尊古斋小焦、虹光阁小杜、惠古斋小柳，都是岁数并不算太小，而以小称，大概是因为他们都能说会道很让人喜欢的缘故。当时我看完把卷子卷好，小柳看我和伯驹两人都没有主动要互相说话的意思，就笑容满面地给介绍了。我们寒暄几句，当时我觉得伯驹说话声音很低，好像也不爱说话，所以我也不和他说话。这时候小柳就两边说，施展他的周旋本领，一个人谈笑风生，风雨不透，可是我和伯驹始终没谈下去，坐了一会我就走了。第二次是在丰润张孟嘉先生家里，孟嘉先生是一位画家，又是长我两辈的亲戚，他藏有一幅王烟客的《晓岚图》轴，一个王石谷的青绿山水长卷。伯驹这次是来看这两件东西的，我因为早已看过，所以那一次我也没有久坐。此后有时遇见不过点头而已，就是这样淡淡如水之交。这其间经过抗日战争、解放战争，很长时间根本没见面。

1951年为了支援抗美援朝，我们故宫博物院的业余京剧团发起捐款的义演。从正月开始每周演出两场或三场，参加演出的有一部分故宫的职工，同时还有专业演员参加，例如《阳平关》，我演赵云，刘砚芳先生演黄忠，钱宝森先生演徐晃。《连营寨》祝荫亭先生演刘备，我演赵云。这个演出团体售票情况非常好，继续了一年，到"三反"运动开始才停止演出。专业演员参加的还有迟月亭先生、王福山先生，等等。乐队则完全是专业的，场面头是马连贵，打鼓佬有杭子和、侯长青、裴世长，三位轮流来做活。大锣马连贵，小锣王长贵，齐钹小杭，胡琴朱家奎，等等。他们诸位先生在1951年的时候都还是"散仙"，尚未参加组织，所以连贵先生很容易组织了这样一个强阵容的乐队。有一次我演《长坂坡》，散戏正在卸妆的时候，看见伯驹进后台来了，"真正杨派的《长坂坡》！现在演《长坂坡》赵云没有够上杨派的，只有你这一份。"他还没走到我面前，就大声地把话说完。我连忙说："你过奖了，我很想听听你有什么意见。"我一边洗脸，换衣裳，一边我们就没完没了地谈起杨小楼。这时候刘砚芳先生也过来，我们三个人一同散步到景山东街马神庙路南的一个四川小馆吃晚饭。席间伯驹说想参加演几次，当时商量妥当，定好戏码。从次一个星期开始，共演出四次。一次是我演《青石山》，伯驹扮吕洞宾。二次是我演《拿高登》，他在压轴演《打棍出箱》。三次是他演《摘缨会》，我扮唐蛟。第四次是《阳平关》，他演黄忠，我演赵云。经过这一段时间的来往，我们原来淡淡如水的关系变成莫逆之交。他到我家来，我也到他家去，谈古书画，谈戏。我们又共同组织京剧艺术基本研究社，有载涛、刘曾复、叶仰曦、钱宝森、王福山、迟景荣等诸先生参加。1955年在中国京剧院的小剧场，我们演过一次《祥梅寺》，因为钱宝森先生临时患病，我替他演黄巢，王福山演了空，四将是伯驹演葛从周、刘曾复演孟觉海、金惠演朱温、王玉珏演班翻浪。后来又排《安天会》，未能上演就掀起"反右""四清"运动。后来伯驹去吉林博物馆，十年动乱的后期我去了干校。客观环境把我们隔开。我从干校回京，可巧伯驹也从吉林辞职回来，在一个晚上，他到我家来看我，这一次我们互相倾吐了二十年来彼此的经历和感受。

自传统戏曲恢复上演以后，1980年我演出《麒麟阁》，伯驹和李万春、许姬传、梅绍武、王金璐、吴小如等等都坐在第一排。谢幕后他们都到后台向我祝贺，伯驹走在最前面，笑着说："始望不及此，谁想还能有今天。"那天演过之后，我就到武当山去，在这期间夏淳同志在剧协还为我这次戏开了一个座谈会，我从武当山回来，听了这次开会的录音，伯驹热情的发言有很丰富的内容，并提出希望我演《状元印》。我们两人认识以来，因为彼此不了解，有几年见面无话可说，自1951年以后成了知己，在我最倒霉的时候，他不避嫌疑来看我，在他倒霉的时候我也同样关注他，我认为这都不是偶然的。还有把无法以经济价值计算的国宝文物无偿地捐献，我们二人也都做到了，应该说算得上同心同言的朋友了。伯驹是个乐天的性格，他在最穷困的时候，我们见面聊天，谈古书画、谈老戏、谈杨梅余还是照旧兴高采烈，大有"回也不改其乐"的意思。当他手头富裕的年代，对于认识的人，如果有困难，他常常解囊相助。这种习惯一直继续到他自己已经不是有钱的人了，但遇年节如果有他认为应该帮助的人，他还是勉强地点缀点缀。1956年他有一次向我借四百元，说有急用，可巧我又亲眼见到他的用途，就是开发帮助几个人。这种性格很像《儒林外史》中的杜少卿，杜十七爷。

今年伯驹逝世十周年了，他的女儿传彩、女婿楼宇栋计划出版一本纪念文集，我想起这位老友，拉杂写些回忆，当作纪念吧！

1992年

（录自《故宫退食录》，北京出版社，1999年版）

玩物也可养志

周国平

董秀玉女士送我一本三联新近出版的董桥的小书，书名是《这一代的事》。曾在《读书》杂志上看到一个很诱惑的题目——《你一定要读董桥》，当时不服气，世上哪有一定要的事？现在读了，感到的确好。一个身居香港的文化人，能够写出这等隽永的文字，算难能可贵了。

我对香港文化一向不喜欢，嫌它商业气，俗。万一雅起来，也是附庸风雅，比老实的俗更败兴。真正的雅倒不一定避俗，而是能在俗中见雅。界限在哪里呢？董桥所说的"品味""生活情趣""对人性的无限体贴"庶几近之。

生活在现代商业社会里，文人弃文从商也好，亦文亦商也好，卖文为生也好，都无可非议。"现代人看到不食周粟而饿死在首阳山的伯夷，实在应该发笑。"真有一位当代凡·高坚守在象牙塔里，穷困潦倒而终，当然可歌可泣，但这是不能要求于并非天才的一般文化人的。我们应该也能够做到的是，在适应现代社会的同时有所坚持，在卷入商品大潮的同时有所保留。坚持和保留什么？当然是原来就有的东西，毋宁说是人之为人的某种永恒的东西。董桥谈园林，谈藏书，谈文坛故事，都是文人喜谈的题目，却不落俗套，谈得可爱动人，就是因为有这种东西在其中闪光。"不会怀旧的社会注定沉闷、堕落。没有文化乡愁的心井注定是一口枯井。"单凭这话，就足以把他既同时髦的文化商贩、又同落伍的文化遗民判然区别开了。

在品玩藏书、笺谱之类"物"的趣味时，董桥承认自己"玩物丧志"，不过他有新解。一方面，"这所谓'志'，本来就没什么太大的道理"，"老老实实出去找饭吃之余，关起门来种种花，看看书，写写字，欣赏欣赏《十竹斋笺谱》之类的玩意儿，充其量只能把一个人的'火药味'冲淡，再要他去搞'革命'大概是不太容易了，不过，说他会破坏革命事业，似乎就把他抬举得过高了"。另一方面，"一个人寄情山水，隐姓埋名，也是一种'志'"。我很喜欢他的这个解释。人各有志，何必"革命"？时至今日，胸怀"革命"壮志者日益稀少，倒使我对其中真诚者生出了一分敬意。多数人的"志"是更实际了，天下滔滔，皆想发财。不怀疑发财在某些人也可以成为一项严肃的事业，但我更相信蒙田的话："我们最豪迈光荣的事业乃是生活得写意，其余一切，包括从政、发财、经营产业，充其量只是这一事业的点缀和附庸罢了。"据说恺撒、亚历山大都把享受生活乐趣看作自己的正常活动，而视威武战事为非正常活动。倘真如此，他们在我心目中就更是伟人了。人活世上，主旨应是享受生活乐趣，从这意义上理解"玩物"，则"玩物"也可养志，且养的是人生之大志。因它而削弱、冲淡（不必丧失）其余一切较小的志向，例如权力、金钱、名声方面的野心，正体现了很高的人生觉悟。

"玩物"可能会成癖，不过那也没有什么不好。一个人能够长年累月乃至一生一世迷恋于某种大自然的或人类的作品，正说明他有真性情真兴趣。癖造不了假。有癖即有个性，哪怕是畸形的个性。有癖的人不是一个只知吃饭睡觉的家伙。相反，正如袁宏道所说："世上语言无味面目可憎之人，皆无癖之人也。"巴尔扎克说得更斩钉截然："一个毫无癖好的人简直是魔鬼！"可悲的是，如今有癖之人是愈来愈少了，交换价值吞没了一切价值，人们无心玩物，而只想占有物。过于急切的占有欲才真正使人"丧志"，丧失的是人生之大志，即享受生活乐趣的人生本来宗旨。

董桥怀着对现代社会发展既赞同又忧虑的矛盾心情写道："经济、科技的大堂固然是中国人必须努力建造的圣殿，可是，在这座大堂的后面，还应该经营出一处后花园：让台静农先生抽烟、喝酒、写字、著述、聊天的后花园。"愿他的梦想不落空。如果落空了呢? 那就愿台静农先生们在自己心中为自己保留一个后花园，一个可以在那里沉思遐想的后花园，一小片乡愁萦绕的精神故土。

1992年11月

（录自《周国平文集》，陕西人民出版社，2006年版）

忆常老

樊锦诗

常书鸿先生，是我国著名的画家，又是敦煌事业的缔造者、创始人。他已离开我们快半年了，每当谈及敦煌的往事，常先生为了敦煌事业的几件事，令我永远不会忘怀。

还在大学学习时期，由于所学专业和爱好艺术的原因，我喜欢看敦煌的作品和收集敦煌的材料，每每看到敦煌壁画和临摹品，激动不已，爱不释手。所以，常书鸿、段文杰、史苇湘等先生的名字，我早已熟悉。自然也就非常注意敦煌的事情。经同学介绍，我一口气读完了徐迟写的报告文学《祁连山下》，被作品中的尚达（即常书鸿）那种为保护和弘扬人类优秀文化遗产——敦煌莫高窟，勇往直前，义无反顾的坚毅精神和行为深深地打动了，久久不能平静，留下了不可磨灭的印象。

可能是出于对敦煌的向往，也许是出于对常先生的敬慕和受常先生精神的感染，我萌生了想到敦煌看看的念头。恰好

1962年学校安排毕业实习，我自然不会放弃这个机会，终于如愿以偿，登上了西去敦煌的火车。

坐在飞驰的火车上，海阔天空地想象着敦煌莫高窟的富丽堂皇，想象着敦煌文物研究所（敦煌研究院的前身）的庭院深深、窗明几净的楼房，想象着名字熟悉而没有见过面的那些先生一定是风度翩翩的儒雅文人……经过长途跋涉，终于到了敦煌莫高窟。看后完全出乎意料，莫高窟崖体破破烂烂，登临高处洞窟，非要借助一根木头的蜈蚣梯才能进去。周围荒无人烟，寸草不长。敦煌文物研究所的办公地点竟是古庙。常书鸿、段文杰、史苇湘这些敬仰已久的前辈住的竟是马厩改造的土房子，房子里更是一土到底，土炕、土桌、土凳、土书架。我有幸被照顾住进这样的房子，一碰身上就沾上土。木制桌椅家具只有在办公室里才能见到。晚上点的是昏暗的煤油灯，天黑后做事极不方便。喝的和用的水都是渠沟里带咸味的水，使我头疼的是，用这里的水洗头发，从来没有洗干净过。我有幸看到了久已想见的常书鸿先生，他穿了一身褪了色的干部服，除了他戴的眼镜和谈吐还能看出他是学者外，没有架子，平易近人，平平常常，普普通通。当时，我以一个来自大城市的学生眼光，不敢相信著名学者常书鸿和他的同事们竟生活在这种环境里，不禁自问，他们在这里怎么生活？他们怎么能在这里生活和工作十年、二十年？（自1943年筹建至1962年，敦煌文物研究所已有二十年历史）可是，常先生他们就是从容不迫地、心安理得地在这里生活着、工作着。这是事实！

当我自己一天又一天进入洞窟学习，置身于博大精深的宝库中，完全被精彩的壁画吸引住以后；当与敦煌文物研究所的老师们共同生活相处以后；当我听到了许许多多关于常书鸿先生和敦煌文物研究所的往事，听到了在1960年前后为了克服暂时的困难，到戈壁滩上打草籽过生活以后，我由疑惑不解而变得肃然起敬。原来，他们不是一群对着敦煌壁画赞叹、欣赏，获取资料的旁观者，他们甘愿过着清教徒般艰苦的生活，孜孜不倦，默默无闻，无怨无悔地工作，是因为敦煌艺术成了他们生命中不可缺少的一部分，他们把自己的生命、自己的心血融进了敦煌石窟！这时，我理念中的常先生，印象更加具体、更加坚实。

想不到，这次敦煌之行，竟然决定了我一生的命运！第二年大学毕业，我自己也来到了敦煌文物研究所工作。说起缘由，一方面固然是国家的需要、事业的召唤；另一方面，还是常先生和敦煌文物研究所的老师们的精神和行为给了我勇气。我到敦煌工作，适逢常书鸿先生积极推进敦煌事业，敦煌文物研究所进入全面发展的时期。六十年代以前，文物研究所除保护工作外，着重从事美术临摹和洞窟调查。六十年代开始，常先生在以前工作的基础上，拓宽敦煌石窟保护研究的领域，增设了考古组。除原有的美术和保护研究人才外，扩大吸收了历史、考古、文学、建筑、工艺美术等多方面的专业人才。这也是文物研究所历史上人才最多的时期。常先生把考古出身的我要来，正是为了他拓宽敦煌事业的需要。这一时期，在常先生主持下，开始了历时三年、规模宏大的莫高窟危崖加固工程。石窟研究上，从美术、壁画故事、壁画经变、窟前遗址考古、石窟时代断年、所藏文书整理等方面开展了探讨，拿出了一批学术成果。配合研究，还连续举办了三十多次学术讲座。敦煌文物研究所学术气氛之浓，于兹为盛。常先生还积极筹划在莫高窟开凿一千六百周年之际召开学术讨论会。虽然"文化大革命"使他的宏愿大略未能实现，但常先生的劳绩却为"文革"过后的敦煌研究院奠定了厚实的研究根基。

当时我作为学生辈，跟常先生没有直接的工作接触。就我所知、所感，常书鸿先生的精神伟力和事业发展眼光确实令人敬仰。

（原载1994年第4期《敦煌研究》）

平常的沈从文

黄永玉

从1946年开始，我同表叔沈从文开始通信，积累到"文化大革命"前，大约有了一两百封。可惜在"文革"时，全给弄得没有了，如果有，我一定可以做出一个这方面有趣的学术报告，现在却不行了。沈从文在解放后，人民文学出版社第一次为他出的一本作品选中，他自己的序言说过这样一句话："我和我的读者都行将老去。"那是在五十年代中期，现在九十年代了。这句伤感的预言并没有应验，他，没有想到，他的作品和他的读者都红光满面长生不老。"浪淘尽千古风流人物"，沈从文和他的作品在人间却方兴未艾。

在平常生活中，说到"伟大"，不免都牵涉到太阳，甚至有时候连毫无活力的月亮也沾了光，虽然它只是一点太阳反射过来的幽光。沈从文一点也不伟大，若是有人说沈从文伟大，那简直是笑话。他从来没有在"伟大"荣耀概念里生活过一秒钟，他说过："我从来没想过'突破'，我只是'完成'。"他的一生，是不停地"完成"的一生。如果硬要把文化和宇宙天体联系起来的话，他不过只是一颗星星，一颗不仰仗什么什么而自己发光的星星。

如果硬要在他头上加一个非常的形容词的话，他是非常非常的"平常"。他的人格、生活、情感、欲望、工作和与人相处的方式，都在平常的状态运行。老子曰："上善若水。"他就像水那么平常，永远向下向人民流动，滋养生灵，长年累月生发出水磨石穿的力量。

因为平常，在困苦生活中才能结出从容的丰硕果实。

在"反右"前夜，他在上海写给表姊的家书中就表示："作家写不出东西怎么能怪共产党呢？"（大意）这倒不是说他对党的政策有深刻的认识和紧密关系，甚或是聪明的预见，他只不过是个文艺属性浓密的人，写不写得好作品，他认为是每个人自己才情分内的事。

所以他也派生出这样的一些话："写一辈子小说，写得好是应该的；写不好才是怪事咧！"

好些年前，日本政府部门派了三个专家来找我，据说要向我请教，日本某张钞票上古代皇太子的画像，因为服饰制度上出现了怀疑，因此考虑那位皇太子是不是真的皇太子，若果不是，那张钞票就可能要废止了。这是个大事情，问起我，我没有这个知识的，我说幸好有位研究这方面的大专家长辈，我们可以去请教他。先征求他的同意，同意了，我们便到他的家里。

他很愿意说说这方面的见解。

在他的客室里请他欣赏带来的图片。

他仔细地翻了又翻，然后说：

"既然这位太子在长安住过很久，人又年轻，那一定是很开心的了。青年人嘛！长安是很繁华的，那么买点外国服饰穿戴穿戴，在迎合新潮中得到快乐那是有的，就好像现在的青年男女穿牛仔裤赶时髦一样。如果皇上接见或盛典，他是会换上正统衣服的。

"敦煌壁画上有穿黑白直条窄裤子的青年，看得出是西域的进口裤子（至今意大利还有同样直纹黑白道的衣装）。不要因为服装某些地方不统一就否定全局，要研究那段社会历史生活、制度的'意外'和'偶然'。

"你们这位皇太子是个新鲜活泼的人，在长安日子过得好，回日本后也舍不得把长安带回的这些服饰丢掉，像我们今天的人留恋旅游纪念品的爱好一样……"

问题就释然了，听说那张钞票今天还在使用。

那一次会面给我留下深刻的印象，我至今还记得住的是，他跟大家还说了另外些话。

客人问起他的文学生活时，他也高兴地说到正在研究服饰的经过，并且说："……那也是很'文学'的！"并且哈哈笑了起来。——"我像写小说那样写它们。"

这是真的，那是本很美的文学作品。

这几十年中我们相处的时候，很少有机会谈到学习改造，更不可能谈到马列主义。在我几十年印象中，他跟马列主义的关系不太大。有时候他在报纸上发表有关自我改造的文章，末尾表决心时总要提到"今后我一定要加强学习马列主义、毛泽东思想"时，我也半信半疑了。我想，像我们这一类人，似乎是不太有资格谈马列主义……

没想到，他运用辩证唯物主义和历史唯物主义，在学术研究上开创一个好大的局面！用得这么实在、这么好。把文物研究跟哲学原理联系起来得出丰硕成果的竟然会是沈从文！

在那次谈话快要结束时他说："……这一生，从不相信权力，只相信智慧。"

在文学方面，我只读他的书，交谈得少，原因是漫长动荡的年月中没有这种心情。我认为文学仍然是他内心深处的中心，他也不愿接触那处"痛感神经"。他用大量的精力全面深入地在文物方面游弋。

他默默地含辛茹苦地赢得最后的微笑。

卡夫卡说过："要客观地看待自己的痛苦！"

这说来容易，做起来难。

沈从文对待苦难的态度十分潇洒。

"文革"高潮时，我们已经很久没见面了，我们各人吃着各人的"全餐"（西餐有开味小菜，有汤，有头道菜、二道菜，有点心，有咖啡或茶），忽然在东堂子胡同迎面相遇了，他看到我，他装着没看到我，我们擦身而过，这一瞬间，他头都不歪地说了四个字："要从容啊！"

他是我的亲人，是我的骨肉长辈，我们却不敢停下来叙叙别情，交换交换痛苦；不能拉拉手，拥抱一下，痛快地哭一场。

"要从容啊！"这几个字包含了多少内情，也好像是家乡土地通过他的嘴巴对我们两代人的关照、叮咛、鼓励。

我们中央美院有位很有学问的研究家，是他以前的老学生，和我们的关系十分亲密，并且跟我同住一个院子。"文革"一开始，他吓破了胆。一个下午，他紧张地、悄悄地走近我住的门口，轻轻地、十分体贴地告诉我："你要有心理准备，我把你和你表叔都揭发了！"

这个王八蛋，他到底揭了些什么事？我也不好再问他。他是个非常善良的胆小鬼，他一定会把事情搞得颠三倒四。我恨不得给他脸上两拳，他身体不好，他经不起……

我连忙跑去告诉表叔。

难以想象，表叔偷偷笑起来，悄悄告诉我："会，会，这人会这样的，在昆明跑警报的时候，他过乡里浅水河都怕，要个比他矮的同学背过去……"

日子松点的时候，我们见了面，能在家里坐一坐喝口水了，他说他每天在天安门历史博物馆扫女厕所。

"这是造反派领导、革命小将对我的信任，虽然我政治上不可靠，但道德上可靠……"

他说，有一天开斗争会的时候，有人把一张标语用糨糊刷在他的背上，斗争会完了，他揭下那张"打倒沈从文"的标语一看，他说："那书法太不像话了，在我的背上贴这么蹩脚的书法，真难为情！他原应该好好练一练的！"

有一次，我跟他从东城小羊宜宾胡同走过，公共厕所里有人一边上厕所一边吹笛子，是一首造反派的歌。他说："你听，'弦歌之声不绝于耳'！"

时间过得很快，他到湖北咸宁干校去了，我也在河北磁县在解放军监管下劳动了三年，我们有通信。他那个地方虽然名叫双溪，有万顷荷花，老人家身心的凄苦却是可想而知的，他来信居然说："这里周围都是荷花，灿烂极了，你若来……"我怎么能来呢？我不免想起李清照的词来，回他的信时顺便写下那半阕：

"闻说双溪春尚好，也拟泛轻舟；只恐双溪舴艋舟，载不动，许多愁……"

在双溪，身边无任何参考，仅凭记忆，他完成了二十一万字的服装史。

他那种寂寞的振作，真为受苦的读书人争气！

钱锺书先生，我们同住在一个大院子的，一次在我家聊天他谈到表叔时说：

"你别看从文这人微笑温和，文雅委婉，他不干的事，你强迫他试试！"

（钱先生道德上也是个了不起的人。"文革"时，江青让人请他去参加人民大会堂国宴，他告诉来人说：

"我不去！"

来人说："这是江青同志点了名的……"

钱先生仍说："呵！呵！我不去！哈！"

来人说："那么，我可不可以说钱先生这两天身体不舒服……"

"不！不！"钱先生说，"我身体很好！"）

表叔桌子上有具陈旧破烂的收音机，每天工作开始他便打开这架一点具体声音都没有只会吵闹的东西。他利用这种吵闹声做屏障隔开周围的烦嚣进行工作。

他是列奥纳多·达·芬奇类型的人。一个小学毕业甚至没有毕业的人，他的才能智慧究竟是从哪里来的？我想来想去，始终得不到准确结论，赖着脸皮说，我们故乡山水的影响吧！

对音乐的理解，这是个奇迹。

托尔斯泰有过对音乐的妙论："音乐令人产生从未有过的回忆。"美，但不中肯。

表叔说："音乐，时间和空间的关系！"

这是个准确定律。是他三十多年前说过的话。

他喜欢莫扎特，喜欢巴赫，从中也提到音乐结构……

他真是个智者，他看不懂乐谱，可能简谱也读不清，你听他谈音乐，一套又一套，和音乐一样好听，发人聪明。

他说："美，不免令人心酸！"

这，说的是像他自己的生涯。

我尊敬的前辈聂绀弩先生，因为他从来是个左派，几十年来跟沈从文有着远距离的敌视。六十年代初，绀弩老人从东北劳改回来，从我家借走一本人民文学出版社出版的《沈从文小说选》，过了几天，绀弩先生在我家肃穆地对我说：

"我看了《丈夫》，对沈从文认识得太迟了。一个刚刚二十一岁的青年写出中国农民这么创痕渊深的感情，真像普希金说过的'伟大的俄罗斯的悲哀'，那么成熟的头脑和技巧！……"

我没有把绀弩先生的话告诉表叔。我深深了解，他不会在乎多年对手的这种诚恳的称赞，因为事情原本就是这样的。

前两年，我在表叔的陵园刻了一块石碑，上面写着：

"一个士兵，要不战死沙场，便是回到故乡。"

献给他，也献给各种"战场"上的"士兵"，这是我们命定的、最好的归宿。

1998年9月29日于吉首

（录自《黄永玉全集文学编（普及本）》，湖南美术出版社，2016年版）

文化收藏

冯骥才

收藏终于成为中国人的一大嗜好。一方面表示手头宽裕起来，一方面征兆着传统文化的回归。配合这收藏，便是古物市场的兴盛，大小城市都出现了这种自发性的市场，买主早就从港客洋人转向大陆民众；再有就是拍卖市场的火爆，巨额巨价，惊世骇俗，一时连各种传授古物常识的书籍和图典也成了畅销书，可谓声势赫赫！中国过去的收藏，一是官方（封建时代的宫廷），二是富人，一般百姓哪肯沾此雅好？当今这样广泛的收藏热，终究是大好事，至少可以影响那些老婆婆们丢弃一个罐子时，总会想一想是不是扔了一件宝物。这一来，文化便升了值。

在古物市场上，文物、古玩和古董是三个不同概念。日本人将古物统称"骨董"，但在中国人心里却是不同层次。文物是指那种堪称某一时代典型、珍罕稀有的古物；古玩不一定是指某一时代的代表，却必须是艺术精美、制作精湛、材料贵重的古物；而古董则泛指一切旧时器物。今日的古物市场上，大量存在的就是这类古董。

一般说来，过去宫廷与富人的收藏，主要是珍罕与贵重的古玩，很少注重材料低廉的昔时器物。然而，正是这一般古董中，蕴含着丰富的生活文化的内容，那些衣食住行的各种器具，那种形制、那种图案、那种工艺，常常带着某一地域的特异风习和特殊审美。它是一种过往生活的凭证，有着历史、地理、民俗、宗教、人文等广泛又具体的文化内涵，这就具备了很高的收藏价值，也就是文化收藏。

但是，过去的收藏，缺少文化眼光，多从古物的财富价值着眼，不注重文化价值，收藏的范围便十分狭窄，总是金银珠宝、钟鼎彝器、官窑名瓷、牙玉雕刻以及名人字画，但仅仅这些收藏，不足以表现中华历史的丰厚、文化的灿烂和生活的辽阔。这是我们收藏史的一个重大缺憾。说到底，还是个收藏观的问题，就是把古物当作变相的黄金，当作保值乃至可望升值的财富。这观点还一直影响到当今的拍卖场。一扇古朴而别致的门窗，一块年代久远的年画版子，一把昔时大锁或一个拉洋片的匣子，绝不会在拍卖场出现。因为它们没有价格，没有财富价值。

由于这种观念的影响，大量的文化藏品一直被排斥在收藏之外。收藏观是一种价值观，我们应该改变传统的财富价值观，提倡文化价值观，使古物收藏在保存文化和体现文化方面发挥作用。

近年来，由于在文化意识上的普遍觉醒，人们开始把目光移到文化藏品上。由于文化收藏一直空白，便到处存在着丰富的藏品资源等待开发。如今，已有一些民间的专门的文化性的收藏馆建立起来，还有许多个人的文化收藏通过展览向世人展示。文化收藏一如春草，萌发正劲，令人生喜。

然而，它又有难度。首先是它不像古玩字画那样，有市场价格，可以流通，还有大家公认的客观的鉴别标准。文化藏品却买易卖难，全是个人所好，就得靠自己去认识它的价值。古物的价值，是一种无形的存在。尤其文化价值，更要凭着收藏者的眼光与品位，还要具备远比鉴赏古玩字画还生僻和广阔的学识。在别人眼里是一件废物，在你眼中却是历史遗落的一个弥足珍贵的细节，看起来，这真有点像考古发现。

收藏者的快乐，第一，就是发现，即不是去拣别人发现过的，而是凭着自己的眼力与学识去发现；第二，便是享受，那便是从中重温历史，认识祖先，欣赏它内在的文化的美与精神。这之中，还有一份责任，就是：把前人的创造留给后人。

（录自《冯骥才分类文集》第六册，中州古籍出版社，2005年版）

望气与直觉

王世襄

　　五十年代和葱玉兄（张珩）闲聊，他说起书画鉴定有一个名词曰"望气"，有时还在两字之后加一个"派"字，是一个贬词。"望气"指书画卷轴打开之后先观望一下整幅的气势，也可以说是体会一下整幅作品所予人的印象或感觉。有的人过分重视这第一印象，是真是假，似乎已可定它个七八成，不再仔细观察、研究作品的其他方面，于是就成了"望气派"了。如此鉴定书画当然是错误的，因为书画的真伪必须从许多方面来判断，如笔墨、章法、流派、纸绢、题跋、款字、印章、装裱、著录等等，不胜备举。怎么能只凭匆匆的一次观望呢？不过话又说回来，像葱玉这样少年时期已是鉴定名家，藏有多件宋元名迹，他看书画时又何尝不先从"望气"开始呢？只是"望气"之后，对书画的各个方面又进行仔细的观察研究，最后才下真伪或存疑的结论。

我记得有一次荣宝斋举办藏品展览，中有一轴标名元人无款绢地花卉，并未觉得如何重要。葱玉兄却搬了一个凳子坐下，对着那幅画凝神观看，看了又看，一言不发，也不知道他在想什么，我在旁都等得有些不耐烦了。经过这一次参观，我才知道他对一件不甚重要的作品也用心琢磨，对重要的书画自更不待言了。我曾问他为什么对那幅画看了许久，他说我想判断它究竟是元人之作，还是明人仿宋元的工笔花卉。不用说他坐在那里，许多幅存在脑海中的工笔花卉又一一显影来帮助他做出认为比较正确的结论。当然如果他遇见一件开门见山、千真万确的名家之作，虽可立即定为真迹，但还是会仔细观看并牢记它的各个方面，即入脑海，作为标准。待再见到其他作品时，可供比较印证。鉴定知识就自然逐渐积累起来。

我从来不承认自己是收藏家。限于学识和购买能力，对价值高的文物如书画、陶瓷、玉器、青铜器等，连看都不看。我只买些破烂家具和门类小而多、被人称为"杂项"的故旧物品。它们一般不值多少钱，却同样可供研究、欣赏。但其中较为完整、精美的，我还是买不起。

我选购杂项常用"直觉"的方法，也就是凭看见物品的第一印象，凡直觉感到好的，只要力所能及，就会把它买下。它和"望气"似乎颇为相似。不过鉴定杂项比鉴定书画既有难处也有易处。难处在杂项之中包括许多小门类。古玩行一般把竹、木、牙、角器称为杂项，其实佛像（不包括大型雕刻）、砚盒、石章、墨、漆器、铜镜、铜炉、丝织小品等也都被归入杂项。而当任何一个门类收集到一定的数量时，又可以自成一类。鉴定以上各类时都必须有一定的专门知识，也各有需要注意的方面。其易处则在鉴定杂项中任何一类都远不及鉴定书画那样复杂，需要审查研究的方面那样繁多，记忆中也需要有更丰富的知识积累。

我选购杂项往往仅凭直觉，只要觉得顺眼，合乎个人趣味又力所能及就买下来，当时也不可能做任何审查研究。事后绝大多数都觉没有买错。例如当年购得有朱小松款的归去来辞图笔筒，有朱三松款的圆雕老僧，都觉得绝精，唯因伪作太多太多，不敢相信是真迹。直到后来见到上海博物馆藏明墓出土的朱小松刘阮入天台香筒、台北故宫博物院的清宫旧藏朱三松荷叶式水盛两件标准器，才证实笔筒和圆雕都是真迹。在《锦灰堆》一卷和《自珍集》中都有详细的文字介绍和图片对比，这里就不再重复了。又如有一年承蒙天津文物商店许可观看他们的库房。四间房屋，顺墙排满分隔成五层的架子，摆满汉藏佛像，一行行大的在后，小的在前，共约三万件。我用了一整天，高爬梯、低趴地，从中选出了八件，除一件鎏金雪山大士像他们认为比较珍贵不出售外，我得到了七件。选时实在比直觉更为潦草、匆忙。七件都收入《自珍集》，似乎比过去用直觉买到的并不太差。

凭直觉买到手又觉得不好的也可以举两例。其一是雕填花鸟纹黑漆盘。皮胎，底面有磨露胎质处，确实相当旧。但正面的花纹疑是近人后刻，有如瓷器的"后挂彩"。花纹制作采用十分简单的钩划后上色漆的做法，不是钩后填色漆的真正雕填。它虽可作为旧器后加工的实物，但并无欣赏价值。我也将上述看法写入说明，见《自珍集》页一〇二。

另一件是腹内有吴邦佐戬记的铜炉。凭直觉觉得不错，后感到两耳造型与全器不协调。经老友傅大卣先生过目，认为是清代或更晚的仿制品。傅老曾手拓古器物超过十万件，资深且经验丰富，所言值得重视。我也把上述的认识写入《自珍集》说明中，见页四十三。

直觉和英文的 Taste 有近似之处，中文往往译为"趣味""鉴赏力""审美力"。也有人认为 Taste 的好坏，即审美力、鉴赏力的高下是天生的。我并不以为然，但不可否认和自幼的家庭环境、耳濡目染、师友熏陶有密切关系。直觉的正确性和灵敏性是可以培养的，是跟着个人学识的增长而提高的。举例来说，我在《锦灰二堆》中（见一卷页三十七）讲到看见惠孝同兄的画桌，情不自禁地向他求让。当时的直觉受乾隆风格的支配。约一年后买宋牧仲的紫檀大案，明式家具的神韵已在直觉中占主要地位。只因这段时间内经常去鲁班馆，从匠师们那里学到不少知识。反言之，如果不用心学习，提高自己的欣赏水平，就会停滞不前。倘交往、接触均为庸俗、低下的人和物，自己也会受到沾染而丧失高雅的情趣和鉴赏力。

以上对"望气"、直觉说了一通，都极为肤浅，未能脱离老生常谈。我实在说不出什么具体有效的方法可以提高鉴定力，供对收藏、鉴赏初感兴趣的朋友参考，唯有惭愧而已。

（录自《锦灰三堆》，生活·读书·新知三联书店，2005年版）

王世襄与芳嘉园小院

郁　风

　　听说王世襄来港主持中文大学主办的明式家具展览开幕，不禁怀念起我们一同住了二十多年的北京芳嘉园小院。他和袁荃猷夫妇二人至今仍住在那里，就是为了他的宝贝明代家具太大太多而无法搬入有现代设备的居民楼。到了冬天就要在屋檐下储备大批煤饼和木柴，安装火炉烟囱，每天弄火炉，一手煤黑。

　　自从香港三联书店约五年前出版了他那八开大本豪华版的《明式家具珍赏》以后，海外学术界才知道他是这方面几乎唯一的专家。一些对此有兴趣的朋友和收藏家，有机会到北京都要去拜访他。那芳嘉园小院已不复当年，全盛期应在"文革"前的七八年间。这所传统的北京四合院原是王家旧居，王世襄就在这里出生长大。"反右"中，王世襄也戴了帽子，大概觉得自己独家住不合适，但又不愿出租给不相干的人，于是我和苗子带三个孩子便搬进东厢房五间，不久张光宇一家搬进西厢房，从此认识我们三家的朋友便更多地来串门儿了。

小院有海棠树两株，核桃树一株，后来东边海棠已太老而枯死，便锯掉留下桌子高的树桩，有一天王世襄背了一块直径约一米的青石板来，放在树桩上便成为夏夜朋友们来喝茶围坐的圆桌子。

"文革"时我们入狱，我们的东厢房两大间搬进一家人，另一间贴了封条，只留两小间给三个孩子。王世襄夫妇下乡入干校，在居委会的安排下，芳嘉园小院便成为八家人的大杂院。东厢房前面的篱笆连同盘绕在上面的粉红色蔷薇都拔掉了，篱笆外王世襄搭的棚架连同挂在上面的葫芦全拆光了。北房走廊和院子正中都搭起铁片盖的小棚做厨房。

直到1975年我们从秦城监狱回到家里，还是这样住了八家人。又住了六年，我们总算分到了新的居民楼，搬出芳嘉园。而王世襄为了他的家具收藏，至今仍住在那里。但经过这十年来不断跑房管所和"落实政策"办公室，如今小院里只住三家人了。

· **柜中人**

凡是去过芳嘉园拜访王世襄的人，都会惊讶：那些本该陈列在博物馆中的精美明代家具竟然是挤在一堆，高条案下面是八仙桌，八仙桌下面是矮几，一层一层套着。光滑而显露木纹的花梨长方桌上，放着瓶瓶罐罐、吃剩的面条、半碗炸酱。紫檀雕花、编藤面的榻上堆放一些被褥，就是主人就寝的地方了。

大书案边上的坐椅竟然是元代式样带脚凳的大圈椅，而那结构精美的明代脸盆架上搭放着待洗的衣服。就是这样，由于没有空间，生活用品和收藏品便无法分开了。

1976年唐山地震时，北京居民也紧张了一大阵子。那第一天夜里，芳嘉园我们住的东厢房上面就掉下来一块屋脊。次日八家的所有大人小孩子都集中在小院里搭床睡觉，后来遵照派出所的通知转移到日坛公园去搭帐篷住。

而王世襄不肯离开他的宝物，便想出一个办法：在那紫檀大柜的搁板上铺上毯子，他正好钻进去躺下，勉强把腿伸直。于是约有好几个月的防震时间，他便成了柜中人。据说这办法很保险，如果地震平房塌下来，无非是梁柱倒了、瓦片落下，这紫檀大柜足以抵挡。而且，他的住房本已漏雨，睡进柜里连下雨都不怕被子湿了。后来苗子书一联赠他：

移门好教橱当榻
漏屋还防雨湿书

横批是：

斯是漏室

看过《明式家具珍赏》的人，都以为编著者王世襄的收藏是家中祖传，其实非也，几乎都是数十年中一件一件辛苦买回来的，每一件也都要费不少功夫，要跑遍旧家具市场，要选到他认为年代样式都够格的，要和市场上行家广交朋友，要查考那件东西的来路，最后还要价钱他能买得起。因此他买到的好东西，常是略有损坏，这样才可以杀价，而他有些好手艺的小器作老师傅朋友，可以帮助他修整完好。

在芳嘉园经常可以看见他把木器扛出扛进，包括他那本图录的照片，也是他自己每次一件扛出大门外，雇一辆平板三轮车运到照相馆去拍的。他要求灯光角度背景都恰到好处。当然，在图录中属于他自己的藏品只是一部分。

为了这门学问，他不只是披阅抄录古籍，而且到过苏州、广州、扬州，遍访木器作坊的老师傅，因此在《明式家具珍赏》之后，他又出版一本更为重要的《明式家具研究》，除了辑存古人知识，更总结了活的经验。

我虽对此一窍不通，可是我亲眼看到一张椅拆开榫头，他讲给我听那巧妙精密的结构，不用任何螺丝钉铁活，全靠榫头互相咬住，便能坚固承重。而他的夫人袁荃猷，竟也能将各种不同的榫头结构，画成极为精确的立体透视图，真使我这个画家瞠目结舌，佩服得五体投地。

・ 北京鸽哨

一片晴空白云，随风传来空中悠扬琅琅之音，时近时远，恍如仙乐来自云中。如果眼力好，走上高处远眺就能看见鸽群闪闪飞来，等到稍近，到了蔚蓝的天空背景上，便可看清阳光下两翼缓缓扇动的白鸽。而那哨音近了，更能听出高低参差的和声。

我从小生长在北京，不论是春暖花开或天寒欲雪，都听惯了清晨来自天空的鸽哨一遍一遍飘过。只要住过北京的人都会有这印象，它成为北京的标志。据老北京人说，只有日本占领的那几年，人的粮食都不够，又没有好心情，谁还养鸽子？于是整个北京城沉寂无生气。

我在小学时就有几个男同学养鸽子，他们聊起来瘾头大极了。可我从未见过系在鸽尾上的鸽哨是什么样儿。

直到人到中年搬到芳嘉园住，才看到王世襄家整箱的鸽哨，由大到小排列成套。那是用葫芦制成，精工细作镶有五六个竹管，葫芦上还有火绘花纹，简直是绝好的完美艺术品。

然而这许多箱不同种类的鸽哨并非只是收藏的古董，而是曾经系在王世襄养的鸽子尾无数次飞上云霄的。他从小学时就养鸽，数十年来，直到"反右"以后才伤心放弃。

在澳洲，在美国，随处可见肥胖的鸽子，成群地围着你脚下转。

可从未听过空中如仙乐的鸽哨。

养鸽子不像养别的鸟，只需装在笼里喂食。北京人养鸽子相当普遍，兴趣就在每天放它们飞向天空，呼起哨音，盘旋数周又能自动成群飞回家来。至于鸽哨的讲究和学问，却高低深浅各有不同了。

去年尾收到王世襄、袁荃猷夫妇寄赠他们刚出版的小书《北京鸽哨》，图文并茂，把鸽哨的历史、品种、佩系与配音，制哨的名家，制哨的材料、方法，完完整整编写出来，在中国在世界也是独一无二的专著了。附录中有一篇大约是德国人用世界语写的短文，说在欧洲十六世纪有记载，某帝王叫人养鸽带哨飞放供娱乐；爪哇有竞技比赛，看谁的鸽子先回到主人手臂上；并说鸽哨起源于中国。

据王世襄考证，中国在十世纪北宋时就有张先写出"晴鸽试铃风力软，雏莺弄舌春寒薄"之句。他认为制鸽哨的匏和竹都在古代八音之列，有朝一日如在汉墓遗址中发现鸽哨也不奇怪。

王世襄在这本书的"自序"中说：

　　犹忆就读北京美侨小学，一连数周英文作文，篇篇言鸽。教师怒而掷还作业，叱曰："汝今后如再不改换题目，不论写得好坏，一律给'P'！"（P即poor）燕京大学读书时刘盼遂先生授《文选》课，习作呈卷，题为《鸽铃赋》，可谓故态复萌。今年逾古稀，又撰此稿，信是终身痼疾，无可救药矣！不觉自叹，还复自笑也。

· 乐在其中

人们的生活水平有高有低，但生活情趣却不一定和生活水平成正比例。大清早驾车去接了女友上浅水湾酒店吃两份自助早餐，自以为"得晒"（粤语，意为满足、得意）；而那些穿着拖鞋走上街口茶楼一盅两件，或是北京人提着鸟笼上公园做一套鹤翔桩气功，回家沏一碗香片茶，同样自我感觉享受。

懂得并讲究生活情趣的人，在任何条件下都能很自然地形成自己的生活方式，乐在其中。

王世襄就是这样一个最有意思的人。他从小爱玩儿，一直玩到老。玩的花样多，样样玩得讲究、地道，而且玩出大学问来，写成书，不是一般的书，是只此一家的专门的书。他在那本《北京鸽哨》的自序中写道："我自幼及壮，从小学到大学，始终是玩物丧志，业荒于嬉。秋斗蟋蟀，冬怀鸣虫，觏鹰逐兔，挈狗捉獾，皆乐之不疲。"应改为"玩物并未丧志，而业立于嬉"。

我们同住在他的芳嘉园小院二十多年，每天天一亮，就听见他推着单车从我们东厢房窗下走出大门。

他是先到朝阳门内大街旧文化部大楼前打太极拳，等到七点，对面朝阳菜市场一开门便进去买菜，所有的男女售货员都是他的"老友记"（粤语意为老朋友），把最新上市的鲜鱼、嫩菜、大闸蟹等都留给他。

然后，他到早点铺里装满一大漱口缸的热豆浆，一手端着，一手扶车把，骑回家来，与夫人共进早餐。不分冬夏，天天如此。

那一年我们搬出芳嘉园之后，刚过了春节不久，北京还是春寒料峭。我家住的居民楼离热电站较近，二十四小时都能保持室温二十多度。

"你们这儿好热呀！"王世襄一进门就嚷热，我一看他穿了一身黑布厚棉袄棉裤，头戴"老头乐"帽子（即连头带颈只露两眼的绒帽），腰间还系紧一条粗麻绳。

"瞧这身儿打扮，真棒！"我叫他快脱棉袄，他说别忙，先从棉袄大襟里掏出一个又一个刻花盖瓦罐，小心地放到桌上，然后才解开那根粗麻绳，脱下厚棉袄。原来瓦罐里装的是纺织娘，过一会儿就银铃般叫起来。好久未见，王世襄七十多岁的人仍是"冬怀鸣虫、秋斗蟋蟀"。不久以前有一次星期天，我顺路去芳嘉园，只有袁荃猷大姐在家，说他一个人去香山逮蛐蛐儿（即蟋蟀）去了。

说起袁大姐这位主妇真够她为难的，家里已经塞满各种大小件不能碰的东西，她的吃喝穿戴日用东西东躲西藏无处放，而王世襄还在不断地折腾，时常带回一些什么。她常说累得腰酸背痛连个软沙发椅都没得坐（因为沙发无处放），家里全是红木硬板凳。但是我了解她的"抱怨"，其实是骄傲和欣赏，而绝不是夫唱妇随的忍让。袁荃猷出身大家闺秀，弹得一手古琴，在音乐研究所工作多年，编著中国音乐史，会描花剪纸，手巧心灵。没有她的合作，王世襄的几本图录都不会如此精彩。

· 吃的行家

王世襄不但每天买菜是行家，哪家铺子能买到最好的佐料也是行家。不但吃的品位高，做菜的手艺也是超一流。在香港如果有人宴请，席上鲍鱼，对于我算白白浪费，根本不觉得好吃，甚至咬不动。但是我吃过王世襄从发到炖一手做的鲍鱼，那真是棒！软、糯、香、醇，没得比了。他还善于尝菜，到了有名的菜馆，朋友们发现精品都愿听他的品评，他不但尝出好坏，还能说出用什么配料，多少火候，等等。

然而他并非只做高级菜，我也尝过他平时自己吃的炒青菜，一炒就是二斤一大碗，颜色碧绿，味道正，入口爽脆，他能一顿全吃光。他发明的烹大葱已在熟朋友中流传。北京多数季节都能买到山东大葱，每根比大拇指还粗，不用任何配菜，只用适量佐料一烹，这道最便宜的菜也能上酒席。

"文革"之后，我弟弟在美国三十多年第一次回国探亲，就想吃他小时候在北京吃惯、三十多年没吃过的麻豆腐。实际上就是做完豆腐的废渣，颜色灰不溜丢，味道有点酸涩，南方人简直不能入口。这是北京人最土的家常菜，讲究的要用羊油炒，放少量鲜青豆和干红辣椒。可当时那季节北京没处买，于是王世襄出于对远客念旧的同情，便不怕费事地经过许多道工序，竟然做出了麻豆腐。

过了许多年，他的"美食家"名声和他的明式家具、鸽哨、竹刻、蛐蛐儿罐……各种民艺专家的名声同样传出去了。

就在两年前我离开北京前不久，有一天他又来到团结湖串门儿。我看到报上全国一级厨师大赛昨天在人民大会堂举行，评判员中就有他，我便问他：

"这回南北美味可尝饱了吧？"

"咳！别提了，昨天在人民大会堂泡一天，晚上回家饿得什么似的，还得吃碗稀饭睡觉。"

原来他一天之内尝了川、广、云、贵、苏、扬、京、津各地口味八十多道菜，可每样入口只能抿那么一小点儿，必须保持饥饿，否则一饱不想再吃就尝不出味道，无法评判了。这对于嘴馋的人还真是个考验呢！

他还拿出一篇为《中国烹饪》杂志写的文章给我们看，题目已记不得，只记得他讲给我们听的内容，涉及当时流行、最引起我反感却又没有资格反对的一件事，原来他也反对，这真让我高兴！那就是自从改革开放，新的宾馆餐厅争奇斗艳，时兴把一盘菜硬是摆弄成龙凤、熊猫、牡丹，甚至桂林山水，整个儿成了庸俗的工艺品，哪里还能引起食欲。

他是从中国传统的色、香、味理论谈起，主张一切不能离开美食本身的质和形。一种蔬菜或海鲜禽肉，就是要最好地发挥它本身的色、香、味。要讲究不同菜肴颜色的配置，也包括盘碗瓷器的配置，但是菜就是菜，肉就是肉，不能是别的什么。这就从根本上反对了那种雕琢工艺品式的菜肴，厨师训练只需学烹调专业，不必花一半时间去学雕塑技术了。

1991年9月

（录自《故人·故乡·故事》，生活·读书·新知三联书店，2005年版）

博物君子今何在

——文人与收藏

赵 珩

　　不久前，一位旅居英国的老朋友送来他新完成的一篇稿子，题目是《珀西瓦尔·大维德爵士与中国古陶瓷收藏》。我对陶瓷完全是外行，但在拜读这篇文章之后，却真是感到中国收藏界对珀西瓦尔·大维德（Sir Percival David，1892—1964）的了解太少了。大维德是西方研究中国古陶瓷最负盛名的学者和权威，他的收藏已经成为西方乃至中国陶瓷收藏者引以为参照的重要依据。其实，早在二十世纪三十年代中期，他已经出版了《大维德藏瓷谱》，当时仅印刷了三百余部，并由故宫博物院院长马衡先生介绍，请院古物馆馆员滑仙舟先生题写了书名。大维德曾经翻译过中国的《格古要论》，但我以为这绝不仅仅是翻译作品，而是一位收藏家毕生实践的心血凝结。

　　1961年，大维德已届垂暮之年，他听说"台北故宫博物院"

将赴美国举办艺术展览，立即从伦敦飞赴美国，并向主办方提出了一个非分的要求，恳请他们让他触摸那些令他魂牵梦萦的瓷器。用我朋友的话说，这是他向中国古代工匠们做最后的告别。

也许，这就是一位收藏家对属于全人类的艺术品最真挚的情感——尽管这些藏品并不属于他个人。

从小读李清照的《金石录·后序》，常常为赵明诚与李清照收藏金石古籍的故事所感动。他们经常在归来堂品茗对坐，两人相互以所藏古物命题稽考对方，"以中否角胜负，为饮茶先后。中，即举杯大笑，至茶倾覆怀中，反不得饮而起"。每在相国寺收集到藏品，则"相对展玩咀嚼，自谓葛天氏之民也"。这种夫妻之间的雅趣，读来令人神往艳羡。有时遇到一件古器而又囊中羞涩，甚至"脱衣市易"。某次有人拿来一幅徐熙的《牡丹图》，索价二十万钱，第二天即要付款。两人相对无眠，对着古画展玩品评了一夜，终因凑不齐二十万而在次日将画还给人家，于是"夫妻相向惋怅者数日"。正是经过他们锲而不舍的努力，才在经过二十年之后，完成了《金石录》。遗憾的是，当李清照为《金石录》作序时，她与赵明诚数十年珍藏的文物已经荡然无存，于是才有了"三十四年之间，忧患得失，何其多也！然有有必有无，有聚必有散，乃理之常。人亡弓，人得之，又胡足道"的慨叹。每读至此，我总会潸然泪下，这种感动，或许并不仅是对他们藏品流散的惋惜，也是出自对这种无奈的达观所感到的切肤之恸。

明代高濂在《遵生八笺》中非常详细地记述了他是怎样以鉴藏钟鼎卣彝、书画碑帖、窑玉古玩、文房器具度过闲暇的时光，"帖拓松窗之下，图展兰室之中"，于是感喟："一洗人间氛垢矣。清心乐志，孰过于此？"清代李渔在《闲情偶寄》所说的"妙在身生后世，眼对前朝"，大抵也是这个道理。

收藏之道，历史久远，早在春秋战国时期，人们就已经开始重视对前代器物的收藏。但《左传》所称的"文物以纪之，声明以发之"，指的是历史遗留的礼乐典章制度，与我们今天所称的"文物"含义是不同的。隋唐时期对文物的理解更为广泛，骆宾王"文物俄迁谢，英灵有盛衰"、杜牧的"六朝文物草连空，天淡云闲今古同"，不仅指的是文献和文物，同时也包括了历史遗迹。

其实，对于文物和文献的保护与收集，自汉代以来就已形成传统，历代皇宫中都收藏有珍贵的图书典籍和文物艺术品。西汉武帝设置秘阁，收藏图书；东汉明帝好尚丹青，别开画室。汉唐以来历代王朝都收藏和聚敛了大量的文物，甚至后蜀孟氏、南唐李氏小朝廷的收藏也十分丰富。在中国历史上，每当王朝更替，都会有大量文物毁于兵燹水火，幸存部分或为新政权接收，或散失于民间。唐代的《贞观公私画史》和《历代名画记》就记载了唐大中（847）以前皇宫收藏文物几次聚散的情况。宋徽宗时宫中收藏的书画和古器物达六千余件，分别藏于宣和殿和崇政殿，并编撰了《宣和书谱》和《宣和画谱》记录宫中所藏书画。当时士大夫也重收藏，尤其是金石之学极盛，欧阳修、赵明诚等都是金石收藏家。元明时期收藏领域不断拓宽，除了传统的青铜、陶瓷、法帖、书画之外，古玉器、漆器和竹木牙角杂项都有许多研究专著问世。清代到了乾隆之时，内府收藏之富，远远超过了前代，而民间收藏之风遍及朝野，尤其是藏书和版本之学，为后世的古籍研究、整理与校勘起到重大作用。正如清代学者洪亮吉所说："上则补石室金匮之遗亡，下可备通人博士之浏览，是谓收藏家。"

"博物君子"一词，很早就见于《左传》《尚书》，本指博闻多识的人。自明代李竹晔因精于鉴赏而又人品方正被誉为"博物君子"后，人们也常常以博物君子泛指那些学贯古今、通晓文物文献的收藏家。

我国历史上出现过众多的收藏大家，远的不说，自宋代以来就有米芾、范钦、项元汴、孙承泽、梁清标、安岐、卞永誉、黄丕烈、陈介祺等人，近现代有罗振玉、傅增湘、周叔弢、张伯驹诸君。这些人不仅是收藏家，更是鉴赏家和研究者，他们一生虽然收藏甚富，但从未以财产视之。更重要的是，他们对所藏文物有精湛的研究，或有诸多著作传世，这样的人才算得是真正的收藏家。

说起收藏家，也涉及中国社会历来存在着的一个特殊群体——文人。文人的概念绝非我们今天所说的知识分子，也不同于西方的贵族和上流社会。他们不受仕与不仕的约束，也非一种生存状态的标志，或者说并不是某一种术业专攻的学者。这个群体具有深厚的文化积淀，有综合文化与艺术的修养和造诣，有超然物外的独立精神，也兼有绝尘脱俗的人格魅力和不可逾越的道德操守。文人可以任何身份和职业立世，但无论顺达或坎坷，富贵或清贫，毕竟是精神的贵族。

宋徽宗和清高宗都是帝王中的大收藏家，君临天下，自然可以搜尽天下奇珍，藏之于内府，但他们在此过程中所得到的快乐并不一定超过一般的文人收藏家。英国的伊丽莎白女王是喜爱集邮的，她几乎收集齐全了1840年以来的世界各国发行的邮票，有专人为她分类整理，但我想她在此中得到的快乐也许远远比不上一个普通的集邮爱好者。

收藏是要倾注钟爱之心的。藏家每以毕生的心血搜求自己所钟爱的文物，久而久之成为真正的鉴赏家。例如我们常常在书画、碑帖上看到"墨林"与"蕉林"这样两方印记，"墨林"是谁？"蕉林"又是谁？为什么经"墨林"与"蕉林"鉴藏的书画碑帖更为珍贵？

"墨林"即是明末大收藏家项元汴（子京，1525—1590），他是浙江嘉兴的望族，家道殷富，本人也是明末著名的书画家。他收藏历代名画、法书版本、彝器等，按《千字文》编目整理，可见其收藏之富。因购得古琴上刻有"天籁"二字，故将收藏之室题为"天籁阁"。凡经他收藏和审定的书画、碑帖、版本大多钤有"项子京家珍藏""项元汴氏审定真迹""墨林""天籁阁"等印章。于是这件藏品就显得弥足珍贵。当然，后世伪造印钤者也不鲜见。入清以后，项氏藏品大多辗转归于乾隆内府。

"蕉林"则是清初鉴藏家梁清标（棠村，1620—1691），梁清标生于明末，崇祯十六年（1643）进士，入清后授翰林院编修，康熙二十三年（1684）授保和殿大学士，位极人臣。梁氏是河北正定人，在家乡筑有蕉林书屋，是庋置藏品的所在。梁氏收藏精于鉴赏。他从不迷信前人著录或大名头的作品，对于不见著录或名气不大的书画家作品同样收藏，经他收藏的书画、碑帖大多亲自题签，并钤有"苍岩子""河北棠村""蕉林"等印章。我们今天所熟悉的展子虔《游春图》、阎立本《步辇图》、周昉《簪花仕女图》、荆浩《匡庐图》、顾闳中《韩熙载夜宴图》、范宽《雪景寒林图》、郭熙《窠石平远图》、李唐《万壑松风图》等，无不经他收藏。梁清标在书画鉴藏与保护方面所做出的贡献是永远不应该被忘记的。

收藏之道中不但蕴含着对故物的钟爱，也渗透着人与人之间的交往与切磋，可以说是一种文人之间的交谊方式。某人得到一种藏品，或可在同好之间相互赏玩，或可题写自己的鉴赏心得，这种形式常常体现在书画、碑帖、版本甚至是彝器铭文拓片的题跋之中。题跋的内容多以观赏经过、真伪评价、艺术赏析为大略以记之，一件名作可经历代鉴赏家依次题跋，旧时古玩行称之为"帮手"，一件书画"帮手"越多则越"阔"。后来也有些作品虽然艺术水平一般，但经收藏者请来众多名家题跋、捧场，抬高作品的身价，被称之为"穷画阔帮手"。其实，真正的鉴赏家是不会为伪作或水平一般的作品题跋的，这种情况以请来"大纱帽"（即有权势而附庸风雅的人）为多。我在观赏一些手卷的时候也偶有发现题跋的次序竟有时代前后倒置的情况，即前人在后而近人在前，甚至有展卷至终已然留白，经过很长一段，末尾又出现题跋的情况，这大多是受命题跋者自谦的表示，认为自己不能和大鉴赏家同列，或留给前辈更多的题写空间，将自己的跋附于骥尾，以此也足见前辈鉴藏家谦逊的风范。

有些经过几位名家共同把玩的书画或器物则更有趣味，也可反映出前辈古人的交谊与往来。我藏有一方清代张叔未（廷济）取自河南新郑子产庙唐碑残石磨成的圭形石砚，本来不是什么珍贵文物，但经叔未请梁山舟（同书）和翁覃溪（方纲）题写砚石边铭和砚盒，自然就颇有意思了。张叔未生于1768年，梁山舟生于1723年，翁覃溪生于1733年。叔未晚山舟四十五岁，晚覃溪三十五岁，但于此物可见他们在收藏玩赏之间的交往。梁山舟于砚石边铭文曰："一片石，千余年；没字碑，谁宝旃。同书识。"翁覃溪则在砚盒面上题"东里润色"四字，并注明"叔未得唐子产庙碑残石，琢为砚，因以昔年所摹张迁碑四字弁之，亦君家典故也。方纲"。叔未自在盒底撰写残石来源始末。子产是春秋时郑国大夫，居于新郑东里，唐时在新郑建庙立碑，叔未得之残石，已越千年，故山舟有"千余年"之语。《论语·宪问》又有"东里子产润色之"，故而覃溪题"东里润色"四字。一方石砚，经三位鉴藏名家和大文人之手，自然趣味盎然，同时又见三人之间的忘年交谊。

我在幼年时曾见到过叶恭绰、张伯驹、张叔诚诸位先生，对他们观赏文物时的那种庄重和恭敬留下了极深的印象，后来又接触到启功、朱家溍、周绍良等前辈，有幸伫立在旁看他们展卷拜观书画，也是同样凝神屏气、肃穆万分的神态。旧时观赏文物讲究沐手焚香，大抵也是出于对古人遗物的敬畏。这种庄敬与安详也许正是我们今天所缺失的心态。鉴赏的过程当是穿过时空的隧道与古人的交流，需要一种沉静和安详，何尝是我们今天看到的"寻宝""鉴宝"节目中那种飞扬浮躁与插科打诨的作秀？

我常常想起二十世纪八十年代与袁行云先生观赏书札时的情景，袁先生是中国社会科学院的学者，虽出身世家，但生活并不富裕，家中所遗吉光片羽，他也从未用金钱去估算过价值。当时我们两家相距不甚远，晚饭后常常互相串串门，观赏几件字画或书札。袁先生所藏书札不少，大多为清中叶以后的名家尺牍，每观至会心处，会忘记时间已近午夜。袁先生生活的时代虽远远脱离了文人士大夫年代，但他身上的那种谦和、低调，却从骨子里透出旧时文人的气质。

歌德说"收藏家是最幸福和快乐的人"，我想主要的幸福与快乐当是来自收藏的过程中，蕴含于玩摩和研究之内，这也是收藏家和收藏爱好者应有的心态。

我们常说"文物是人类的共同财富"，文物作为收藏品，它们的历史价值、艺术价值和科学价值却是永远不会变的，它们所给予人们的物质与精神享受更是无法以金钱衡量的。中国的社会变迁与更迭，历来速于西方社会，一件收藏品伴随收藏者的一生已属不易，焉能子子孙孙永远为一家一姓保存下去。我们常常看到许多前朝书画上钤有"子孙永宝之"或"子子孙孙永宝之"的印章，其实当我们展卷拜观时早已不知流经多少藏家之手。我们在这件文物面前为其艺术魅力倾倒之时，也会对历代收藏者肃然起敬。然每于斯时，总会慨然良久，不免有兴亡之叹。

（录自《旧时风物》，广西师范大学出版社，2009年版）

文物与垃圾

吴冠中

　　文物折射了历史、社会、思想的变迁，生活的隐秘……是可触摸到的消逝了的真实。人们依据文物再现前朝及远古的面貌。古猿人的头骨、恐龙的遗骸、鱼的化石，都成为稀世珍宝，因它们证实了宇宙发展的轨迹。如果这些头骨与化石之类遍地皆是，便不成其为文物，恐龙满地走，人类避之不及了。

　　文物更多属人造之物，只不过是前人所造。缅怀祖先，恋念祖先之事事物物，珍视文物具有深层的感情因素。故宫、古民居、古桥梁，古人在建筑中用尽财力物力，更用尽心机。建筑不只实用，且力求美观，其原创时期便同时是造型艺术的起步。我们一向为项羽一把火烧掉阿房宫耿耿于怀，这个文盲土匪太可恶。近来考古发掘证实阿房宫并无焚烧迹象，且根本并未完成，我心里原谅了猛霸王。从希腊的柏得侬庙、罗马的斗兽场、巴黎的凡尔赛、世界各国的皇宫，到我国的长城、天坛及唐建佛光寺等等早已属被保卫的名胜，不在话下。如今最大问题是我国大量的民居，面临着拆与保的命运，争吵不休，无法解决。生平忙丹青，踏遍青山，我偏爱古树、老屋，她们确是非常之美。安居乐业，能乐业者必讲究安居，参观那些老屋大宅、门廊庭园、亭台楼阁，可了解房主的生活水平与享乐品位，但让今人居住，则照明、供暖、通风、防潮、防暑……均须彻底改造了。中国人、洋人，一批批的参观者均觉得古民居美，有情趣、稀罕，都赞赏那久远年代便创造了当时美好的生活。但参观后，所有的参观者便住到今天的宾馆酒店去了，谁也不愿留住在古宅里，古宅里的工作人员下班后也回家去了。古宅失去其宅的实用价值，已成为示众的巨大文物。联合国要选几处这样巨大的文物保护起来，必须投入大量资金和人力，旅游收入大概可以满足需求。但大量老百姓的砖木住宅都朽了，要重建，重建就不能再建老样子，因那已不适应今天的生活，为了别人眼里的独特与猎奇，强迫老百姓就范，行吗？而新建民居如何立足当代，吸取西方和传统之优，这绝不是一个简单问题，这是科学与艺术的创造课题，我们呼吁专家，重视专家，这样的专家属国宝级。

传统体现于感情，而非形式。

中国人讲究光宗耀祖，要求子孙为祖上争光；同时，对身后声名与祖上的荣华看得同等重要，"留取丹心照汗青"真正体现了中华民族的传统精神，这种精神似乎比其他国家更鲜明突出。传统观念是家族观念的扩展，家族观念是传统观念的微缩，我估计中国人的家族观念当居世界首位，家谱也许是我国的特产，数典忘祖被认为是罪大恶极。五四运动打开了封闭的门户，梳理了传统，展拓了传统，救救孩子！创造新文化是子孙唯一的前途。今天重视世界文化的多样性，那多样性，当指今日创造出的多样性，祖上的多样性已进博物馆珍藏、陈列，用祖上的成品同国际上去比今天的多样性，岂非显示了子孙的没出息？因文物不是今人的创造。有人买了件铜器，铜绿斑斑，此公却将之擦得光亮如新，别人嗤笑他的愚昧，鲁迅感到他不过还原了文物的本来面目。文物本是现实什物，时间将之涂抹成模糊的"文物"，它也就身价百倍地在人间穿来穿去，被人买来卖去。

在现实生活中，总是糟粕多于精华，有幸被保留下来的"文物"，必然更是糟粕多于精华，出身糟粕，长寿而成精华，文物之幸也。若传统之事物统统长存，后人便无立锥之地。淘汰节选，新陈代谢，维护着人类文明的繁衍不息。当代之事，立足当代，重在创造新生，新生不一定从继承而来，因未来是未知。若一味强调立足传统，要在传统基础上求发展，则将永远困于传统的基础之大牢，能越狱而出者凤毛麟角。而传统的历次大转变，大发展，都近似后浪推翻前浪的革命风暴。

文物除文史价值外，其实体往往是具审美价值的艺术品。玩文物，玩艺术，扩展了文物市场。进入市场，良莠不齐，真伪混杂，垃圾多多。不久前一次大规模的工艺品拍卖会，据报道几乎全军覆没，统统卖不掉，有人怨因缺乏大师，而实质问题是落后的审美观制品已日益被当代人唾弃。那些陈腔滥调的黄杨木雕、牙雕、石雕，老艺人们虽终身爱其手艺，感叹后继乏人，连自己的孙子也不肯继承了，但若遇上低水平的洋人夸他们的作品，便赋予了他们心灵的慰藉与希望。

豪富大宅中的砖、木雕饰以烦琐为美，堆砌为美，导游讲解一派胡言，夸夸其谈其中从情节故事到表现形式之精妙绝伦。民间，因其地处偏僻，闭塞，贫穷落后，但聪明的艺人用泥、木、竹、纸、麦秆等最简单的材料制成巧妙的什物和玩具，确是极生动的艺术创作，雅俗共赏。

民间艺术的价值诞生于智慧。

民间的处境不断变化，城乡区别减弱，民间的含义日益淡化，固有的民间艺术的样式不能永葆原貌，智慧不断发展，民间艺术必然在创新中变异，呈现新貌。旧情浓浓，人们对旧形式的过分维护，其实是断了她们的新生前程。

文物进入了时尚，于是，并无文物价值的"文物"、伪造的"文物"、文物垃圾充斥市场，看来尚无鉴别与控制真假文物的有力机构。上海市宣言要拆除城雕垃圾，我闻而喜，鼓掌。改革开放以来，无数蹩脚壁画和城雕占领了城乡，污染了景观，丑化了国家文化的面貌。拆！拆！拆！毁！毁！毁！

（录自《吴冠中散文精选》，人民文学出版社，2010年版）

辑二 访瑰宝

苏州网师园

陈从周

　　苏州网师园，我誉为是苏州园林之小园极致，在全国的园林中，亦居上选，是"以少胜多"的典范。

　　网师园在苏州市阔街头巷，本宋时史氏万卷堂故址。清乾隆间宋鲁儒（宗元，又字悫庭）购其地治别业，以"网师"自号，并颜其园，盖托渔隐之义，亦取名与原巷名"王思"相谐音。旋园颓圮，复归瞿远村，叠石种木，布置得宜，增建亭宇，易旧为新，更为"瞿园"。乾隆六十年（1795）钱大昕为之作记①，今之规模，即为其旧。同治间属李鸿裔（眉生），更名"苏东邻"。其子少眉继有其园②。达桂（馨山）亦一度寄寓之。入民国，张作霖举以赠其师张锡銮（金坡）③。曾租赁与叶恭绰（遐

① 钱大昕清乾隆六十年（1795）《网师园记》："带城桥之南，宋时为史氏万卷堂故址，与南园、沧浪亭相望。有巷曰'网师'者，本名'王思'，囊三十年前，宋光禄悫庭购其地，治别业，为归老之计，因以'网师'自号，并颜其园，盖托于渔隐之义，亦取巷名音相似也。光禄既殁，其园日就颓圮，乔木古石，大半损失，唯池一泓，尚清澈无恙。瞿君远村偶过其地，惧其鞠为茂草也，为之太息。问旁舍者，知主人方求售，遂买而有之。因其规模，别为结构，叠石种木，布置得宜，增建亭宇，易旧为新。既落成，招予辈四五人谈宴，为竟日之集。石径屈曲，似往而复，沧波渺然，一望无际。有堂曰'梅花铁石山房'，曰'小山丛桂轩'。有阁，曰'濯缨水阁'。有燕居之室，曰'蹈和馆'。有亭于水者，曰'月到风来'。有亭于崖者，曰'云岗'。有斜轩，曰'竹外一枝'，有斋曰'集虚'……地只数亩，而有纡回不尽之致……柳子厚所谓'奥如旷如'者，殆兼得之矣。"

褚廷璋清嘉庆元年（1796）《网师园记》："远村于斯园增置亭台竹木之胜，已半易网师旧规。""乾隆丁未（1787）秋奉讳旋里，观察（宋鲁儒）久为古人，园方旷如，拟暂僦居而未果。"

冯浩清嘉庆四年（1799）《网师园记》："吴郡瞿君远村得宋悫庭网师园，大半倾圮，因树石水池之胜，重构堂亭轩馆，审势协宜，大小咸备，仍余清旷之境，足畅怀舒眺。"园后归吴嘉道，为时不久。

② 见俞樾《撷秀楼匾额跋》及达桂、程德全之网师园题记。又名蘧园。

③ 据张学铭先生见告。园旧有黎元洪赠张锡銮书匾额。后改称逸园。

庵）、张泽（善子）、爰（大千）兄弟，分居宅园。后何亚农购得之，小有修理。1958年秋由苏州园林管理处接管，住宅园林修茸一新。叶遐庵谱《满庭芳》词，所谓"西子换新装"也。

住宅南向，前有照壁及东西辕也。入门屋穿廊为轿厅，厅东有避弄可导之内厅。轿厅之后，大厅崇立，其前砖门楼，雕镂极精，厅面阔五间，三明两暗。西则为书塾，廊间刻园记。内厅（女厅）为楼，殿其后，亦五间，且带厢。厢前障以花样，植桂，小院宜秋。厅悬俞樾（曲园）书"撷秀楼"匾。登楼西望，天平、灵岩诸山黛痕一抹，隐现窗前。其后与五峰书屋、集虚斋相接。下楼至竹外一枝轩，则全园之景了然。

自轿厅西首入园，额曰"网师小筑"，有曲廊接四面厅，额"小山丛桂轩"，轩前界以花墙，山幽桂馥，香藏不散。轩东有便道直贯南北，其与避弄作用相同。蹈和馆琴室位轩西，小院回廊，迂徐曲折。欲扬先抑，未歌先敛，故小山丛桂轩之北以黄石山围之，称"云岗"。随廊越坡，有亭可留，名"月到风来"，明波若镜，渔矶高下，画桥迤逦，俱呈现于一池之中，而高下虚实，云水变幻，骋怀游目，咫尺千里。"涓涓流水细浸阶，凿个池儿招个月儿来，画栋频摇动，荷叶尽倒开。"亭名正写此妙境。云岗以西，小阁临流，名"濯缨"，与看松读画轩隔水招呼。轩园之主厅，其前古木若虬，老根盘结于苔石间，洵画本也。轩旁修廊一曲与竹外一枝轩接连，东廊名射鸭，系一半亭，与池西之月到风来亭相映。凭栏得静观之趣，俯视池水，弥漫无尽，聚而支分，去来无踪，盖得力于溪口、湾头、石矶之巧于安排，以假象逗人。桥与步石环池而筑，犹沿明代布桥之惯例，其命意在不分割水面，增支流之深远。至于驳岸有级，出水留矶，增人"浮水"之感，而亭、台、廊、榭，无不面水，使全园处处有水"可依"。园不在大，泉不在广，杜诗所谓"名园依绿水"，不啻为是园咏也。以此可悟理水之法，并窥环秀山庄叠山之奥秘，思致相通。池周山石，虽未若环秀山庄之曲尽巧思，然平易近人，蕴藉多姿，其蓝本出自虎丘白莲池。

园之西部殿春簃，原为药阑。一春花事，以芍药为殿，故以"殿春"名之。小轩三间，拖一复室，竹、石、梅、蕉，隐于窗后，微阳淡抹，浅画成图。苏州诸园，此园构思最佳，盖园小"邻虚"，顿扩空间，"透"字之妙用，于此得之。轩前面东为假山，与其西曲廊相对。西南隅有水一泓，名"涵碧"，清澈醒人，与中部大池有脉可通，存"水贵有源"之意。泉上构亭，名"冷泉"。南略置峰石为殿春簃对景。余地以"花街"铺地，极平洁，与中部之利用水池，同一原则。以整片出之，成水陆对比，前者以石点水，后者以水点石。其与总体之利用建筑与山石之对比，相互变换者，如歌家之巧运新腔，不袭旧调。

网师园清新有韵味，以文学作品拟之，正北宋晏几道《小山词》之"淡语皆有味，浅语皆有致"，建筑无多，山石有限，其奴役风月，左右游人，若非造园家"匠心"独到，不克臻此^①。足证园林非"土木""绿化"之事，故称"构园"。王国维《人间词话》指出"境界"二字，园以有"境界"为上，网师园差堪似之。

（录自《园林丛谈》，江苏文艺出版社，2013年版）

---

① 苏舜《养疴闲记》卷三："宋副使惠庭宗元网师小筑在沈尚书第东，仅数武。中有梅花铁石山房，半巢居。北山草堂^{附对句}'丘壑趣如此，鸾鹤心悠然'。濯缨水阁'水面文章风写出，山头意味月传来'。（钱维城）花影亭'鸟语花香帘外景，天光云影座中春'。（庄培因）小山丛桂轩'鸟因对客钩辀语，树为循墙宛转生'。（曹秀先）溪西小隐。斗屠苏^{附对句}'短歌能驻日，闲坐但闻香'。（陈兆仑）度香艇。无喧庐。琅玕圃^{附对句}'不俗即仙骨，多情乃佛心'。（张照）"

从溥仪出宫到故宫博物院

单士元

　　1924年11月4日，当时的摄政政府决定请溥仪迁出皇宫。执行者为北京警备司令鹿钟麟，警察总监张璧，北京大学教授河北士绅李煜瀛。李是早年追随孙中山先生领导民主革命的杰出人士，这次行动亦是完成辛亥革命未竟之业。辛亥革命推翻了清代王朝，成立了中华民国。清代末帝溥仪以逊位名义退位，因之人民给予优厚待遇。在优待条件中有：每年给予生活费四百万元；退位之后，暂住皇宫，日后迁居颐和园。优待不可谓不厚。可是到了民国六年（1917），身任民国总统的窃国大盗袁世凯，要恢复帝制做洪宪皇帝，在人民反对下只昙花一现遂告终。而清朝中之遗老，借王朝后宫的老巢，又拥护溥仪演出一幕复辟丑剧，一时北京城里，龙旗飘扬，皇宫里一大批身穿蟒袍的文武大臣，跪呼万岁。复辟丑剧又在人民反对下，烟消云散。由于当时北洋军阀政府的大官，包括总统在内，都是清朝遗老，对溥仪背叛民国罪行，也就不了了之。1923年，溥仪结婚，当日称大婚，一时遗老朝贺如仪，有的虽在民国做了大官，仍都不忘故主，也称臣进宫朝贺。外国使节齐来故宫观礼，中华民国大总统特派特使祝贺如仪，真是冠盖如云，盛极一时。这时溥仪已晓大事，又与康有为等人（其中有金梁、徐良，还有英人庄士敦）密谋复辟。此举若真的实现，则全国人民之厄运不知将伊于胡底？当摄内阁请溥仪迁出皇宫，成立清室善后委员会，曾正式发布命令，修正优待条件，文曰：

> 修正清室优待条件，业经公布施行，着国务院组织善后委员会，会同清室近支人员，协同清理公产，昭示大公，所有接收各公产，暂责成该委员会，妥慎保管，俟全部结束，即将宫禁一律开放，备充国立图书馆博物馆等项之用，藉彰文化，而垂久远，此令。

这种设想是于人民有益的。当溥仪未迁之前，日日偷运文物，移出宫外，散失极多。在皇宫中有账可查者，即拿出宋元版书籍二百余种，唐宋元明清历朝书画一千余件，皆属琳琅秘籍，缥缃珍品。至于不列账中重要文物，就无法可查了。若溥仪再住数年，则将只剩空空如也的宫殿群，何来今日之故宫博物院？当然请溥仪出宫，溥仪近支贵族不满，清室遗老不满，已任民国大官的也在不忘故主的心理支配下，对清室善后委员会加以抑制。如段祺瑞、张作霖等专权时代，委员会夭折者屡。为了迫使委员会将故宫及一切文物交还溥仪，军阀势力不顾已经在1925年10月10日成立一个世界驰名的中国唯一的故宫博物院，竟将对博物院成立保护有功的陈垣教授、正直廉洁的庄蕴宽等社会名流，或捕或禁。经当日社会贤达多方营救，始幸得释。故宫博物院虽然存在，而当日政府以群众团体视之，不予经费。赖各方支持，同人苦心经营，到北伐成功之后，始正式为国家博物院。到了日本军国主义侵略我国，"九一八"事件后故宫博物院又处险境，于是出现古物南迁之事，影响事业开展。随之又出现了所谓故宫盗宝案，此事作为长期参加博物院工作之人，则非所知，亦无所见，群情惶惑。近日全国政协印有文史资料《故宫盗宝案真相》一书，数十年疑案始大白。原来，这是一场国民党内部斗争制造的大冤案。

故宫缔造历尽艰辛。1937年日本军国主义发动卢沟桥事变，博物院几位负责者纷纷离去。离去之前，院长马衡委任一总务处长和院部部分人员留守故宫，尽保护文物之责。我就是当时留守人员之一。同人等一直忠于职守，博物院紧闭大门。当时日本人未来故宫。揆其心理，盖已视故宫为日本收藏文物之外府，故未进驻。至1943年，汪精卫、王揖唐、王克敏之流出面组织伪华北行政机构，曾派原北京市一旧官僚接管故宫，但无一日人在内。故宫虽一度在伪组织管理之下，亦尚能按原制进行。在1944年日本侵略军濒于崩溃之际，从故宫掠去铜缸数十件，制造军火，此损失尚不大，实为故宫博物院之幸事。抗战胜利后，旧院长归来，对留守故宫之旧人员有所慰勉，伪组织时代所补充人员全数解职，一时故宫恢复抗战前旧观。但在蒋政权发动内战之年代，院事亦无进展。1949年2月5日，中国人民解放军进城，由军管会接管，故宫博物院才获得新生。旧中国的故宫博物院只是将建筑群和文物公之于众，与作为伟大中国代表的国家级博物院在各方面是不相称的。

新中国成立后，故宫博物院发生了巨大变化。故宫归还人民，面貌一新。从1840年鸦片战争开始，中国沦入了半殖民地半封建的境地，当时皇帝被内忧外患逼得手忙脚乱，哪里还顾得上修理皇宫。溥仪出宫后，虽然成立了故宫博物院，但历届反动政府，并不真心对故宫保护。因此在1949年解放前，故宫建筑长期失修，坍塌倒坏十分严重，各处垃圾瓦砾成山，荒草荆棘高与人齐。解放后人民政府为故宫订定修理计划，立即进行修缮。首先清除垃圾瓦砾，在1952年至1958年间，运出垃圾有二十五万立方米，如果利用这些垃圾修筑一条宽二米，高一米的公路，可以由北京直达天津。与此同时，采取了有计划有步骤的维修措施。方针是："着重保养，重点修缮，全面规划，逐步实施。"还在故宫博物院里设立了古建筑研究单位，聘请经验丰富的老工人，组织专业技术队伍，在科学研究基础上进行维修，把故宫作为一个考古学术工作对象，细致地加以保护。经过努力，故宫建筑已逐渐恢复了原来的壮丽面貌。为了预防雷火，在宫殿上安装避雷针；为了进一步保证安全，设置了消防水道，组织了消防队。另一方面，对故宫旧藏文物，也进行了科学的研究整理，在要求体现思想性、科学性、艺术性原则下，把故宫好好地布置陈列起来，一改旧中国杂乱无章古董摊式的陈列面貌。在院里陈列的，有综合性的古代艺术陈列，有青铜器、瓷器、雕塑、绘画、珍宝、工艺、钟表，以及明清工艺品的专馆陈列。为了使广大人民看到过去封建皇帝在皇宫中是怎样生活的，还保持一些宫廷历史原状作陈列。人们通过这种陈列，可以了解专制时代封建皇帝是如何无止境地剥削人民的。封建专制时代和反动政权统治时代已经一去不复返了，我这个在故宫生活了六十年的人，深深体会到，只有在人民掌握了政权后，故宫这座古建筑群才能得到最好的保护与利用。

1959年溥仪在自写《我的前半生》时，曾来故宫收集有关他在故宫时的历史资料。当时我作为博物院的副院长接待了他，陪他到各处参观。到他日常生活的庭院时，他说故宫整理这样整洁，我简直不认识了。解放后故宫得到了新生，连做过专制皇帝的溥仪，也感到比他在这里时更好了。这是归还人民后，古建筑群和旧文物才能出现的面貌一新的景象。溥仪的话是发自真实的敬佩之心的。

（原载1985年第40期《瞭望周刊》）

莫高窟

余秋雨

　　莫高窟对面，是三危山。《山海经》记，"舜逐三苗于三危"。可见它是华夏文明的早期屏障，早得与神话分不清界线。那场战斗怎么个打法，现在已很难想象，但浩浩荡荡的中原大军总该是来过的。当时整个地球还人迹稀少，哒哒的马蹄声显得空廓而响亮。让这么一座三危山来做莫高窟的映壁，气概之大，人力莫及，只能是造化的安排。

　　公元366年，一个和尚来到这里。他叫乐樽，戒行清虚，执心恬静，手持一支锡杖，云游四野。到此已是傍晚时分，他想找个地方栖宿。正在峰头四顾，突然看到奇景：三危山金光灿烂，烈烈扬扬，像有千佛在跃动。是晚霞吗？不对，晚霞就在西边，与三危山的金光遥遥对应。

　　三危金光之谜，后人解释颇多，在此我不想议论。反正当时的乐樽和尚，刹那间激动万分。他怔怔地站着，眼前是腾燃的金光，背后是五彩的晚霞，他浑身被照得通红，手上的锡杖也变得水晶般透明。他怔怔地站着，天地间没有一点声息，只有光的流溢，色的笼罩。他有所憬悟，把锡杖插在地上，庄重地跪下身来，朗声发愿，从今要广为化缘，在这里筑窟造像，使它真正成为圣地。和尚发愿完毕，两方光焰俱黯，苍然暮色压着茫茫沙原。

不久，乐樽和尚的第一个石窟就开工了。他在化缘之时广为播扬自己的奇遇，远近信士也就纷纷来朝拜胜景。年长日久，新的洞窟也一一挖出来了。上至王公，下至平民，或者独筑，或者合资，把自己的信仰和祝祈，全向这座陡坡凿进。从此，这个山岙的历史，就离不开工匠斧凿的叮当声。

工匠中隐潜着许多真正的艺术家。前代艺术家的遗留，又给后代艺术家以默默的滋养。于是，这个沙漠深处的陡坡，浓浓地吸纳了无量度的才情，空灵灵又胀鼓鼓地站着，变得神秘而又安详。

从哪一个人口密集的城市到这里，都非常遥远。在可以想象的将来，还只能是这样。它因华美而矜持，它因富有而远藏。它执意要让每一个朝圣者，用长途的艰辛来换取报偿。

我来这里时刚过中秋，但朔风已是铺天盖地。一路上都见鼻子冻得通红的外国人在问路，他们不懂中文，只是一叠连声地喊着："莫高！莫高！"声调圆润，如呼亲人。国内游客更是拥挤，傍晚闭馆时分，还有一批刚刚赶到的游客，在苦苦央求门卫，开方便之门。

我在莫高窟一连待了好几天。第一天入暮，游客都已走完了，我沿着莫高窟的山脚来回徘徊。试着想把白天观看的感受在心头整理一下，很难；只得一次次对着这堵山坡傻想，它究竟是个什么样的存在？

比之于埃及的金字塔，印度的山奇大塔，古罗马的斗兽场遗迹，中国的许多文化遗迹常常带有历史的层累性。别国的遗迹一般修建于一时，兴盛于一时，以后就以纯粹遗迹的方式保存着，让人瞻仰。中国的长城就不是如此，总是代代修建、代代拓伸。长城，作为一种空间的蜿蜒，竟与时间的蜿蜒紧紧对应。中国历史太长、战乱太多、苦难太深，没有哪一种纯粹的遗迹能够长久保存，除非躲在地下，躲在坟里，躲在不为常人注意的秘处。阿房宫烧了，滕王阁坍了，黄鹤楼则是新近重修。成都的都江堰所以能长久保留，是因为它始终发挥着水利功能。因此，大凡至今哄传的历史胜迹，总有生生不息、吐纳百代的独特禀赋。

莫高窟可以傲视异邦古迹的地方，就在于它是一千多年的层层累聚。看莫高窟，不是看死了一千年的标本，而是看活了一千年的生命。一千年而始终活着，血脉畅通、呼吸匀停，这是一种何等壮阔的生命！一代又一代艺术家前呼后拥向我们走来，每个艺术家又牵连着喧闹的背景，在这里举行着横跨千年的游行。纷杂的衣饰使我们眼花缭乱，呼呼的旌旗使我们满耳轰鸣。在别的地方，你可以蹲下身来细细玩索一块碎石、一条土埂，在这儿完全不行，你也被裹卷着，身不由主，踉踉跄跄，直到被历史的洪流消融。在这儿，一个人的感官很不够用，那干脆就丢弃自己，让无数双艺术巨手把你碎成轻尘。

因此，我不能不在这暮色压顶的时刻，在山脚前来回徘徊。一点点地找回自己，定一定被震撼了的惊魂。晚风起了，夹着细沙，吹得脸颊发疼。沙漠的月亮，也特别清冷。山脚前有一泓泉流，汩汩有声。抬头看看，侧耳听听，总算，我的思路稍见头绪。

白天看了些什么，还是记不大清。只记得开头看到的是青褐浑厚的色流，那应该是北魏的遗存。色泽浓厚沉着得如同立体，笔触奔放豪迈得如同剑戟。那个年代故事频繁，驰骋沙场的又多北方骠壮之士，强悍与苦难汇合，流泻到了石窟的洞壁。当工匠们正在这些洞窟描绘的时候，南方的陶渊明，在破残的家园里喝着闷酒。陶渊明喝的不知是什么酒，这里流荡着的无疑是烈酒，没有什么芬芳的香味，只是一派力，一股劲，能让人疯了一般，拔剑而起。这里有点冷，有点野，甚至有点残忍。

色流开始畅快柔美了，那一定是到了隋文帝统一中国之后。衣服和图案都变得华丽，有了香气，有了暖意，有了笑声。这是自然的，隋炀帝正乐呵呵地坐在御船中南下，新竣的运河碧波荡漾，通向扬州名贵的奇花。隋炀帝太凶狠，工匠们不会去追随他的笑声，但他们已经变得大气、精细，处处预示着，他们手下将会奔泻出一些更惊人的东西。

　　色流猛地一下涡漩卷涌，当然是到了唐代。人世间能有的色彩都喷射出来，但又喷得一点儿也不野，舒舒展展地纳入细密流利的线条，幻化为壮丽无比的交响乐章。这里不再仅仅是初春的气温，而已是春风浩荡，万物苏醒，人们的每一缕筋肉都想跳腾。这里连禽鸟都在歌舞，连繁花都裹卷成图案，为这个天地欢呼。这里的雕塑都有脉搏和呼吸，挂着千年不枯的吟笑和娇嗔。这里的每一个场面，都非双眼能够看尽，而每一个角落，都够你流连长久。这里没有重复，真正的欢乐从不重复。这里不存在刻板，刻板容不下真正的人性。这里什么也没有，只有人的生命在蒸腾。一到别的洞窟还能思忖片刻，而这里，一进入就让你燥热，让你失态，让你只想双足腾空。不管它画的是什么内容，一看就让你在心底惊呼，这才是人，这才是生命。人世间最有吸引力的，莫过于一群活得很自在的人发出的生命信号。这种信号是磁，是蜜，是涡卷方圆的魔井。没有一个人能够摆脱这种涡卷，没有一个人能够面对着它们而保持平静。唐代就该这样，这样才算唐代。我们的民族，总算拥有这么一个朝代，总算有过这么一个时刻，驾驭如此瑰丽的色流，而竟能指挥若定。

　　色流更趋精细，这应是五代。唐代的雄风余威未息，只是由炽热走向温煦，由狂放渐趋沉着。头顶的蓝天好像小了一点，野外的清风也不再鼓荡胸襟。

终于有点灰黯了，舞蹈者仰首看到变化了的天色，舞姿也开始变得拘谨。仍然不乏雅丽，仍然时见妙笔，但欢快的整体气氛，已难于找寻。洞窟外面，辛弃疾、陆游仍在握剑长歌，美妙的音色已显得孤单，苏东坡则以绝世天才，与陶渊明呼应。大宋的国土，被下坡的颓势，被理学的层云，被重重的僵持，遮得有点阴沉。

色流中很难再找到红色了，那该是到了元代。

这些朦胧的印象，稍一梳理，已颇觉劳累，像是赶了一次长途的旅人。据说，把莫高窟的壁画连起来，整整长达六十华里。我只不信，六十华里的路途对我轻而易举，哪有这般劳累？

夜已深了，莫高窟已经完全沉睡。就像端详一个壮汉的睡姿一般，看它睡着了，也没有什么奇特，低低的，静静的，荒秃秃的，与别处的小山一样。

第二天一早，我又一次投入人流，去探寻莫高窟的底蕴，尽管毫无自信。

游客各种各样。有的排着队，在静听讲解员讲述佛教故事；有的捧着画具，在洞窟里临摹；有的不时拿出笔记写上几句，与身旁的伙伴轻声讨论着学术课题。他们就像焦距不一的镜头，对着同一个拍摄对象，选择着自己所需要的清楚和模糊。

莫高窟确实有着层次丰富的景深（depth of field），让不同的游客摄取。听故事，学艺术，探历史，寻文化，都未尝不可。一切伟大的艺术，都不会只是呈现自己单方面的生命。它们为观看者存在，它们期待着仰望的人群。一堵壁画，加上壁画前的唏嘘和叹息，才是这堵壁画的立体生命。游客们在观看壁画，也在观看自己。于是，我眼前出现了两个长廊：艺术的长廊和观看者的心灵长廊；也出现了两个景深：历史的景深和民族心理的景深。

如果仅仅为了听佛教故事，那么它多姿的神貌和色泽就显得有点浪费。如果仅仅为了学绘画技法，那么它就吸引不了那么多普通的游客。如果仅仅为了历史和文化，那么它至多只能成为厚厚著述中的插图。它似乎还要深得多，复杂得多，也神奇得多。

它是一种聚会，一种感召。它把人性神化，付诸造型，又用造型引发人性，于是，它成了民族心底一种彩色的梦幻，一种圣洁的沉淀，一种永久的向往。

它是一种狂欢，一种释放。在它的怀抱里神人交融、时空飞腾，于是，它让人走进神话，走进寓言，走进宇宙意识的霓虹。在这里，狂欢是天然秩序，释放是天赋人格，艺术的天国是自由的殿堂。

它是一种仪式，一种超越宗教的宗教。佛教义理已被美的火焰蒸馏，剩下了仪式应有的玄秘、洁净和高超。只要是知闻它的人，都会以一生来投奔这种仪式，接受它的洗礼和熏陶。

这个仪式如此宏大，如此广袤。甚至，没有沙漠，也没有莫高窟，没有敦煌。仪式从沙漠的起点已经开始，在沙窝中一串串深深的脚印间，在一个个夜风中的帐篷里，在一具具洁白的遗骨中，在长毛飘飘的骆驼背上。流过太多眼泪的眼睛，已被风沙磨钝，但是不要紧，迎面走来从那里回来的朝拜者，双眼是如此晶亮。我相信，一切为宗教而来的人，一定能带走超越宗教的感受，在一生的潜意识中蕴藏。蕴藏又变作遗传，下一代的苦旅者又浩浩荡荡。为什么甘肃艺术家只是在这里撷取了一个舞姿，就能引起全国性的狂热？为什么张大千举着油灯从这里带走一些线条，就能风靡世界画坛？只是仪式，只是人性，只是深层的蕴藏。过多地琢磨他们的技法没有多大用处，他们的成功只在于全身心地朝拜过敦煌。蔡元培在本世纪初提出过以美育代宗教，我在这里分明看见，最高的美育也有宗教的风貌。或许，人类的将来，就是要在这颗星球上建立一种有关美的宗教？

离开敦煌后，我又到别处旅行。

我到过另一个佛教艺术胜地，那里山清水秀，交通便利。思维机敏的讲解员把佛教故事与今天的社会新闻、行为规范联系起来，讲了一门古怪的道德课程。听讲者会心微笑，时露愧色。我还到过一个山水胜处，奇峰竞秀，美不胜收。一个导游指着几座略似人体的山峰，讲一个个贞节故事，如画的山水立时成了一座座道德造型。听讲者满怀兴趣，扑于船头，细细指认。

我真怕，怕这块土地到处是善的堆垒，挤走了美的踪影。

为此，我更加思念莫高窟。

什么时候，哪一位大手笔的艺术家，能告诉我莫高窟的真正奥秘？日本井上靖的《敦煌》显然不能令人满意，也许应该有中国的赫尔曼·黑塞，写一部《纳尔齐斯与歌尔德蒙》(*Narziss und Goldmund*)，把宗教艺术的产生，刻画得如此激动人心，富有现代精神。

不管怎么说，这块土地上应该重新汇聚那场人马喧腾、载歌载舞的游行。

我们，是飞天的后人。

（录自《文化苦旅》，东方出版中心，1992年版）

唐代骏马

孙 机

　　大自然于其亿万斯年的时间之长河中，在地球上创造了无数生灵。但是在动物里面，哪个也未能像马那样，把英武和勤劳、剽悍和驯良如此完美地结合在一起。马是人类忠实的朋友和勇敢的伙伴。"所向无空阔，真堪托死生。骁腾有如此，万里可横行！"

　　我国的马是先民自行驯养的，新石器时代的龙山文化遗址中已出马骨，可见这时的人们已知养马。不像古代埃及的马，要由喜克索斯人传入；古代日本的马，要由所谓骑马民族传入；更不像新大陆的马，要等到十六世纪才由欧洲人用船运去了。我国新石器时代中，马骨出的不多，这时养马作何用，还难以确切回答。可是到了商代，马和车已经结合起来。考古工作者在商代车马坑中剥出了完整的车和马，显示出我国古车之科学而严谨的结构和与世界其他地区完全不同的一套独特的系驾法。在以车战为主要战斗形式的年代里，马有了崭露头角的用武之地。"操吴戈兮被犀甲，车错毂兮短兵接。""凌余阵兮躐余行，左骖殪兮右刃伤！"那些拉着车子，活动相当不便的马，在战场上的命运是很悲壮的。它们是车的一部分，历史尚未承认其独立的存在。商代青铜器中，有象尊、犀尊、虎卣乃至豕尊，却没有见过马的形象。西周时有一件驹尊，反映出周天子对马政的重视。然而其造型板滞，腿短，颈粗，头大，表现出由普氏野马驯化的蒙古马的特征。它虽然未与车伴出，却仍像是从车辕底下牵出来的一头老实牲口。穆王的八骏名气很大，它们的名字如骅骝、绿耳、赤骥等，叫起来也很响亮，实际上却不过是套在主、次两辆驷马车上的服马和骖马，被驭手造父等人赶着"按辔徐行"而已（《拾遗记》）。作为车中的马，且不说它们拉盐车上高坂的窘况，即便被定为千里马，在皇帝眼里不也还认为"鸾旗在前，属车在后""朕乘千里之马，独先安之"吗？（《汉书·贾捐之传》）甚至即便是始皇陵出土的铜车上之马，也显得俯首待命，碌碌庸庸，可谓"厩中皆肉马，不解上青天"了。从这个意义上说，赵武灵王提倡胡服骑射，不仅是军事上的伟大变革，也是在艺术上对马的解放。否则，我们怎能看到如洛阳金村出土的战国错金银狩猎纹镜上的那种和勇士一起与猛虎搏斗的马呢？

　　当然，马脱离开车成为艺术品中的主角，也还要有一个过程，汉代的马正处在这个过程之中。在这时的壁画和画像石上，尽管出现了结驷连骑的大量车马，它们也在奋鬣扬蹄，仿佛一呼即发，但这时的艺术家惯于采用夸张、变化的手法，这些马难以被誉为写实之作。墓主可能是阳信公主的茂陵一号冢之陪葬坑中出土的鎏金铜马，造型颇逼真，却应是一具马式。它是否就是《史记·大宛列传》所记汉使持往贰师城的金马的复制件或仿制品，虽不易断定，但从它身上却无疑可以看到相马专家东门京在未央宫宦署门旁所立金马的身影。而在此身影中浮现出来的是一个轰轰烈烈的时代。这时，奴隶出身的将军卫青、贵胄出身的将军李广、依靠裙带关系提拔上来的将军李广利，在被翦伯赞先生称为"很活泼、很天真、重情感的人物"，也是一位具备统帅和诗人气质的政治家汉武帝的指挥下，绝大漠，出河西，开辟了通向西方世界的丝绸之路，使天马橐驼衔尾入塞。对于汉武帝的功过得失，这里不拟评说。但当时那些从军的材官、骑士们，跨在没有马镫的马上长途行军，冒矢石，接白刃，还要时时防备自己失鞍坠马，艰苦的程度是可以想象的。所以马大约给汉代人留下了一个过分深刻的印象，否则《说文》对马的解释为什么劈头就说"马，怒也，武也"呢！从西域得来的西极天马、渥洼龙媒之类，更被当成是了不起的神物，故而汉代艺术品中的马往往带有某种超常的禀赋。武威雷台出土的那匹一足踏隼、三足腾空，以"对侧步"飞驰的马，使全世界为之惊诧，正是因为它带有这种神性。试看被公认为西方古典艺术之典范的雅典卫城巴特农神殿等处所雕之马，尽管光彩照人，却和雷台这件汉代艺术的精灵，不能相提并论了。

十六国、南北朝时期我国发明并普及了金属马镫。模仿一句西方的口头禅：这件器物虽小，但它的意义却是怎么估计都不过分的。有了马镫的依托，骑士在马上才能真正做到得心应手、控纵自如。比瓦尔说："像马镫这样一种普通的器具，不但对于全部罗马古代民族来说，一直是闻所未闻，甚至像萨珊波斯那样习于骑射的养马人，竟然也不知马镫为何物。"[1]波斯人起先称马镫为"中国鞋"。十世纪中叶，诗人鲁泰基的诗中写道："我以旧鞋和毛驴而开始自己的生涯，我高升到了过去则必须拥有中国鞋（马镫）和阿拉伯马匹者的行列。"[2]骑在装有马镫的马上，骑士和马结合起来，对马的感情自非昔比。但在南北朝时，我国主要采用鲜卑式马具，包括前后鞍桥垂直的高桥鞍，硬材料制作的扇形长障泥，马尻上饰以繁复的辔铃，战马还多披具装（马铠）；虽设马镫，可是整套马具仍嫌笨重。唐代则不然，此时作战尚轻骑突袭，马具改进得相当

---

① 加文·汉布里主编：《中亚史纲要》（吴玉贵译），第84页，商务印书馆，1994年。

② 引自阿里·玛扎海里为赛义德·阿里－阿克伯·契达伊的《中国志》所作的注，见其所著《丝绸之路：中国—波斯文化交流史》（耿昇译），第296页，中华书局，1993年。

便捷，马饰也装点得很有分寸。并由于用突厥马和回纥拔野古部之"筋骼壮大，日中驰数百里"等良马来改善马种，所以唐马品质优异，体型矫健，和后来的哈萨克马、阿拉伯马都有血缘关系。"与人一心成大功"，它们和骑士的关系也更加亲密。反映在艺术品中，这时不仅出现了如昭陵六骏、乾陵翼马等大型浮雕和圆雕，各地唐墓所出成百上千的三彩陶马俑也各有妙趣。它们或行，或立，或长嘶，或啮膝，很少见到程式化的僵硬与扭曲，一件件都是朴素的写实之作。它们是明器，是只能在送葬途中展现一下的作品，但却把这个时代中对骏马的追求集中浓缩，摄于其身。从而千载之下，犹能洋溢出健康的美感，打动观者的心灵。

不过，在共同的时代风格笼罩下，它们还各有自己的特点，所以不妨加以比较，从中选出更为完美的佳作。首先，一大批细部含糊的小马俑要淘汰掉。其次，造型上有缺陷、比例有失调之处者亦不能入选。摘金折桂，笔者看中了两匹陶马，一是西安南何村唐鲜于庭诲墓出土的白釉陶马，二是洛阳关林120号唐墓出土的黑釉陶马。

这两匹马均颇高大，西安的白陶马高五十四点六厘米，洛阳的黑陶马高六十六点五厘米。它们虽均属三彩器，但与一般傅色斑驳陆离的作品不同，更富于写实感。白陶马丰肥适度，骨肉匀停，马鬣剪出官样的"三花"，辔头、攀胸和后鞦的革带上饰以小金扣、杏叶和金铃，马鞍上覆盖着深绿色的鞍袱[①]，通体透露出高贵典雅的气息。白居易诗："翩翩白马称金羁，领缀银花尾曳丝。毛色鲜明人尽爱，性灵驯善主偏知。"吟咏的对象仿佛就是它。洛阳的黑陶马之四蹄为白色，有些像昭陵六骏中的"白蹄乌"。它的体型粗犷，胸部肌肉饱绽，昂颈侧首，厉目而视，隐含猛气，不怒而威。但迎风顾盼，若有所待。李贺诗："龙脊贴连钱，银蹄白踏烟。无人织锦韂，谁为铸金鞭。""催榜渡乌江，神骓泣向风。君王今解剑，何处逐英雄？"就是这匹黑马的写照了。

鲜于庭海墓的年代为开元十一年，关林120号唐墓可能略晚些，但也不会迟于盛唐。处在这样一个繁荣富庶的时期里，妇女的好尚是"曲眉丰颊，大髻宽衣"，马也应当膘肥体壮。然而大诗人杜甫却偏爱瘦马，他看中的马是"锋棱瘦骨成"，是"不比俗马空多肉"。他指摘"干（韩干）惟画肉不画骨，忍使骅骝气凋丧"。连写字他也主张"书贵瘦硬方通神"。但这种癖好并不代表当日的时代精神，那时独步一世的大书法家颜真卿就是以茂密肥劲的笔法才写其不朽的声誉来的。而上述西安和洛阳的两匹陶马，其奔逸不羁之气也正透过那丰满的身躯而

[①]　马备鞍之后，如暂不骑乘，则在鞍上蔽鞍袱以防尘。鞍袱又名鞍帕，如杜甫《骢马行》所称："银鞍却覆香罗帕。"鲜于庭海墓的发掘报告中却把它误称为"幛泥"。见《唐长安城郊隋唐墓》，第62页，文物出版社，1980年。

从体内的秀骨中辐射出来。只有这样的马才称得上是"意态雄杰",才称得上是"须臾九重真龙出,一洗万古凡马空"。那幅有后主李煜题识的韩干《照夜白》,不也正是如此吗?乾隆评之为"丹青曹霸老,画肉也应难",尚不失为平实之论。

可是画马也不能只追求"多肉",宋元画人在这方面似有所失。李公麟的"凤头骢""好头赤"等,总使人觉得它们太胖、太圆腴,腿太短。赵孟頫、赵雍、赵麟父子孙所绘之马,更一直沿着这条斜线在滑坡。明刘溥《赵松雪画马》诗云:"王孙画马世无敌,一画一回飞霹雳。千里长风入彩毫,平沙碧草春无迹。"那就不晓得他是从哪个视角得出的观感了。

（录自《寻常的精致》,辽宁教育出版社,1996年版）

三星堆铜像

杨　泓

　　目前考古学范畴内尚存在多少未知的事物，难以估量，因此新的考古发现不断将"？"推到人们面前，四川广汉三星堆的发现，正是近年来展现出的"？"之一，尚有待人们进行深入的探索。面对三星堆出土的那些创作于三千数百年前的青铜人物造型，谁能不承认它们具有非凡的艺术魅力？！劲健的线条，鲜明的轮廓，夸张的容貌，巨大的体量，金属的光泽，组合成神奇瑰丽又古朴粗犷的艺术造型，散发着诱人的异彩。刚看到它们时，最初产生的感觉，只是对这些从未见过的怪异的形貌，倍感惊奇。呈现在面前的是如此硕大的青铜人面，面高超过一米，脸宽超过一点三米，是真人面孔的三至四倍。铜面上面浮起一双粗眉，其下巨目上斜，紧闭的阔嘴和棱角分明的方形下颌，现出某种奇异、神秘甚至令人生畏的表情。还有的更为奇特，生有凸出眼眶的柱状睛球，以及类似铜戈形状向上斜伸的大耳朵，又有在前额伸出朝天的长角。再仔细看下去，发现那些面孔的轮廓线和刻画五官的棱线，竟然是出奇地鲜明、简练而准确，绝对没有任何多余的线条，正如古人"惜墨如金"一样，那些无名的古代雕塑家可算是"惜线如金"，因此才形成如此浑厚粗犷的美感。赞叹之余，再仔细看下去，竟然不由自主地深陷于这些古代作品的艺术魅力的感染之中，初始时突发的惊异感早已消失，也不再去注意它们的创作手法和线条，似乎产生与这些古老的铜雕融为一体之感，听到以它那硕大的体量呼喊出的艺术最强音，震撼着人们的灵魂，情感随之沸腾，简直企望伴同它们融入那超越自然的神秘的氛围中去……

　　这些巨大的青铜人面像发现于1986年，出土于四川广汉城西三星堆的两个相距约二十至三十米的大型古蜀人祭祀坑中，其中一号坑的坑口长度超过四点五米、宽度超过三点三米，坑口至坑底深度超过一点四米。除了青铜人面以外，还有铜人坐像、龙柱形器、龙虎尊、缶、盘、戈等青铜制品，又有金皮杖、金面罩、金箔虎形器等黄金制品，以及许多玉制的璋、戈、剑、佩、瑗、璧等，还有海贝、象牙及大量烧骨碎渣。二号坑的长度与一号坑大致相同，但宽度只有二点二至二点三米。在坑的表面放置有数十根象牙，其下埋有许多精美的青铜器、青铜人面、小青铜人头像、金面罩、戴金面罩的青铜人头像、玉石器等，数量之多超过第一号坑。其中最特出的文物，要属高度达三点八四米的青铜神树和高达二点六二米的青铜立人像。青铜神树分树与底座两部分。直树干，上分九枝杈，集成三丛。树枝上有三个桃状果，其中两个果枝下垂，另一果枝向上，在果上还立有一只钩喙的神鸟，伸展双翅，昂然挺立。自树顶又铸有一条逶迤而下的游龙，龙首上昂，一足踏于树座之上，神奇瑰丽。青铜立人像，尤其引人注目，它是迄今为止在中国考古发掘中获得的最大型的青铜人像，由方座和立人像两部分构成，分段嵌铸而成，人像衣饰华丽，赤足立于方座上，左臂上举，左手置于鼻前，右臂平举，右手与胸平齐，双手造型夸张，其大小与身躯比例过大，粗大的拇指与食指、中指、无名指相握成环形，惜原握持物已失。人像的面型与那些巨大的青铜人面相同，也是粗眉下巨目上斜，方颔阔嘴，大耳斜伸，表情严肃而显神秘。

对于古代蜀人铸造的这些神秘的青铜人物造型艺术品，学者们进行过研究，对当时人们制作它们的目的，作了各自认为正确的推测，但我至今还难以认定哪种推测是正确的。不过可以肯定一点，它们与古代蜀人的信仰，或是崇信的宗教有关。由这些作品今日仍散发的感人魅力看来，当年最初的令人敬畏崇拜的宗教目的是达到了。但是创作者绝不曾想到，它们在地下沉寂了几十个世纪以后，再现人间，还会让后代的"新"人（也许有些人仅只出于猎奇心理）同样感受到它的艺术魅力，从而得到非凡的艺术享受。其实这也无甚奥秘，只是源于这些作品表现了当时的时代风格，以及民族特征，因而具有了持久的生命力。

这样一来，我进一步悟出了早已存在的一个小小的道理，真正具有时代风格和民族特征的作品，其艺术魅力持久不衰。三星堆铜像之能拨动今日观众的心弦，产生共鸣，并非因为创作它们的古代蜀人是专为其后几十个世纪的人们所特意设计。这又正是当今我们折服于它们的艺术魅力的原因。美术考古的历史告诉我们，越是真正具有浓烈的时代风格和民族特征的作品，才越为几个甚至几十个世纪后的人们所喜爱。

（录自《寻常的精致》，辽宁教育出版社，1996年版）

陶俑

贾平凹

　　秦兵马俑出土以后，我在京城不止一次见到有人指着在京工作的陕籍乡党说：瞧，你长得和兵马俑一模一样！话说得也对，一方水土养一方人，一方人在相貌上的衍变是极其缓慢的，我是陕西人，又一直生活在陕西，我知道陕西在西北，地高风寒，人又多食面食，长得腰粗膀圆，脸宽而肉厚，但眼前过来过去的面孔，熟视无睹了，倒也弄不清陕西人长得还有什么特点。史书上说，陕西人"多刚多蠢"，刚到什么样，又蠢到什么样，这可能是对陕西的男人而言，而现今陕西是公认的国内几个产美女的地方之一，朝朝代代里陕西人都是些什么形状呢，先人没有照片可查，我只有到博物馆去看陶俑。

　　最早的陶俑仅仅是一个人头，像是一件器皿的盖子，它两眼望空，嘴巴微张。这是史前的陕西人。陕西人至今没有小眼睛，恐怕就源于此，嘴巴微张是他们发明了陶埙，发动起了沉沉的土声。微张是多么好，它宣告人类已经认识到自己在这个世界上的位置，它什么都知道了，却不夸夸其谈。陕西人鄙夷花言巧语，如今了，还听不得南方"鸟"语，骂北京人的"京油子"，骂天津人的"卫嘴子"。

到了秦，就是兵马俑了。兵马俑的威武壮观已妇孺皆晓，马俑的高大与真马不差上下，这些兵俑一定也是以当时人的高度而塑的，那么，陕西的先人是多么高大！但兵俑几乎都腰长腿短，这令我难堪，却想到，或许这样更宜于作战。古书上说"狼虎之秦"，虎的腿就是矮的，若长一双鹭鸶腿，那便去做舞伎了。陕西人的好武真是有传统，而善武者沉默又是陕西人善武的一大特点。兵俑的面部表情都平和，甚至近于木讷，这多半是古书上讲的愚，但忍无可忍了，六国如何被扫平，陕西人的爆发力即所说的刚，就可想而知了。

秦时的男人如此，女人呢？踞坐的俑使我们看到高髻后挽，面目清秀，双手放膝，沉着安静，这些俑初出土时被认作女俑，但随着大量出土了同类型的俑，且一人一马同穴而葬，又唇有胡须，方知这也是男俑，身份是在阴间为皇室养马的"圉人"。哦，做马夫的男人能如此清秀，便可知做女人的容貌姣好了。女人没有被塑成俑，是秦男人瞧不起女人还是秦男人不愿女人做这类艰苦工作，不可得知。如今南方女人不愿嫁陕西男子，嫌不会做饭、洗衣、裁缝和哄孩子，而陕西男人又臭骂南方男人竟让女人去赤脚插秧，田埂挑粪，谁是谁非谁说得清？

汉代的俑就多了，抱盾俑，扁身俑，兵马俑。俑多的年代是文明的年代，因为被殉葬的活人少了。抱盾俑和扁身俑都是极其瘦的，或坐或立，姿容恬静，仪态端庄，服饰淡雅，面目秀丽，有一种含蓄内向的阴柔之美。中国历史上最强盛的为汉唐，而汉初却是休养生息的岁月，一切都要平平静静过日子了，那时的先人是讲究实际的，俭朴的，不事虚张而奋斗的。陕西人的力量要爆发时那是图穷匕首现的，而蓄力的时候，则是长距离的较劲。汉时民间雕刻有"汉八刀"之说，简约是出名的，茂陵的石雕就是一例，而今，陕西人的大气，不仅表现在建筑、服饰、饮食、工艺上，待物接人言谈举止莫不如此。犹犹豫豫，瞻前顾后，不是陕西人的性格，婆婆妈妈，鸡零狗碎，为陕西人所不为。他不如你的时候，你怎么说他，他也不吭，你以为他是泼地的水提不起来了，那你就错了，他入水瞄着的是出水。

汉兵马俑出土最多，仅从咸阳杨家湾的一座墓里就挖出三千人马。这些兵马俑的规模和体型比秦兵马俑小，可骑兵所占的比例竟达百分之四十。汉时的陕西人是善骑的。可惜的是现在马几乎绝迹，陕西人自然少了一份矫健和潇洒。

陕西人并不是纯汉种的，这从秦开始血统就乱了，至后年年岁岁地抵抗游牧民族，但游牧民族的血液和文化越发杂混了我们的先人。魏晋南北朝的陶俑多是武士，武士里相当一部分是胡人。那些骑马号角俑，舂米俑，甚至有着人面的镇墓兽，细细看去，有高鼻深目者，有宽脸剽悍者，有眉清目秀者，也有饰"魋髻"的滇蜀人形象。史书上讲过"五胡乱华",实际上乱的是陕西。人种的改良,使陕西人体格健壮,易于容纳,也不善工计,易于上当受骗。至今陕西人购衣,不大从上海一带进货,出门不愿与南方人为伴。

正是有了南北朝的人种改良,隋至唐初,国家再次兴盛,这就有了唐中期的繁荣,我们看到了我们先人的辉煌——

天王俑:且不管天王的形象多么威武,仅天王脚下的小鬼也非等闲之辈,它没有因被踩于脚下而沮丧,反而跃跃欲试竭力抗争。这就让人想起当今的陕西人,有那一类,与人抗争,明明不是对手,被打得满头满脑血了却还往前扑。

三彩女侍俑:面如满月,腰际浑圆,腰以下逐渐变细,加上曳地长裙构成的大面积的竖线条,一点也不显得胖或臃肿,倒更为曲线变化的优美体态。身体健壮,精神饱满,以力量为美,这是那时的时尚。当今陕西女人,两种现象并存,要么冷静、内向、文雅,要么热烈、外向、放恣,恐怕这正是汉与唐的遗风。

骑马女俑:马是"斑马",人是丽人,袒胸露臂,雍容高雅,风范犹如十八世纪欧洲的贵妇。

梳妆女坐俑:裙子高系,内穿短襦,外着半袖,三彩服饰绚丽,对镜正贴花黄。

随着大量的唐女俑出土,我们看到了女人的发式多达一百四十余种。唐崇尚的不仅是力量型,同时还是表现型。男人都在展示着自己的力量,女人都在展示着自己的美,这是多么自信的时代!

　　陕西人习武健身的习惯可从一组狩猎骑马俑看到，陕西人的幽默、诙谐可追寻到另一组说唱俑。从那众多的昆仑俑、骑马胡俑、骑卧驼胡人俑、牵马胡人俑，你就能感受到陕西人的开放、大度、乐于接受外来文化了。而一组塑造在骆驼背上的七位乐手和引吭高歌的女子，使我们明白了陕西的民歌戏曲红遍全国的根本所在。

　　秦过去了，汉过去了，唐也过去了，国都在东迁北移，与陕西远去，一个政治经济文化的中心日渐消亡，这成了陕西人最大的不幸。宋代的捧物女绮俑从安康的白家梁出土，她们文雅清瘦，穿着"背子"。还有"三搭头"的男俑。宋代再也没有豪华和自信了，而到了明朝，陶俑虽然一次可以出土三百余件，仪仗和执事队场面壮观，但其精气神已经殆失，看到了那一份顺服与无奈。如果说，陕西人性格中有某些缺陷，呆滞呀，死板呀，按部就班呀，也都是明清精神的侵蚀。

　　每每浏览陕西历史博物馆的陶俑，陕西先人也一代一代走过，各个时期的审美时尚不同，意识形态多异，陕西人的形貌和秉性也在复复杂杂中呈现和完成。俑的发生、发展至衰落，是陕西人的幸与不幸，也是两千多年的中国历史的幸与不幸。陕西作为中国历史的缩影，陕西人也最能代表中国人。十九世纪之末，中国开放后，地处西北的陕西是比沿海一带落后了许多，经济的落后导致了外地人对陕西人的歧视，我们实在是需要清点我们的来龙去脉，我们有什么，我们缺什么，陕西的先人是龙种，龙种的后代绝不会就是跳蚤。当许许多多的外地朋友来到陕西，我最于乐意的是领他们去参观秦兵马俑，去参观汉茂陵石刻，去参观唐壁画，我说："中国的历史上秦汉唐为什么强盛，那是因为建都在陕西，陕西人在支撑啊，宋元明清国力衰退，那罪不在陕西人而陕西人却受其害呀。"外地朋友说我言之有理，却不满我说话时那一份红脖子涨脸：瞧你这尊容，倒又是个活秦兵马俑了！

（录自《贾平凹文集》第十三卷，陕西人民出版社，1998年版）

从"海上三家"看文物聚散

——梅景书屋，梅花安在？

郑　重

文物的聚散能透露出历史的兴衰，常常给人带来不只是感慨，更多的是深沉的思索。笔者在这里选择吴湖帆、秦廷械和钱镜塘三个不同文化背景、不同类型的收藏家加以介绍。

·　梅景书屋，梅花安在？

在上海博物馆1979年收购文物的账册上，我看到购进吴湖帆八百四十六件文物的详细目录，其中有青铜器、玉器、钱币、印章、书画等。北宋米芾《多景楼诗册》和南宋《梅花喜神谱》，一是书法，一是木刻画谱，这又使人想起他的"梅景书屋"来。以往人们望文生义，以为吴湖帆画梅或裁梅而得"梅景"之意。实际上是他从这两件重要的藏品中各取一字，缀成了"梅景书屋"。目录中有隋人《常丑奴墓志》,此系明拓本,原为金冬心藏,后为吴湖帆的外祖父沈韵初所得送给吴大澂,吴大澂又送孙子吴湖帆,吴又因之自号为"丑簃"。目录中虽不见吴湖帆妻子潘静淑留下的《董美人墓志》,但这两件流传有绪的墓志曾传出一段佳话,吴湖帆对《董美人墓志》爱不释手,经常拥之入衾,在临睡前还摩挲不止,又自谓"与美人同梦"。这两件墓志,一"丑"一"美",吴湖帆品味再三,遂镌一闲章"既丑且美"。另两幅宋拓孤本,一是佚名和尚篆刻的井栏碑拓《许真人井铭》,早为汪庆正从吴的手中购进文管会,现藏上海图书馆;二是《萧敷墓志》也早进入博物馆。吴湖帆收藏的几方墓志精品,最后都流归上海博物馆。

在这本收购目录中,还有南宋《春山楼观图卷》、元吴镇《渔父图卷》、赵孟頫管道升《四段卷》、张中《芙蓉鸳鸯图卷》、《明人尺牍册》、《徐渭草书诗卷》、文叔《梅花图轴》、董其昌《王维诗意图轴》、文徵明《山水轴》、沈周《枯树双鸟图》《西山纪游图》、仇英《人物山水卷》、明人《山水人物四段卷》、董其昌《潞水赠别图》、文徵明《石壁飞虹图轴》、王恽《山水轴》、王鉴《关山秋霁图》、吴历《山水轴》、王原祁《山水轴》、恽寿平《猫蝶图轴》《花卉册》《山水卷》及《清溪垂钓图》、华岳《鹦鹉轴》。

收购目录上的这些藏品虽然甚为可观,但在吴湖帆收藏的精品中只是一部分。其他如梁楷《睡猿图》、赵构《千字文》、宋画《汉宫春晓图》、刘松年《商山四皓图》、汤叔雅《梅花双雀图》、郑所南《兰花》、赵孟頫《杨妃簪花图》、王叔明《松窗读易图》、倪云林《秋浦渔村图》、赵孟頫《急就章》等名迹佳制，早已为生计所需，通过不同的渠道，有的流向其他收藏家，有的流进博物馆。他收藏的七十二把"状元扇"在解放之初即被送给苏州市博物馆。这批扇子都是清代以来的洒金扇。有清朝三百年间共出状元一百一十二名，江苏省占四十九名，而苏州一地竟出二十六名之多。自唐至清，苏州一地的状元竟达五十名。宋路霞在《百年收藏》一书中介绍："吴湖帆还是抓住苏州这一'状元之乡'的特色，收集'状元扇'。他把有着状元们题诗或作画的扇子，作为一收藏特色，竟收了七十二把，其中有清代第一个状元的扇子，又有清朝末代状元刘春霖的扇子，有三元及第的扇子，还有经历四十五年才完成，前后有五位状元在上面题诗作画的扇子……真是重锦叠翠，美不胜收。"像吴湖帆这样的大收藏家，早已是上海文管会及博物馆征集的对象。他是上海市文管会文物鉴定委员会委员，于情于理，他对文物单位不能不有所表示。上海博物馆征集组的人员是他家的座上客，知道他什么时候最需要钱。当最需要征集他的时候，即把钱送上门去，钱已经花了，还能不把文物拿出来？他收藏的许多名迹，都是在这种情况下进入上海博物馆的。他藏有四只汝窑的瓷盘，一只一只地走进博物馆。

解放前的海上画坛，吴湖帆处于盟主的地位。这固然是由他的艺术成就所起的作用，恐怕最重要的还是他的收藏之富及深厚的文化背景。这样，就连他的学生也很少有平民子弟。说到他的文化背景，他的叔祖父是清代湖南巡抚吴大澂。吴大澂不只是一位官僚，而且是书画、金石收藏家，对这方面的研究颇有心得。他喜欢收藏三代青铜器及玉器，因得"宋微子鼎"，其铭文"客"字写作"愙"字，因自号"愙斋"。《恒轩所见所藏吉金录》为其所藏青铜器物的著录，《愙斋砖瓦录》为其所藏秦砖汉瓦的著录，《古玉图考》为其所藏三代古玉的著录，《十六金符斋印存》为其所藏印的著录，《说文古籀补》为其历来考证古文字的心得结晶，宋路霞的评价是"可谓山吐海吞，洋洋大观"。因吴大澂的儿子九岁早折，便过继了吴湖帆继承香火。吴大澂晚年将其家财及藏品一分为二，一份给两个待字闺中的女儿，一份传给了吴湖帆。

还有一个不可忽视的文化背景，吴湖帆的妻子潘静淑，是清代光绪朝军机大臣潘祖荫的侄女、潘祖年的女儿，向博物馆捐献大克鼎的潘达于还比她晚一辈，称之为姑姑，潘静淑三十岁生日时（1922），岁逢辛酉，恰与宋景定年刻本《梅花喜神谱》的干支相合，其父出此宋版古刻，赠女儿为生日礼物。潘静淑出嫁时，奁资中就有传世名帖：唐欧阳询的《化度寺塔铭》《九成宫醴泉铭》和《皇甫诞碑》。恰好吴大澂授予吴湖帆的藏品中亦有欧阳询的碑刻拓本《虞恭公碑》。四本欧帖汇为一室，吴家遂自榜为"四欧堂"，而且日后他们生下孩子，均有"欧"

字嵌其名，曰：孟欧、述欧、思欧、惠欧，以示他们对欧阳询的推崇。但是上海博物馆1979年收购吴湖帆藏品目录中有碑刻拓本十七年，唯独不见"四欧"碑帖。

对吴湖帆有着直接影响的是母亲沈静妍。沈夫人是上海川沙县清末大儒沈韵初的女儿，幼承庭训，颇通诸子百家及琴棋书画，对吴湖帆的幼年生活有着影响。沈韵初亦好收藏，藏明代董其昌书画甚丰，曾请刻印名手刻了"宝董阁"印一方，以示珍惜。沈家这批书画及印章，后来均悉数归入了"梅景书屋"。

在近代中国的画家中，能有吴湖帆这样文化背景的画家不多，纵观画史，亦属少见。他足不出门，没有游历名山大川，但他的山水充满灵气，生机勃勃，可以说完全是从画本上来结合自己的体验与创造。他的艺术创作经历，在画史上亦是少见。

《梅花喜神谱》和另一件《萝轩变古笺谱》是上海博物馆的镇馆之宝。《梅花喜神谱》为南宋末年宋伯仁编绘。宋伯仁，字器之，号雪岩，湖州人，工诗，善画梅。这部谱分上、下卷，按梅花从蓓蕾、小蕊、大蕊、欲开、大开、烂漫、欲谢、就实等八个过程，画出不同姿态的梅花一百幅，每幅配有题名和五言诗一首。雕工也很精细，是目前发现的我国最早的版画图籍。宋人称画像为"喜神"，因而此书名为《梅花喜神谱》。作者在序中自诩"余有梅癖，辟圃以栽，筑亭以对"，"于花放之时，满盯清霜，满肩寒月"，爱梅到了羽化登仙的境界，于是就为梅花写照了。朱仲岳曾有《馆藏宋刊〈梅花喜神谱〉及诸版本》

论文考证，是谱初刻于南宋嘉熙二年（1238），原刻本不见传世。今存孤本，即双桂堂重刻本。吴湖帆的藏本曾于1938年由商务印书馆影印出版。

《萝轩变古笺谱》为明代天启年间吴发祥所创，后即湮没尘世，踪迹难觅。唯有清代大学者海盐张宗松的《清绮斋书目》中有记载。自鲁迅和郑振铎合编《北平笺谱》时开始，即寻找《萝轩变古笺谱》。日本人大村西崖曾获得后半本，原无序，经他考证很长时间，才得到一个材料，清康熙间有个叫翁嵩年号萝轩的人，大村西崖即以为此谱为翁萝轩所创。还是徐森玉发现《萝轩变古笺谱》全书，才得知为明天启年间吴发祥之作，而且是在《十竹斋笺谱》之前。孤本几佚而复现，徐森玉为之欣喜若狂，不能自已，即想办法购进归博物馆收藏。但收藏者不卖。后与收藏者商洽，以十余幅明清书画换此孤本，使归上海博物馆。此事由上海市文化局副局长方行支持并采取措施才取得成功。1981年，上海博物馆要重新出版此谱，请郭绍虞作序云："余所谓非关心社会文化不能知之者，正方氏之谓矣。顾方氏以此属职分内当为之事，不欲表述以显其名，则未免矫枉过正。"方行把谢稚柳请了出来，主持重新出版此谱的事情。为什么称之为《萝轩变古笺谱》？颜继祖在"笺谱小引"中记述了笺谱作者对他说的话："我辈无趋今而畔古，亦不必是古而非今。今有所余，雕琢期返于朴，古所不足，神明总存乎人。"从这话来看，书名所谓"变古"，乃是权衡古今变化而裁之的意思。此谱分上、下两册，封面有"清绮斋收藏"题签，可知此谱是从张宗松家散出来的。

· 《雪竹图》上看"落墨"余光

钱镜塘的幼年时代得其父亲钱鸿遇的家传亲爱，爱上书法绘画。二十岁以后，他由宁波来到上海，独资经营书画，渐渐地掌握古代书画鉴别知识。数十年来，在经营书画中，见到好的就收藏，把不想收藏的东西再售出，不断地更新与淘汰，不但积累了丰富的鉴别经验，而且珍藏了历代书画数千件，成为上海著名的书画藏家、鉴定家。

钱镜塘的藏品多为明清书画，特别是清代的赵之谦、任伯年等近代名家作品的收藏富有特色。1958年和1962年，他先后两次向上海博物馆捐赠一百七十四件藏品。特别值得一提的是，他收藏有五代徐熙的《雪竹图》。

徐熙《雪竹图》是一张没题名的画，流散在社会有相当的岁月，后为钱境塘收藏，经谢稚柳鉴定，认为此图出自南唐徐熙之手。

南唐花鸟画家徐熙，在北宋与蜀黄筌的画派并称，列论"徐黄异体"，"黄家富贵，徐熙野逸"。这种神奇风格，历来被人们称说不衰。1954年，谢稚柳在写《水墨画》一书时，就把"徐熙落墨"当作一个专题来论述。唐朝末期，在当时花鸟画派的代表作家，蜀是黄筌、黄居寀父子，南唐是徐熙、徐崇嗣祖孙。水墨的花鸟画，在南唐很繁盛而在蜀比较冷落。黄氏讲求用色，号称写生。而徐熙讲求用墨，名为"落墨"。徐熙曾经学过唐末孙位的"墨竹"。

谢稚柳在文章中引用了许多史料。

苏轼题徐熙的杏花诗："却因梅雨丹青暗，洗出徐熙落墨花。"

《宣和画谱》："且今之画花者，往往以色晕淡而成，独熙落墨以写其枝、叶、蕊、萼，然后傅色。故骨气风神为古今之绝笔。"

宋李廌《德隅斋画品录》所记徐熙《鹤竹图》："丛生竹筱，根、竿、节、叶，皆用浓墨粗笔，其间栉比略以青绿点拂，而其稍萧然有拂云之气。"

宋沈括《梦溪笔谈》："徐熙以墨笔为之，殊草草，略施丹粉而已。"

宋米芾《画史》："黄筌画，不足收，易摹。徐熙画，不可摹。"

宋梅圣俞咏徐熙《夹竹桃花》："年久粉剥见墨踪，描写工夫始惊俗。"

《图画见闻志》援引徐铉的叙说："徐熙以落墨为格，杂彩副之。迹与色不相映隐也。"

徐熙在自撰的《翠微堂记》里也写道："落笔之际，未尝以傅色晕淡细碎为工。"

谢稚柳把以上的这些叙说综合起来看，他的结论是，所谓"落墨"，可以得到这样一个概念：是把枝、叶、蕊、萼的正反凹凸，先用墨笔连勾带染地全部把它描绘出来，然后某些部分略略地加一些色彩。它的技法是，有双勾的地方，也有不用双勾只用粗笔的地方，有用浓墨或淡墨的地方，也有工细或粗放的地方。整个的画面，有的地方只有墨，而有的地方是着色的。所有的描绘，不论在形或神态方面，都表现在"落墨"，即一切以墨来奠定，而着色只是处于辅助地位。至于哪些该用勾，哪些该工细，哪些该粗放，而哪些又是该着色的地方，换言之，在一幅画之中，同时有用勾的，有用粗笔的，有着色或用墨的地方，这只是一种艺术变化。因而特别用"落墨"来区别这种体制。

徐熙画派当唐末五代水墨画派确立之后，是在着色画、水墨画两种体裁之外，另立了一种着色与水墨混合的新形式。这一新奇的形体，并没有使后来的作者闻风而起。米芾说："黄筌画，不足收，易摹。徐熙画，不可摹。"此语足以令人深思这一描绘形式久已绝迹人间的原因所在。在当时，他唯一的孙子徐崇嗣，为了获得进入翰林图画院的职位，也不得不放弃被目为"粗野"的家风，趋附"黄家富贵"的时尚。徐熙的画派真成"广陵散"了。

当年《雪竹图》虽无题款，但在石旁竹竿上，有倒书篆体"此竹可值黄金百两"八字。没有任何旁证说明这画是出于何人或何时代，只有从画的本身来加以辨认。因此，从它的艺术时代性而论，不会是晚于北宋初期的制作。从它的体貌而论，为前所未见。它的画法是这样：那些竹竿是粗笔的，而叶的纹又兼备有粗、细笔的描勾，是混杂于粗细不一律的笔势的。用墨，也采取了浓和淡多种不混合的墨彩，竹的竿，每一节的上半是浓墨粗笔，而下半是空白，一些小枝不勾轮廓，只是依靠绢底上烘晕的墨反衬出来，这些空白的地方，都强调了上面是有雪的。左边那棵树的叶子，一部分用勾勒，一部分也是利用绢底上的烘墨反衬出来，地坡上一簇簇用墨所晕染而成的也是雪。在总体上，它是工整精微的写实，而所使用的描法，是细和粗的多种笔势与淡的多种墨彩所组合而成的，它表达了一林竹树在雪后高寒中劲挺的风神。这一画派，证明在写生的加工上，能敏感地、生动地、毫无隔阂地使对象的形态和神情完整地再现，显示了艺术的特殊功能，是突破了唐五代以来各种画派的新颖奇特的风格。

最后，谢稚柳说，这幅《雪竹图》的表现，与李廌所记的《鹤竹图》正相符合，与沈括所说"以墨笔为之，殊草草"，徐铉所说的"迹与色不相映隐"，以及徐熙自己所说"落笔之际，未尝以傅色晕淡细碎为工"，正相贯通，也确如米芾所称道，是难于摹写的。

这幅《雪竹图》，完全符合徐熙"落墨"的规律，看来也正是他仅存的画笔。

谢稚柳兴奋之后，又不无感叹地写了一首诗：

凌乱寒光数竿竹，风流飘忽几年华。

至今落墨无人赏，冻叶寒梢褪雪花。

这时，好友吴湖帆不同意稚柳的见解，并劝他不要在徐熙的"落墨花"上费功夫了。稚柳由此也写了一首诗："落墨为格杂彩副，除是江南谁有此。辛苦苏州吴倩庵，劝我莫题徐处士。"

在"文化大革命"中，钱镜塘的收藏也被席卷进了上海博物馆，放在"代管"的行列中。十年动乱结束，落实抄家物资退还政策时，由博物馆代为保管的钱镜塘的收藏也全部退还。此时，钱镜塘经济困难，需要出售收藏维持生活，但他有"两不卖"的原则，一是任伯年的东西不卖，二是吴湖帆的书画不卖，其他都准备卖掉。钱镜塘的收藏，大部分不能出口换外汇，商业部门当然不会去买，唯一能收购的就是上海博物馆。但钱镜塘表示，他的收藏不卖给上海博物馆。沈之瑜和马承源商量，博物馆又不便直接从钱镜塘的手里把他的这批收藏买下。理由是钱镜塘曾经营过文物古董。钱镜塘就把收藏的字画及版本书籍卖给文物商店，博物馆再向文物商把这批书画买下，图书馆则买了那批版本书。这批书画中有夏昶、沈周、文徵明、仇英、唐寅等人的名画一百七十多件，由上海博物馆购进。其中包括徐熙的《雪竹图》。除这些书画和版本书籍之外，还有一批从明朝开国皇帝朱元璋开始历朝历代的名人尺牍，钱镜塘想把这批尺牍卖给上海博物馆，希望博物馆能给他解决一套住房问题。因为他家住房实在困难。又由于博物馆无法帮他解决住房的困难，此事只好作罢。如今这批尺牍是藏在钱镜塘后人手中，还是流入市场，无音讯可寻。

· 《张黑女墓志》流落何方？

南北朝是中国书法艺术的转变时期，真迹难觅，只可从碑刻及墓志上得到这一转变信息。但现存的南北朝墓志为数不多，南朝以梁《萧敷墓志》为代表，而北朝就以《张黑女墓志》为代表，是北方魏碑中的佼佼者。《张黑女墓志》全称为《魏故南阳太守张玄墓志》，又称《张玄墓志》，北魏正书石刻，刻于普泰元年（531）。原石已尘飞烟灭，清道光年间学者、书法家何绍基觅得此墓志旧拓本后，始大显于世。该墓志拓本系剪裱本，为传世孤本。书法峻宕朴茂，结体扁方，有分隶遗韵。近代学人沈曾植评论："笔意风气，略与《刘玉》《皇甫驎》相近，溯其渊源，盖中岳、北岳二《灵庙碑》之苗裔。"何绍基的评论是："化篆分入楷，遂尔无种不妙，无妙不臻，然遒厚精古，未可有比肩《黑女》者。"可知推崇备至。

《张黑女墓志》为收藏家秦清曾所藏。秦氏藏品多为古碑拓片，开设"艺苑真赏社"，经营古碑拓片，并将家藏珍贵碑版影印出版，曾印过《石鼓文》《华山庙碑》和《张黑女墓志》，广为流传。

秦清曾有两个儿子，秦廷械和秦廷械，一为五官科医生，一为肺科医生，均为海上名医。秦廷械是子继父之所好，收藏文物，藏有陶瓷、书画、铜器。解放之初，上海古玩界"四大金刚"叶叔重、张雪庚、洪玉林、戴福保走私文物案发后，手里还有的瓷器、陶俑、铜器，均为秦廷械购得。秦廷械为人诊病，病人中有的就是古玩界收藏人士，诊病与古玩鉴赏相交融，逐渐有了一些朋友，如金祖同、蒋玄治、郭若愚等，志同道合，收藏成癖，后来就成立了"美术考古社"，每周聚于秦廷械诊所，谈古论今。秦是骨干分子，藏品既多且精，如唐郏县窑蓝褐釉罐、宋登封窑划花瓶、宋白釉黑花瓶、宋当阳峪窑白釉刻花枕，均为陶瓷精品。1961年，他参与"上海博物馆之友"活动后，还参加过上海博物馆举办的藏品展览会，展出汉陶舞俑、唐胡人骆驼一百零三件。他还把自己的藏品编成两本书，一是《中国古代陶塑艺术》，一是《中国瓷器的发明》，均为有影响的古陶瓷著录和研究专著。

南北朝两个著名的墓志《萧敷墓志》和《张黑女墓志》，前者已归入上海博物馆，后者，博物馆曾多次想征集入馆藏，但未能如愿。"文化大革命"中，博物馆一直注意《张黑女墓志》的动向。钟银兰、尚业煌二位担心这部墓志被损坏，就问秦的女儿，女儿说不知道；问秦的妻子，妻子也说不知道；问秦廷械本人，他说："我的东西都在这里，没有别的了。"钟、尚就向一家三口做工作，告诉他们这件东西重要，损毁了可惜，但他们始终不承认藏有《张黑女墓志》。从深夜到黎明，最后秦夫人顶不住了，才如实说出："在毛主席像的背后。"

这件东西找到了，登记造册之后带回博物馆。落实发还抄家物资政策时，原物归还后，博物馆与秦相洽商要把它买进，但他不愿意转让。博物馆也不勉强，只好作罢了。如今，这本《张黑女墓志》碑帖是在原来主人的家里还是流散到社会，就无从知道了。

（录自《博物馆与收藏家》，上海文艺出版社，2000年版）

两张珍贵唐琴

郑珉中

故事博物馆的珍藏品中，有两张唐琴，一曰"九霄环佩"，一曰"大圣遗音"。"九霄环佩"自清末至今，一直是琴坛上赫赫有名的重器；而"大圣遗音"则是宫廷旧藏的珍品。这两张琴，在传世古琴中，都属于凤毛麟角，是十分罕见的。就是在传世的唐琴中，它们也是第一流的至精之品。

· 错误的评论

"九霄环佩"琴，琴为伏羲式，杉木斲，通长一百二十四厘米，肩宽二十一厘米，尾宽十五点五厘米，厚五点四厘米，底厚一点五厘米。紫漆，纯鹿角灰胎，有小蛇腹断纹，朱漆修补多处。形制极浑厚古朴，龙池、凤沼均作扁圆形，纳音微隆起复窪下，呈现圆沟状，通贯于纳音的始终。纳音为桐木制，是嵌在杉木琴上的。此琴的制作特点，与北宋苏东坡所说的"其背微隆，若薤叶然"完全相合。琴背的篆书题名及"包含"二字的大印，为制琴时镌刻，其余铭跋印章，均为后刻。腹款楷书"开元癸丑三年斲"七字，亦疑为后刻。琴音奇古，"九德"兼全，音韵完美，在唐琴中也是少有的。

但是，清末民国初年鼎鼎有名的大琴学家杨时百却一再贬低"九霄环佩"琴，竟把它说得连新琴都不如。在1925年杨氏所著的《藏琴录》中，著录两张他新制的"无上"琴。在"无上"的题跋中，他说："秦华近益精研制琴法，必欲高出所见最上古琴而后已。得古杉，斲此两琴，声大而远，与众琴异。适开琴会于岳云别业，旧藏佛氏著名唐琴'九霄环佩'不期而至，同人品题，金谓两琴远出其上。十年来予尝恨不得'九霄环佩'，今竟喜过望，因皆名'无上'，以次第别之。铭曰：九德九品兼全，最上鼎鼎唐物莫与之抗。良材绝技越古跨今，十年大愿快慰予心。"又说："自此两琴成，乃知'九霄环佩'能使他琴退避三舍，由于尺度长大不同，十年前不知制琴法，谬以中小琴与大琴较优劣，宜乎小巫见大巫也。今'无上'仿其尺度即得其声音，且有过之无不及者，始恍然，十年大愿，其愚不可及也。"杨氏还在"龙门寒玉"项下记述了李伯仁的"独幽""飞泉"琴、锡宝臣的"大圣遗音"琴，把这三张唐琴称为"鸿宝"，而对"九霄环佩"则只字未题，显然认为它不属"鸿宝"之列。

杨时百在当时是琴坛泰斗，他这样否定唐琴"九霄环佩"，而且在他的书里写了不少贬词，这就不能不使人产生各种各样的看法。但当人们看见了"九霄环佩"和李氏的"飞泉"、锡氏的"大圣遗音"之后，又觉得"九霄环佩"比那两件鸿宝的确还要好。及认真阅读了《琴学丛书》之后，发现杨氏在1911年所著的《琴粹》中，对"九霄环佩"曾经说过："近时都下收藏家，仅贵池刘氏之'鹤鸣秋月'，佛君诗梦之'九霄环佩'，其声音木质定为唐物无疑……其余予所藏及所见，虽不乏良材，要不能与数琴埒。"这些话对"九霄环佩"琴显然是充分肯定了的。还有杨氏说的"且有最著名之古琴，与最著名大家所制之琴皆用杉，池沼间表以桐"。这段话中提到的"最著名之古琴"，指的也是这张"九霄环佩"琴。由此联系1925年杨氏在新制的"无上"琴的两段题跋中，也反复提到"最上古琴""著名唐琴'九霄环佩'""十年予尝恨不得'九霄环佩'"等，字里行间使人自然感觉到杨氏对"九霄环佩"琴，始终认为是最上鼎鼎唐物，是非常爱慕它的。就因为杨氏十年尝恨不得的"九霄环佩"琴，后来竟被逊清宗室溥侗得去，在无可奈何的情况下仿造了两张新琴，而对新琴的两段跋语，实在是杨时百的远心之论。当然，新琴的声音大于唐琴，是有可能的，但新琴绝不能有古琴的韵味，新琴更不能具备古琴都难以兼备的"九德"。说新制的琴比一千二百年前的琴还要好，是不符合弦乐器的普遍规律的。

· 错误的定名

"大圣遗音"琴，为清宫旧藏，它何时被送进皇宫？是否为明宫遗物？已经无从查考。琴为神农式，桐木斵，通长一百二十厘米，肩宽二十点五厘米，尾宽十三点四厘米，厚五厘米，底厚一厘米。粟壳色与黑漆相间，纯鹿角灰胎，发蛇腹间细牛毛断纹，局部略有朱漆修补。金徽玉轸，形制浑厚，圆形龙池，扁圆形凤沼，纳音微作隆起之状，琴背题名、大印及铭文，均为古代制琴时的镌刻。琴音清脆松透，饶有古韵，亦近于"九德"兼全者。腹款为朱漆书"至德丙申"四字，位于池之左右。至德丙申为中唐肃宗至德元年，琴为安史之乱"明皇幸蜀，太子即位于灵武"时制作。此琴造型优美别致，色彩璀璨古穆，断纹隐起如虬，铭刻精整富丽，不愧是一件"天府"奇珍，琴中之宝！

"大圣遗音"琴原藏于清宫南库。南库位于养心殿之南，是离皇帝寝宫最近的一个大型的、收藏古文物珍品的场所。这张琴没有放在宫中的古董房或其他处所，而庋藏于珍品库中，说明当时皇帝的确是把它看得很重的。虽然它被重视于一时，却未能避免意外的厄运。原来库存的这张"大圣遗音"，竟然弦轸俱失，岳山崩缺，被弃置于南库之隅，已经不知经历了几许寒暑。南库虽是皇家的珍品库房，由于年久失修，屋漏泥水经琴面淌下，亦不知又过了多少岁月，由于长期泥水滞留，琴面上凝结了一层坚厚的水锈。举目望去，琴色灰白，仿佛漆面脱尽之状，俨然破败不堪了。溥仪被逐出宫，清室善后委员会入宫点查，得见此琴，亦因其破败，未能留意，于是定名为"破琴一张"，编为"崑字一〇七号"，就这样载入点查报告及尔后的点查清册，又继续沉沦了二十多年。

但是，文物珍品，只能是被埋没于一时，骏骨总会要遇到巨眼的。1947年，这张破琴被当时在故宫工作的文物鉴赏家王世襄所发现，定为中唐珍品，并移送入故宫博物院的珍品库中收藏。全国解放后，1949年征得原故宫博物院院长马衡先生的同意，延请著名古琴家管平湖来院修理，经历数月，一层水锈方被彻底清除干净，原来漆面居然丝毫无损，并依原样重新装配了紫檀岳山。这张唐琴从此神采焕发，恢复原状。如今这张唐琴已列为国家珍藏的重要历史文物之一。

尤有奇者，这张千年以上的唐制古琴，虽曾罹此大厄，而琴面的鹿角漆胎，至今仍坚牢如故，并未因久经水湿，使隐起的断纹浮动欲脱。可见唐代古琴，确因其制作优良，所以能流传后世。读元代周密的《云烟过眼录》，见宋徽宗百琴堂称最的"春雷"琴，被"章宗挟之以殉葬，凡十八年复出人间，略无毫发动，今又为诸琴之冠，盖天地间尤物也"的记述，曾使人疑窦丛生，难以置信。现在根据这张"大圣遗音"琴所经历的情况来看，周密所录，亦可信而有征了。"大圣遗音"琴无疑也可以说是琴中之宝，天地间尤物了。

"九霄环佩"和"大圣遗音"这两张唐琴，在过去都曾遭到不公允的待遇，一个是出于有心，故意贬低它；一个是出于无意，无鉴古之目。今天这两张唐琴都得到了国家的重视和爱护，供广大人民群众观赏和研究。

（原载2004年第9期《收藏家》）

我和长城

罗哲文

我的老家在四川，与长城本来相隔甚远，但是三十多年来我却"累登九镇三关险，踏遍长城万里遥"，与长城结下了不解之缘，感情越来越深厚。这是什么原因呢？我想重要的一条还是干了多年文物工作的缘故。

· 少年时期的向往

在我上小学和中学的时候，正值日本帝国主义侵华，东北沦陷，抗战烽火燃烧起来了。"万里长城万里长，长城外面是故乡……"（《长城谣》），"起来，不愿做奴隶的人们，把我们的血肉筑成我们新的长城"（《义勇军进行曲》）等抗日救亡的歌声经常激发着我对长城的向往。同时，作为世界奇迹的长城更令我憧憬。1940年，我考入了中国营造学社，开始学习和调查研究古建筑，然而，在我心中，长城的形象还是那样的迷蒙，长城的历史还只是一张白纸。不过，我总梦想有一天会登上长城，亲眼看一看长城的雄姿，但那时还不曾想到以后会去研究长城。

· 维修长城结深情

抗战胜利以来，我随着中国营造学社复员来北平，到了清华大学营建系，仍然是干古建筑的调查研究工作。雄伟的长城蜿蜒在巍巍燕山之上。我费了很大的劲，骑毛驴、走路去八达岭、古北口瞻仰了长城的雄姿，但真正开始对长城进行调查研究，并且结下了不解之缘和深厚的感情，还是解放后参与维修长城的工作。

新中国成立以后不久，我正式踏上文物工作的岗位。1952年，随着国家大规模经济建设的开展，文物维修工作也在全国范围内有计划地进行。正当我们拟定规划书的时候，当时的政务院副总理兼文教委员会主任郭沫若同志提出了维修长城，并向国内开放的意见。文物局把修长城当作一件大事来抓，郑振铎局长把这一任务交给了我。我很高兴地接受了，并立即开始筹划。由于长城分布范围广大，只能选择重点维修。经过研究，我们首先选择了河北的居庸关八达岭（现属北京）。

我们乘火车到八达岭车站以后，步行或骑毛驴上山。当时的八达岭满目荒凉，从明代以后，已经三四百年没有加以维修了。站在长城上，我为能参加新中国的首次维修工作感到光荣与骄傲。当时工作的条件比起现在来是相当艰苦的。八达岭上的几间小屋已经墙倒屋塌，根本不能住宿，可是，有一次为了考察关沟中的情况，不得不在三堡的一间小屋中和衣过夜。夜风吹来，简直与露宿毫无差别。考察条件虽然艰苦，但是长城的雄姿总在激励着我们。

维修后的长城开放了，国内外游人络绎不绝。我曾一度做过参观长城的导游。我发现，人们都希望多知道一些长城的情况。记得大约是1954年，我陪一位外国的首相参观长城。外宾提出了许多问题，譬如万里长城的长度是不是外国人过去介绍的两千五百公里，长城是不是秦始皇修建的，是用什么材料，等等。我虽然知道一些，但对一些问题总觉得不是那么清楚，因此，深一步的研究迫在眉睫。这真有点像"逼上梁山"。我翻阅了不少中外学者们研究和介绍长城的书籍，并结合一些实地勘测的数据，写了一本《万里长城·居庸关·八达岭》的小册子。此书由文物出版社出版，被称为解放后第一本有关长城的专著。后来，我又写了历史小丛书《长城史话》。通过对长城的研究和实地考察，我越来越感到长城的内容太丰富了，越感到长城的伟大，我对长城的感情也就越深。

·　纵横十万余里

　　长城究竟有多长？这是研究长城首先接触到的问题。答案是简单的，长城纵横十万余里。虽然这只是一个数字，但为了弄清它，我花了三十多年的时间。据中国史书记载，长城长万余里，但很多外国人在介绍长城时，把长城的长度说成是两千五百公里或三千公里，现在有些外国书刊甚至还引用这个数字，造成对长城长度的认知失误。原因何在呢？

　　经过一番考察我发现，这一长度外国人是用比例尺从地图上量出来的。这显然是很大的错误，因为长城不是直线，而是曲曲折折，上上下下，由许多道所构成的。我国历史文献上的记载虽然比较可信，譬如说秦长城延袤万余里，汉长城、明长城也是说万余里，但仍没有把一道长城的双重、三重、多重的长度计算在内，所以一般人仅知道万里长城就是万里而已。过去我也认为各个朝代的长城都是在一条线上修筑或重修的，其实这完全不符合实际。除了查阅文献之外，我又实地考察了不同朝代、不同地段的长城，发现它们并不完全是在原有基础上维修，而多是根据当时国家的政治、经济、军事等情况选择线路的。比如秦、汉、明三个朝代的长城都不在一个起点，也不在一个终点，相去数百里、上千里，只是对中间个别地方加以利用，补修补筑，但所占比例很小。至于春秋战国时期诸侯互防的长城，则各据地势，互不相涉，而且它们的方位走向也是各行其是，或南或北，或西或东，这样就必须把各个时期长城的长度加起来才是长城的总长度。我统计了一下，长城的总长度有十万里以上。

为什么要说长城纵横十万余里呢？因为不少的人以为长城是东西向的，而实际上还有许多道是南北走向的，所以应加上"纵横"二字才符合实际情况。

· 上下两千多年

上下两千多年，这指的是长城修建的历史。我对长城未做研究之前，也曾经以为长城是秦始皇修建的，后来稍加查考，这个问题就解决了，但是还有一个长城是何时始修、何时结束的问题需要进一步弄清楚。原来有两种说法，一种说法是把公元前九世纪周王命大将南仲"城彼朔方"的城，称之为长城。经过研究分析，"城彼朔方"的城只是单独的城，中间还没有城墙联系，不能算正式的长城。另一种说法是楚方城不是长城，我也曾经这样认为过，但经过查考和研究分析，楚方城并不是一个城池，而是几百里长的城墙，应是最早的长城。至于何时停止修长城，过去也未弄清楚，因为清代曾在东北地区修筑柳条边，在个别地方修缮长城关隘作为检查哨卡，并在局部地区修筑了很少的城垣以对付西南地区少数民族的反抗。这些算不算修筑长城？经过仔细查考文献记载和分析研究可知，柳条边是清朝统治者为了划分东北地区人民放牧活动的界限而修建的，不属于防御工程，因此不能算作长城。个别地区修筑防御工事和修缮长城关隘作为检查哨卡也与原来长城的性质不同，所以应该说长城在清代就罢修了。康熙皇帝东巡渤海时曾赋诗云："万里经营到海涯，纷纷调发逐浮夸。当时费尽生民力，天下何曾属尔家。"我从青年时起，就开始研究修建长城的历史，如今弄清楚了，已是鬓发斑白。

· 各族人民血汗和智慧的结晶

在很长的一段时间里，我曾认为长城主要是汉族统治者为了防御其他民族的侵犯而修筑的。经过实地调查和查考历史文献才知道，长城并不全是汉族统治者修筑的。我计算了一下，从秦始皇算起，汉族修筑长城的只有秦、汉、隋、明四个主要的朝代，而其他民族则有北魏、北齐、北周、辽、金五个主要的朝代。元朝也对长城关隘进行过修缮和利用。北京居庸关城中心的云台，即是元代的遗物。它原是一座过街塔的基座，其浮雕艺术之精美实属罕见。券洞内壁刻有蒙、汉、藏、维、梵、契丹等多种文字，极为珍贵。它也是元代修缮利用长城关隘的实物例证。

由于我是搞古建筑的，所以对长城的修筑工程有特别浓厚的兴趣。只要有机会到长城，总是百看不够。有些重点地段我不知去过多少次了，八达岭可能有百次以上，山海关有几十次，嘉峪关也已有五六次了。每去一次我都要登城，每登一次就加深了对长城的认识，例如对司马迁《史记》中已经写明的"因地形，用险制塞"的筑城设防的原则，我起初不甚理解，而每当考察一处长城关隘和城墙、敌台、烽墩的时候，就加深了对这一原则的认识。如山海关角山长城上的一个敌台，巧妙利用了山岭的地形，把台子修筑在巨石陡险之上，可以控制山下和两侧的形势，只要很少人坚守，敌人就很难攻克。所谓"一夫当关，万夫莫开"的例子在长城沿线千百座关隘中，比比皆是。

对长城修筑工程中的"因地制宜，就地取材"的原则，我尤其感到十分钦佩。这一原则本来是我国古代很多建筑工程中经常采用的，但是由于长城经行的地区辽阔，各种地理、地质情况都有，因而对这一原则的运用表现得更为突出。当我从鸭绿江边开始，沿着松辽平原、燕山、太行山、内蒙古草原、黄土高原、河西走廊、新疆沙漠戈壁等地考察长城时，看见用各种建筑材料修建的各式各样结构的长城，对前辈工匠们的聪明智慧不禁由衷敬佩。他们因地制宜、就地取材的本领可谓达到了高峰。凡是在高山峻岭多石之处，就用块石、片石修筑。凡在黄土地带，就用黄土夯筑。遇到了绝壁悬崖、河流深谷，就利用悬崖绝壁稍事加工或劈削成为山险墙、劈山墙等。最值得称道的是两千多年前西汉时期所修建的河西长城，在玉门关、阳关等处所保存的长城烽燧，不是用砖、石、土，而是用砂砾石子铺砌而成的。因为那里无石无土，全是一望无边的戈壁。工匠们巧妙地利用沙漠中产的红柳枝条与芦苇等作为拉筋材料，与砂砾相结合修筑城墙以至高大的烽台。其修筑方法是铺一层红柳枝条或苇秆，再铺一层砂砾，层层铺筑到六七米的高度，烽台则高达十米以上，真可说是巧夺天工。长城修筑工程，除了向地面以上砌筑或夯筑成墙之外，还有向下挖沟的办法。我曾在甘肃看见汉代挖掘成大沟的长城遗迹，以后辽、金及明诸朝也都在某些地方继承了这种方法。

这些巧夺天工的长城建筑结构与利用山形地势的布局，是我国古代各族人民的智慧与血汗的结晶。

· 盼长城研究广泛开展

古往今来，对长城的研究不乏其人，或记其始末，或评其功过，或论其攻守，或考其形制，两千多年来著述甚多。特别是自新中国成立之后，结合实地调查和测绘，长城的研究工作得到了新的发展。三十多年来，我虽然也曾考察过许多长城遗址，查阅过不少长城的历史文献资料，但是对于长城研究丰富的成果来说，实在太微小了。近年来有一些徒步考察长城的青年，有万里绘长城的画家，有沿长城拍照的摄影师，有考古学家、地理学者、历史学家等对长城进行了不同角度、不同目的的研究。一门新的学科"长城学"正在兴起。对此我感到十分振奋，但是有几件事情是必须引起重视的。

第一，对长城的基本调查还要抓紧完成。例如长城的长度的准确数字、分布情况、各个朝代长城的现存情况等，都要进一步调查。当然，长城调查的难度较大，例如从甘肃玉门关到新疆库尔勒之间，从前外国人的著作上就写着，有几百里的长城和玉门关的形式相同，而我们还没有人去考察过。有些地方的长城埋在泥沙淤土之下，有些地方的长城时代难分等，我建议要以攻坚的精神来攻克这些堡垒，弄清长城的基本情况。这也是保护、维修、开放及发挥长城作用的基础工作。

第二，收集整理标注长城的历史文献。有关长城的历史文献可以说是浩如烟海，有的藏于各种史籍、方志和其他文献之中，有的珍存在碑刻、简牍之上。为了提供给各方面研究，把它们汇集、编排、标点、注释出来是十分必要的。闻北京古籍出版社有计划出版长城古籍之举，至为可贵，盼能早日问世。

第三，长城研究的内容十分丰富，盼能广泛开展。长城自春秋战国时期开始修筑，至明末清初结束，因而在长城身上不仅凝聚了历代各族人民的智慧与血汗，而且也打下了两千多年我国政治、军事、经济、文化的烙印。过去对长城的研究范围不够广泛，不够深入，对长城的军事史、军事工程、经济发展、各民族文化交流、中西交通、中西文化交流中所起的作用及长城文学等方面的研究都没有开展。至于利用长城作为标尺，对地理变迁、沙漠发展、地震考古等各种学科进行研究，也还有很多未尽的工作。

愿长城这一中华民族的象征发挥它更大的作用。盼有更多的专家、学者和爱好者、青年同志们，来参加长城的研究。

（原载2007年第3期《中国长城博物馆》）

太和殿的宝座

朱家溍

太和殿，正中设须弥座形式的宝座。宝座的正面和左右都有陛（即上下用的木台阶，俗称"塔垛"），宝座上设雕龙髹金大椅，这就是皇帝的御座。椅后设雕龙髹金屏风，左右有宝象、香筒、甪端等陈设。宝座前面在陛的左右还有四个香几，香几上有三足香炉。当皇帝升殿时，炉内焚起檀香，香筒内插藏香，于是金銮殿里香烟缭绕，更为肃穆。

1915年，窃国大盗袁世凯篡权称帝的时候，把殿内原有的乾隆帝所题匾额"建极绥猷"以及左右联"帝命式于九围，兹惟艰哉，奈何弗敬""天心佑夫一德，永言保之，遹求厥宁"尽都拆掉，雕龙髹金大椅也不知挪到何处去了。椅后的雕龙髹金屏风还保留下来，在屏风前面安设一个特制的中西结合、不伦不类的大椅，椅背极高，座面很矮。据说是因为袁世凯的腿短，但又要表现帝王气派，所以采用西式高背大椅的样式。在椅背上还有个袁世凯设想的帝国国徽。这个所谓的国徽是一个直径约二尺的圆光，用白色缎制成，在上面用彩色丝线绣成古代十二章的图案。这块白色缎年久渐渐断裂，里面露出的填塞物原来却是稻草。

1947年，故宫博物院接收前古物陈列所，把袁世凯这个绣花草包大椅撤去，打算换上清代制造的龙椅，但选择了几个，都和后面的雕龙髹金屏风不协调，并且尺寸太小，与太和殿的宏伟气派不相称。太和殿原来的龙椅究竟是什么样式？原物还存在与否？当时还是个疑问。

1959年，我在一张光绪二十六年（1900）的旧照片上，看到了从前太和殿内的原状。于是根据这张照片进一步查找，终于在一处存放残破家具的库房中，发现一个残破的髹金雕龙大椅。它有一个圈椅式的椅背，四根圆柱上承三龙作弧形，正面高，而两扶手渐低，正面两柱各蟠一龙。椅的背板平雕阳纹云龙，座面与底座相连。底座是一个宽约五尺、深约二尺余的须弥座。这个龙椅没有椅腿的形式，通背高约四尺，从髹漆的方法和雕龙的造型来看，应该说是明代制作的，很可能是明嘉靖时重建皇极殿后的遗物，清康熙时重修太和殿，这个龙椅经修理后继续使用，一直到袁世凯时代才被撂出去，以致弄得非常破烂。

1963年，故宫决定修复这件龙椅。未修之前，先拍摄龙椅的整体和各个细部的照片，再洗去污垢，辨认它的做法。凡短缺的构件，都一一配制。宁寿宫内有一个龙椅，是乾隆年间完全仿照太和殿龙椅制作的，唯有龙头的造型带有清代的风格。另外，发现一幅康熙帝的朝服像，皇帝所坐的正是太和殿上的这个龙椅。于是宁寿宫内的龙椅实物和这幅康熙帝画像就成为修复工作者的重要参考资料。在整整一年之内，木活、雕活、铜活共用七百六十六个工日。到夏天伏雨潮湿的季节，由油工名手做油漆后，粘金叶。1964年9月，全部竣工，各工种共用九百三十四个工日。

这个明代的龙椅修配完整以后，形体非常美观，椅背两柱的蟠龙十分生动，特别是组成背圈的三条龙，完全服从背圈的用途，而又不影响龙的蜿蜒挈空姿势。椅背采用圈椅的基本做法，座面下不采用椅腿、椅撑，而采用须弥座形式，这样就兼顾了龙形的飞舞和座位坚实稳重的风格。

这件龙椅修复后，陈列到太和殿的宝座上，便与雕龙髹金屏风浑然一体。只有原来的匾联不知当时被丢到何处，已无法恢复了。

（录自《故宫退食录》，紫禁城出版社，2009年版）

三希堂：帝国的博物馆

祝　勇

　　打开一幅古代书画，把"宣统御览之宝"印章匆匆忙忙盖在上面，这是十六岁的逊帝溥仪，在他百无聊赖的逊位生活中唯一忙碌的工作。然后，这批清宫旧藏便以赏赐的名义，经由他的老师，他的弟弟溥杰，偷偷运到宫外。对这位末代皇帝来说，盗取皇宫财宝，已经成为一项刻不容缓的重要工作，所以，很长时间以来，紫禁城内始终存在着一条隐性的"运输线"，一千二百件国宝级书画文物从此去向不明，其中就包括三希堂中的《伯远帖》。

　　三希堂因之得名的三件国宝中，王羲之的《快雪时晴帖》已在遥远的台北故宫安家落户，而王献之《中秋帖》和王珣《伯远帖》真迹，则在经历了一系列的颠沛流离后，回到了它们在北京故宫的家，躺在文物大库中享受着恒温恒湿的服务。

　　然而，从三希堂的空壳中，我们也不难发现这是一间气质不凡的屋子，在金碧辉煌的宫殿内部，堪称特立独行。这首先体现在它的狭小———一间只有八平方米的小房间，在紫禁城九千多间房屋中，几乎可以忽略不计，然而，它的丰富性，正是通过狭小来体现的：楠木雕花隔扇将它隔分成南北两间小室，里边的一间利用窗台摆设乾隆御用文房用具；窗台下，设置一铺可坐可卧的高低炕，乾隆御座即设在高炕坐东面西的位置上；乾隆御书"三希堂"匾名，"深心托豪素，怀抱观古今"对联分别张贴在御座的上方和两旁；低炕墙壁上五颜六色的瓷壁瓶和壁瓶下楠木《三希堂法帖》木匣，被对面墙上落地大玻璃镜尽收其中，小室立显开朗；此外，还有小室隔扇横楣装裱的乾隆御笔《三希堂记》，墙壁张贴的宫廷画家金廷标的《王羲之学书图》、沈德潜作的《三希堂歌》以及董邦达的山水画等。文雅的布置，几乎使人忘记了宫殿的暴力属性——作为太和殿的延伸，三希堂以自己的方式，表明皇宫在本质上是掠夺者的大本营。

同时，三希堂使宫殿的博物馆性质显露无遗。紫禁城，堪称世界上规模最大的博物馆，这不仅因为紫禁城建筑群体本身的文物属性（紫禁城是一个跨越朝代的建筑群），更因为它同时也是国家级（世界级）文物的储藏地。目前的故宫博物院是一座公立的博物院（1925年，故宫博物院成立时的名称即为"国立故宫博物院"），而在帝王时代，它的私人性质却无须置疑。紫禁城里的珍宝，重申了皇帝对天下万物不可置疑的所有权。欲望是权力的催生剂，而权力又为欲望的实现提供保障。乾隆十一年（1746），皇帝把晋朝大书法家王羲之的《快雪时晴帖》、王献之的《中秋帖》和王珣的《伯远帖》三件稀世国宝收藏在三希堂（古文"希"同"稀"，"三希"即三件稀世珍宝）。至乾隆十五年（1750）时，三希堂收藏了晋以后历代名家一百三十四人，墨迹三百四十件以及拓本四百九十五种。三希堂外，紫禁城建筑内部的几乎所有角落，都是用国宝装饰的，那些稀世之宝，不仅在物质意义上与紫禁城彼此粘连，在精神意义上，它们也密不可分。可以说，那些珍宝，就是为紫禁城存在的，反之亦然。这并非仅仅是美学的需要，更是政治的需要。瑰丽的皇宫，与它内部的珍宝，互相成为存在的理由。

于是，我们看到历史中一种单向的流动，即国家珍宝由民间源源不断地流向宫廷。乾隆亲自发起和领导的书法征集运动，就是一个例证。而皇帝太后的万寿之日，如雍正、乾隆、慈禧太后的寿诞，又为这种文物征集活动提供了一个名正言顺的理由。与雍正、乾隆等皇帝的收藏爱好相比，慈禧太后毫不逊色，除将整个宫殿变成她的收藏仓库以外，她个人还专门用三间大屋储存宝物，与三希堂相映成趣。这三间大屋由三面木架分隔成柜，每柜中置有檀木盒一排，统共三千箱，各自标有名称，至于藏于他处不须记载入册的宝物，就无法统计了。① 于是，

① 王先明：《清王朝的崩溃》，第37页，天津人民出版社，2006年。

在皇帝与臣民、宫殿与民间之间，形成了一种侵犯与被侵犯、施虐与受虐的关系。所谓天下，就是帝王的权力能够抵达的地方，而宫殿中的宝物，则以视觉形式呈现了帝王对天下的征用关系。有意思的是，许多人对于这种被侵犯与受虐的处境乐此不疲，原因是每一个受虐者，转过身来便是施虐者，对更加弱势的群体进行侵犯和施虐。通过宝物的流向，我们可以看见整个帝国编织成一张巨大的施虐的网，与权力的金字塔结构遥相呼应。输掉了珍宝，却赢回了权力，而权力又可以掠夺更多的珍宝，这一浅显的道理，成为帝国官场的通用法则，只有真正的民间底层社会，才真正居于被侵犯和受虐的地位上，永世不得翻身。据说慈禧寿诞之时，从中央到地方各级官员都在敬献的宝物上费尽心机，初入军机的刚毅特意制作了十二面镂花雕饰精美的铁花屏风。直隶总督袁世凯送上的则是一双四周镶有特大珍珠的"珠鞋"，算上成本和宫门费（即用酬金打点太后的近侍太监们），总共七十万金。皇帝的收藏爱好，他个人无须支付任何成本，只需笑纳就可以了，这是皇帝与民间收藏本质的不同，他需要支付的，是帝国的行政资本，也就是说，他需要以帝国的行政资源，对进献者予以回报。这使宫殿的收藏，具有了受贿的性质。当然，这是一种充满艺术性的贿赂，如同一位作家所说："它可以堂而皇之地活动在光天化日之下，而不必提心吊胆地出没于暗夜暮色之中。"

为了与中央保持一致，收藏热在大清王朝的行政系统中方兴未艾。一个典型的例子，就是庆亲王奕劻。北京地安门外定阜大街的庆王府门口，来路各异的献宝者络绎不绝。有一位名叫陈璧的道员级闲官，贫困之中，以孤注一掷的决心，将亲戚所开金店中的稀世之宝东珠、鼻烟壶数件进献庆亲王，果然换来了邮传部尚书这一正部级职位。1911年10月10日武昌起义，蒙古镶蓝旗出身的锡良自告奋勇，率兵督陕，紧要关头，奕劻仍不忘记向他索贿，气得锡良大呼："生平不以一钱买官，况此时乎！"这还不算典型，最典型的是1911年底，各省独立之际，袁世凯力请清廷颁布《逊位诏书》，奕劻亦不忘抓住商机，向袁世凯索贿。国破之际，具有商业头脑的奕劻在天津租界内创办一家"人力胶皮车公司"，同时跻身中华民国最牛私人收藏家之列。

宫殿对于天下宝物的占有，既是实体的占有，同时也充满了象征性，因为皇帝的私家博物馆无论怎样规模宏大，它的占有量，毕竟不可能是无限的，犹如警幻仙姑在回答贾宝玉对《金陵十二钗正册》的质疑"金陵极大，怎么只十二个女子？"时所表达的原则："择其紧要者录之"。因而，紫禁城里的书画珍宝，不可能成为天下宝物的全部，却是天下宝物的象征。它既是对权力的炫耀，也是对权力的揭露——它的赃物性质显而易见。宫殿里的皇帝，通过它们，实现着对天下万物的绝对占有。

而天下万物，一旦进入了紫禁城，就仿佛进入了一个巨大的黑洞，从"天下"失踪了，没有人能够与它们再度谋面，即使皇帝本人，也不可能对它们一一浏览。这使得那位苦心孤诣地为太后制作了铁花屏风的新任军机大臣刚毅，不得不收买近侍太监，将他的宝物摆放在内宫御道边上、皇太后的必经要道上，才可能被皇太后看到。据1925年出版的《清室善后委员会点查报告》记载，1925年国立故宫博物院成立时，共清点出一百一十七万余件宫廷遗留的文物，包括玉器、书画、陶瓷、珐琅、漆器、金银器、竹木牙角匏、金铜宗教造像、帝后妃嫔服饰、衣料和家具等，另有大量图书、典籍、文献、档案，经1949年以后征集，故宫博物院现有藏品一百五十多万件，其中百分之八十以上是清宫旧藏。数目如此巨大的国宝，不仅远远超出了一个人的实际需要，而且成为他的巨大负担，最后变成了一个无关紧要的数字——宝物的自身价值已经泯灭，被那个巨大的黑洞吞噬了。它们以存在的方式消失了，消失在"天下"，也消失在皇帝的视野中。

与乾隆时代对国宝的巧取豪夺相反，紫禁城的大量国宝，在大清王朝的末世光景中，经末代皇帝溥仪之手流散到民间，除"三希"之一的《伯远帖》，还有《清明上河图》《韩熙载夜宴图》《五牛图》等珍贵书画，皇帝的私人博物馆已经沦为文物贩子的进货渠道。皇帝以这样的方式嘲弄了自己的权力，那些古老的纸页，则成为测量王朝的盛衰的试纸。

（原载2010年第9期《紫禁城》）

故事：满池娇

尚　刚

　　器形硕大、装饰满密的元青花如今备受关注。对于它们，中国学者通常简称为"至正型"，含义是以至正产品为典型的元代青花瓷。至正是元顺帝的最后一个年号，从1341年延续到1370年。

　　在至正型青花的主题装饰里，莲池尤其常见。如果粗分，它们有两种，一种仅仅表现池塘中的莲荷及水草，另一种再加上鸳鸯或白鹭等水禽。大约是因为形象更姣好，性情更温顺，含义更美妙，所以，莲池图案里，成对的鸳鸯出现得最多。

　　有心人都会发现，这些莲池图案往往构图仿佛，形象酷似，画风相同，如出一人之手。不过，虽然经历了几百年，它们存留的数量还是太多，况且，在其产地景德镇，又发现于多个窑址，一些窑址还相去较远，所以，它们的绘画肯定不是少数陶工的作为。既然如此，可能只有一个：它们是陶工们依照某些范本绘制的，而范本或许出自一人之手。由此引出一连串的疑问，比如为什么会有范本？范本来自哪里？为何出现？何时出现？

范本就是纸本或绢本的官府设计图样，即所谓官样。为何需要范本？主要的原因在于等级制度。古代中国是个严格的等级社会，无论服饰、器用，其材料、形制不仅反映占有者的审美趣味，还体现着他们的贵贱尊卑，不能以造作的混乱、服用的僭越，破坏了法度，混淆了等级。官府造作的重要任务就是维护等级制度。对于其产品数量、缴纳日期、用料、规格、品种、造型、图案、颜色等，元政府也明令"不许辄自变移"。

蒙古民族"始初草昧"，曾经长期君臣上下服用贵贱混淆、尊卑无别，这令汉族儒臣痛惜，被南宋义士嗤笑。在忽必烈时代（1260—1294），元朝的服用制度方始初露端倪，到仁宗延祐元年（1314），才终于确立。政府对造作的掌控因之愈益严密，如1322年，北平王影堂（供奉祖宗肖像的殿堂）的陈设、器用需要更换，皇帝便传旨大都留守司，明令"依世祖皇帝影堂制，从新为之，计料绘图成造"。服用制度还使官府造作趋于稳定，如在1320到1342年的二十几年中，庆元路（治所今浙江宁波）织染局生产的丝绸几乎没有变化，每年的织造量、品种比例、产品规格完全相同，仅颜色略有调整。

官府造作为帝后亲贵、政府机构服务，产品既要维护等级制度，又要体现审美趣味，必须严格管理控制。管控产品样式的良方就是颁布钦定的范本，命宫府局院依样制作。在将作院

146

的诸路金玉人匠总管府属下，有一个画局，它"掌描造诸色样制"，就是个只设计、不制造的机构。如果官府局院自创新样，则要献上样品，经审定核准，才能生产。因此，1292年，济宁路才要差遣官员进京"呈秉绫样"。

至正型青花是否也有范本？这要先认清它的性质。

在元代的景德镇，有个全国唯一的官府瓷器作坊——浮梁磁局，它隶属于将作院的诸路金玉人匠总管府。至正型青花的残件已经在景德镇的多个窑址发现，但浮梁磁局却是个级别很低的小机构，品秩所限，不会拥有众多瓷窑。这令一些专家相信，浮梁磁局只是管理当地手工业的机构，负责课税等。不过，文献记录的将作院是个专为皇家生产的庞大造作系统，它与其属下机构的职掌都与管理税赋毫无关联。至于浮梁磁局的"掌烧造瓷器"，早已载入正史，时贤对此的驳斥纯是猜测，并无可信的理据。浮梁磁局如果烧造，就应当包含至正型青花。

至于烧造窑址众多，也不是所有至正型青花与浮梁磁局无关的证据。因为按照元代制度，匠户虽有在官府局院造作的义务，却不必日日入局服役，应役之暇，还可利用自家设备，自购材料，自行制作，自行发卖。服役之中，浮梁磁局的匠户已经熟悉官府的范本，而范本出自高手，不仅优秀，还最能体现由帝王引领的社会审美，更有利于销售，所以，他们烧造的商品瓷也大有照搬官府设计的可能。

一旦了解了匠户制度，就应当相信，至正型青花虽然不都是官府的产品，但其制作却该与浮梁磁局的匠户有关。有些是匠户在磁局里的产品，有些则是他们在应役之外，按官府范本烧造的商品，当然，另有些器物的设计要秉承主顾的意旨。在元末的景德镇，还有以剩余的御用瓷土制作白瓷售卖的事例，类似的情形也发生于青花瓷，这令官府和民间的作品更难区别。这类商品瓷甚至会影响非浮梁磁局陶工的制作，出于销售的考虑，他们应当也乐意依样画葫芦。

元代还有多种彩绘瓷器，唯独至正型青花的装饰精细考究，远非其他品类可以比拟，这显示了其设计的高贵品格。并且，不仅莲池图案，至正型青花的其他装饰形象也往往类同，这又说明了其设计同出一源。因为有那个只设计、不制作的画局存在，因为画局还与浮梁磁局同属诸路金玉人匠总管府，因而，就更有理由相信，至正型青花就是出自画局的统一设计，浮梁磁局匠户的贡献只是按照画样制作成瓷。

至于何以莲池图案屡屡出现于至正型青花？这令人想起文宗皇帝的御衣刺绣。元人也爱写作宫词，两位宫词作者都吟咏过同一种宫廷刺绣图案，它名为满池娇。较晚的张昱诗云："鸳鸯鸂鶒满池娇，彩绣金茸日几条。早晚君王天寿节，要将着御大明朝。""大明朝"指的是大明宫的朝会，大明宫是元代的"金銮殿"，地位一如紫禁城里的太和殿。对于满池娇的话题，稍早的柯九思宫词更有价值，其诗云："观莲太液泛兰桡，翡翠鸳鸯戏碧苔。说与小娃牢记取，御衫绣作满池娇。"

张昱并未说明服用人，柯九思却点出了满池娇是御衫的刺绣图案。尤其可贵的是，柯氏还加了自注："天历间，御衣多为池塘小景，名曰'满池娇'。"寥寥数语，指出了年代，说清了图案题材。元文宗用过两个年号，先是天历（1328—1330），后为至顺（1330—1333）。自从文宗即位，柯九思便出入宫廷，备受恩宠，1331年夏，又遭谗去职。就是说，至顺之初，柯九思依然出入宫廷。他注满池娇的时代，只说天历，不提至顺。这表明，起码在天历年间，满池娇采用最盛。古代装饰里，大多制为服装面料的丝绸影响最大，一再被其他品类取法。满池娇深得文宗皇帝青睐，更会在天历年间成为瓷器装饰的楷模。

文宗御衫什么样子？仅凭柯、张的两首绝句还难以猜测。所幸，刺绣"池塘小景"的元代罗夹衫居然被考古学家发现，它极富参考价值。夹衫出土于内蒙古元集宁路故城遗址的窖藏，窖藏中的提花绫还渍上了"集宁路达鲁花赤总官府""知事""府吏"等墨迹，以之对照同时出土的物品，可以判定，窖藏的主人必定与这个机构有关，最可能就是当地的最高长官达鲁花赤本人。至于窖藏，都入埋在变乱之中，故集宁路窖藏的时代就应在元末。考虑到丝绸衣服难以长久穿着，这件夹衫的时代也该在元后期。

夹衫之上，共绣出大小图案九十九组（九与其倍数是蒙古族的吉祥数字），两组大图案出现在双肩，应当就是满池娇。图案是配以白鹭的"池塘小景"，双鹭一立一翔，祥云飘动，碧水生波，莲荷盛开，花草繁茂，一派优雅静谧，全然是绘画的格局。

元代，路辖州县，治理的范围约略相当于今日的地区。一个地方长官能否服用御衫图案或许是个问题。不过，依照元代制度，这不成问题。达鲁花赤由蒙古人充当，集宁路达鲁花赤位居从三品，当年，这样的蒙古高官服用相当自由，舆服的规格仅次于帝王。延祐元年制定服色等第时，已经明文规定，除五爪双角龙和凤纹之外，蒙古人的服用装饰都"不在禁限"。在夹衫上的"池塘小景"里，并没有这些题材。因此，不仅这个图案应该是满池娇，这件夹衫或许还是文宗御衫的同类。

有些专家总说，满池娇就是莲池鸳鸯图案，这似是而非。因为，柯九思吟咏了鸳鸯，张昱又添上了鸂鶒。柯九思诗注还说，满池娇表现的是"池塘小景"，显然，主题就是池塘的清幽风光。今日所见的实物虽都是莲池小景，但莲池里有哪种水禽、有没有水禽都不要紧。道理实在简单：并不是有了水禽，无论哪种水禽，池塘才成小景。

其实，满池娇并非元文宗时代的发明，不晚于南宋，这个名词已经出现。吴自牧的《梦粱录》在缕述钱塘繁华时，便记录了临安夜市里夏秋售卖的"挑纱荷花满池娇背心儿"。同为宋末人的舒岳祥在诗注里说"旧时都下花工……作小荷叶，名满池娇，则缀以蜻蜓茄叶之类，浮动其上"。

宋人描述满池娇时，说到的装饰主题都是莲荷，不提水禽。

这类图案的丝绸已经在福州的南宋黄昇墓（1243）大量出土，如刺绣莲花纹的罗荷包、"印金荷萍花边""印花彩绘荷萍茨茹水仙花边"等，这些"花边"用为领缘，即宋人所谓领抹。在黄昇墓，"池塘小景"还有再加水禽的实例，如"彩绘荷萍鱼石鹭鸶花边"，在一只纱罗香囊上，也有贴绣的鸳鸯纹，其辅助花纹虽简化抽象颇甚，但发掘报告把它们指为"莲花和莲叶"。两宋实物里，陶瓷存留最多，其上的"池塘小景"装饰也因之更多，题材常常既有鸳鸯，又有莲荷。显然，元代的莲池鸳鸯与这类图案更接近。

两宋装饰一派清隽典雅，元代官府工艺美术却走向了另一个极端，追逐精丽华贵成了时代新风，唯独满池娇特立独行，风貌清新柔秀。这应归之于其倡导者的文化取向。虽然统治中国，但蒙古大汗却往往不识汉字，元文宗不同，有很深的汉文化造诣，还能赋诗，长弈棋，工书法，擅绘画。他在位的四年，大兴文治，提倡理学，封赠先儒，亲祀郊庙，以中国传统体例编修《经世大典》，又创建奎章阁，收集古物图书，延揽文人士子赏鉴品藻。因此，他青睐的满池娇也该别具风采。

元文宗的导引令满池娇装饰风靡一时，不仅见于帝王御衣、高官夹衫、青花瓷器，玉器也常采用满池娇，如内蒙古集宁路窖藏里的鹤莲纹玉饰、上海青浦任明墓（1351）里的鹭莲纹玉帽顶、元大都遗址中的鹭莲纹玉饰。银器中，满池娇也有所见，如内蒙古敖汉旗元代窖藏里的莲花鸳鸯纹银带饰。

应当将元代满池娇的繁荣与文宗御衣刺绣相联系，文献里，刺绣满池娇频频出现。至于满池娇纹的玉饰、青花却不见踪影。除去文宗御衣之外，元人还描述过刺绣枕顶之类，如张翥词称："合欢花样满池娇，用心描，数针挑。面面芙蕖，闲叶映兰苕。刺到鸳鸯双比翼，应想像，为魂销。"刺绣满池娇的流行其至引来高丽人士的关注，因此，其汉语教科书便出现了这样的场景：元大都午门外有两个贵胄夜间"操马"，其中一人就在"白绒毡袜上，拴着一副鸦青段子满刺娇护膝"。元代刺绣满池娇实例今日所见不少，如内蒙古额济纳旗黑城遗址的莲花双鹅纹绫边饰、河北隆化鸽子洞窖藏的鸳鸯莲荷纹绫枕顶。绣品易腐难存，但从文献记录颇多、实物存留不少分析，当年的刺绣满池娇应当数量多过青花满池娇。

一个现象应含深意，无论是宋代的刺绣、瓷器，还是元代的刺绣、玉饰、银器，所饰莲池图案的构图、形象差异很大。元青花情形与此迥异绝殊，构图、形象、画风逼似。这显然是在提示，元青花上的满池娇确有"不许辄自变移"的高贵范本。

满池娇虽然风靡一时，但成为元代官府瓷器图样却难以超过十二年，这源自元顺帝对文宗的怨仇。

元文宗曾经两次登基。第二次是因为串通亲信，毒杀了同父异母的兄长元明宗。皇帝虽然当上，但弑兄总令文宗夫妇惴惴不安，甚至恐惧报应。这样，文宗死后，由其遗孀卜答失里主持，明宗的次子、长子先后做了皇帝。明宗长子妥懽帖睦尔是元朝最后一位君主，即元惠宗、元顺帝。即位之时（1333），妥懽帖睦尔年仅十三岁。七年后（至元六年，1340），他羽翼渐丰，开始复仇，下诏痛谴文宗弑君据位罪孽，流放卜答失里及其子燕帖古思，将与谋弑君的文宗亲信明里董阿"明正典刑"，文宗牌位也被扔出太庙。这年的岁末，还"罢天历以后增设太禧宗禋等院"。文臣荟萃、职掌风雅的奎章阁学士院先被裁汰，后又不设学士，削减事权，更名为宣文阁。

严词痛谴、流放妻儿、处死重臣、诏撤庙主、裁汰官署、改易名称，举措包括政治，连带文化，报复可谓全面又彻底。曾得文宗青睐的满池娇也应就此退出官府瓷器图样，不再摹绘上瓷。据此，可以得到两个认识，第一，使用满池娇图案的至正型青花起码主要是1328到1340年间的作品，而不该更晚。第二，满池娇既然是至正型青花的重要装饰主题，那么，至正型青花的发端也应在1328年或其稍后，不会晚到一些专家主张的1340年以后。

不过，元代的皇家恩怨与后人无关，因此，明清时代，满池娇复兴。景德镇御器厂不断以满池娇纹的各类瓷器进贡，莲池鸳鸯图案还雕刻在昌化石的"乾隆宸翰"印章上，还铭曰"满池娇"。宫廷如此，民间亦然。《金瓶梅》里，西门庆的妻妾就偏好"金镶玉观音满池娇"首饰，从作者的描述看，禽鸟似已不见，为不抓头发，莲荷取"前后分心""揭实枝梗"的形式，演化为观音大士的花座。也是在《金瓶梅》里，还能看到满池娇词义的引申。西门庆、乔大户两家结亲，为款待西门庆等人，乔宅的厨子便奉上一道"喜重重满池娇并头莲汤"。显然，这里的满池娇指的是汤面上漂浮的诸般美食，仅取其色彩艳丽、柔嫩可口的意义，而不再是我们已经熟悉的"池塘小景"。

元代满池娇的影响还及于海外，被绘画在当年的西方陶器上。蒙古族武功旷绝古今，四大汗国中的钦察汗国（金帐汗国）地跨欧亚，其都城拔都萨莱在伏尔加河下游，今俄罗斯的阿斯特拉罕。这里出土过许多白地蓝花的当地十四世纪陶器，不少还如同青花瓷，以氧化钴在釉下绘画图案，装饰常与元青花相似。其中的束莲图案引人瞩目，竟与无水禽的元青花满池娇大有亲缘。还有更相似的装饰，它绘画于叙利亚的白地蓝花大盘，被判定为马穆鲁克王朝1401年以前的作品。

如此看来，满池娇不仅是元青花常见的装饰主题，也被伊斯兰陶器广泛取用，出土在东欧、发现在西亚，只是已知的实例。自然，元青花的海外影响还远远不止于此，但这已在满池娇的故事以外了。

（原载2013年第7期《书城》）

厮守，一眼千年

樊锦诗

敦，大地之意；煌，繁盛也。

那是我第一眼见到敦煌，黄昏中古朴庄严的莫高窟。远方铁马风铃铮铮鸣，我好似听到了敦煌与历史千年的耳语，窥见了她跨越千年的美。

1962年我第一次到敦煌实习，当时满脑子都是一听就让人肃然起敬的名字——常书鸿先生、段文杰先生，等等，敦煌就是神话的延续，他们就是神话中的人物啊！我和几个一起实习的同学跑进石窟，感叹到只剩下几个词的重复使用，所有的语言似乎都显得平淡无奇，简直失色了，满心满脑只有："哎呀，太好了，太美了！"

虽然说对大西北艰苦的环境有一定的心理准备，但水土不服的无奈、上蹿下跳的老鼠，后来想起仍叫人心有余悸。到处都是土，连水都是苦的，实习期没满我就生病提前返校了，也没想着再回去。没想到，可能就是注定厮守的缘分，一年后我又被分配到敦煌文物研究所。说没有犹豫惶惑，那是假话，和北京相比，那里简直就不是同一个世界——到处是苍凉的黄沙，无垠的戈壁滩和稀稀疏疏的骆驼草。洞外面很破烂，里面很黑，没有门，没有楼梯，就用树干插上树枝的"蜈蚣梯"爬进洞。爬上去后，还得用"蜈蚣梯"这么爬下来，很可怕。我父母自然也是不乐意的，父亲甚至还给我写了封信，让我转交学校领导，给我换个工作的地方。但是那个时候哪里肯这样做，新中国建立十多年，报效祖国、服从分配、到最艰苦的地方去，等等，都是影响青年人人生走向的主流价值观。

一开始，在这般庞大深邃的敦煌面前，我是羞怯的，恍若与初恋相见一般的惶惑不安，相处一阵子后，慢慢地小心翼翼地把敦煌当作了"意中人"。

文物界的人，只要对文物有深深的爱，就会想尽一切办法保护它。能守护敦煌，我太知足了。灿烂的阳光，照耀在色彩绚丽的壁画和彩塑上，金碧辉煌，闪烁夺目。整个莫高窟，就是一座巨大无比、藏满珠宝玉翠的宝库。这样动人可爱的"意中人"，已成了我生命中不可分割的一部分，我怎么能舍得离开呢？我的爱好和想法，影响了远在武汉工作的我的丈夫老彭，他也是我学校的好同学，理解我，支持我，也了解敦煌。他毅然放弃了心仪的武汉大学考古专业的教学工作，来到敦煌，来到我的身边。从此，我们俩相依相伴，相知相亲，共同守着敦煌。

老彭热诚地投身到敦煌学研究行列，直到生命的最后。

后来西部大开发，旅游大发展。1999年开始，来敦煌欣赏壁画的人愈发多了，我一半是高兴，另一半又担忧。我把洞窟当"意中人"，游客数量的剧增有可能让洞窟的容颜不可逆地逝去，壁画渐渐模糊，颜色也慢慢褪去。

有一天太阳升起，阳光普照敦煌，风沙围绕中的莫高窟依旧安静从容，仰望之间，我莫名觉得心疼：静静地沉睡了一千年，她的美丽、她含着泪的微笑，在漫长的岁月里无人可识，而现在，过量美的惊羡者却又会让她脆弱衰老。那些没有留下名字的塑匠、石匠、泥匠、画匠用着坚韧的毅力和沉静的心愿，一代又一代，连续坚持了一千年。莫高窟带给人们的震撼，绝不应该只是我们看到的惊艳壁画和彩塑，更是一种文化的力量！就算有一天她衰老了，这种力量不应消失，我一定要让她活下来。

煌，繁盛也！

当我知道可以通过数字化技术将她们永久保留的时候，我立即向甘肃省、国家文物局、科技部提出要进行数字化工程。新中国成立后，国家特别重视莫高窟的保护。二十世纪六十年代国家经济刚刚恢复，周恩来总理就特批了一百多万元用于敦煌莫高窟的保护。后来国家更是给了充足的经费，让我们首先进行数字化的实验。现在敦煌已经有一百多个洞窟实现了数字化——壁画的数字化、洞窟3D模型和崖体的三维重建，三十个洞窟的数字资源中英文版都已上线，实现了全球共享。

我想和敦煌"厮守"下去不是梦想，这真真切切地成为现实！

敦煌艺术入门不难，她是一个多学科交叉的人文学科，汇合交融了太多的文化元素，历史的多元、文化的多元、创作技法的多元，可谓大气魄、大胸怀。在改革开放之前，研究所关于敦煌学的研究也在进行，但更多的是壁画的临摹。说到真正的研究工作，是在改革开放之后，科研的氛围变好了，文化交流更加频繁了，正如一位哲人的说法："我希望我的房子四周没有墙围着，窗子没有东西堵着，愿各国的文化之风自由地吹拂着它。但是我不会被任何风所吹倒。"改革开放带来了中国敦煌学研究的春天。

我很喜欢中唐第158窟的卧佛，每当心里有苦闷与烦恼时，都忍不住想走进这个洞窟，瞬间忘却许多烦恼。有时候，甚至觉得敦煌已经成为我的生命了。

我脑海里常想着季羡林先生的诗：

"我真想长期留在这里，

永远留在这里。

真好像在茫茫的人世间奔波了六十多年，

才最后找到了一个归宿。"

我还想说，新中国成立七十年来，一代又一代有志于中华优秀传统文化艺术的年轻人，面对极其艰苦的物质生活，面对苍茫戈壁的寂寞，披星戴月，前赴后继，这是文物工作者保护和传承中华优秀传统文化的使命。

而我也与我的前辈、同仁们一样，仍愿与这一眼千年的美"厮守"下去。

（原载2019年4月10日《人民日报》）

辑三 逛市场

琉璃厂

黄　裳

　　三年前来北京，住了十天。琉璃厂也去过一次，不过只是匆匆地走了一转，前后一总不过半小时。后来曾在一篇文章中说起，那次来京，没有买到一本旧书，没有听过一次京戏，觉得可惜。不料这句话被朋友记住了。这次他特地到吉祥去买了两张票，又约我吃过中饭一起到琉璃厂去看旧书，使我一下子弥补了三年前的两种缺憾，真是值得感谢。

　　六月初的骄阳已经很有点可怕了。马路平直而宽阔，不过路边的行道树却稀疏而矮小，提供不了多少绿荫。走过全聚德烤鸭楼大厦，走过鲁迅先生当年演讲过的地方——师大院外高墙，随后发现了一座有如小型汽车加油站似的"一得阁"墨汁店。加紧脚步，好不容易才奔到了琉璃厂。看见在荣宝斋对面正加紧恢复兴建原有书铺的门面与店房。"邃雅斋"和"来薰阁"的原址都已出现了青砖砌成的铺面，除了柱子是水泥构件以外，其他似乎都保存了原貌。橱窗镶上了精细镂花的木框，还没有油漆。这一切看了使人高兴，在大太阳底下也不禁伫立了好半晌。

接着我们就走进了中国书店。朋友和在这里工作的两位老店员相熟，我们被邀坐下来喝茶，看书，谈天。这一切都还能使人依稀想见当年琉璃厂的风貌。不过几十年过去，一切到底已经不再是从前的旧样了。

翻翻零本旧书，居然也买到了几册，没有空手而归。

《百喻经》二卷，1914年会稽周氏施银托金陵刻经处刻本。这是有名的书。三十七年前我在南京曾亲自跑到刻经处买过一本，不过已是新印，印刷、纸张都远不及这一本。但这是否就是原跋所称最初印的"功德书一百本"之一，却也难说，但初印则是无疑的。

此书已由江苏人民出版社印行，是为纪念鲁迅诞辰一百周年而重印的，而且有两种版本。但到底都不如这原刻的可爱。也许这就是为许多人所嘲笑的"古董气"，不过我想多少有一点也不要紧。

《悲盦居士文存一卷·诗剩一卷》。赵之谦撰。光绪刻本。作为书画金石家，赵㧑叔的声誉近来是空前地高涨了，印谱、画集都出版了不少，但他的诗文却极少为人所知。这虽然不过是光绪刻本，但并不多见，"诗剩"我还是第一次见到。薄薄的一本诗集，中间却有不少史料。太平天国攻下杭州，赵之谦逃到温州，这样，"辛酉以后诗"中就往往有记兵事和乱离情景的篇章，小注记事尤详。《二劝》诗并前序记平阳"金钱会"与瑞安团练"白布会"斗争情形甚详尽，是珍贵的史料。当然赵之谦是站在清朝官方一边的，他对太平天国的议论自然可想而知。

使我惊异的是，赵之谦对吕晚村也深恶痛绝，没有别的理由，只因吕是雍正帝钦定"罪大恶极"的"逆案"首要。诗注说："南阳讲习堂，留良居室也。籍没后犁为田。今则荒烟蔓草矣。"这是吕晚村故居的结局。诗注又说："然理学大儒合之谋反大逆，言行不相顾，不应至斯极也。往居都下，见书摊上有钞本留良论学书数篇，邵阳魏君源加墨其上，言留良人当诛，言不可废。余不谓然，取归摧烧之。"

这种推理方法与行动今天看来都是奇怪的。在赵㧑叔看来，"理学大儒"必然应该也是忠臣，如与这模式不合，就是"言行不相顾"了，当然更不必追究逆案的是非曲直。这是从典型的僵化头脑中产生的思想，是极有价值的一种标本。魏源就和他大不同，虽然不能不承认"其人当诛"，但却肯定了其人的思想，至少他明白两者之间应有区别。但赵之谦不能同意，取来一把扯碎烧掉了。这种行为简直不像是一个艺术家干得出来的。思想僵化之后就有可能化为鲁莽灭裂以至疯狂，这里就是一个好证据。

像这样的旧书，是算不得"善本"的，但买到之后还是感到喜欢。这大概就是所谓"书癖"了吧。不用说更早，就是五十年代，像这样的书也多半没有上架的资格，它们大抵睡在地摊上。三十年来，琉璃厂（以至全国）旧书身价的"升格"

是惊人的，根本的原因是旧书来源之濒于绝迹。这在我们的闲谈中也是触及了的，书的来源日渐稀少，这与全国机关学校大小图书馆的搜购有关。经营旧书的从业者也大大零落。仅有的一两位老同志都已白发盈颠，接班人则还没有成批成长起来，青年同志对这一"寂寞"的行业也缺乏热情。谈话中彼此都不免感到有点沉重，但也想不出什么"妙策"。

前一天正好访候了周叔弢先生。九十三岁的高龄了，他的精神依旧极好，眼睛能看小字，记忆力也一点都没有衰退，只是耳朵有点背了。只要一提起书来，还是止不住有许多话想说，他说的自然都是"老话"，但有许多是值得思索的。

他听说琉璃厂在重建了，非常高兴。但又担心，这些老字号恢复以后，有没有充足的货色供应市场，有没有精通业务的从业员，读者、买书人能不能从琉璃厂获得过去那种精神、物质上的满足，好像都是问题。

典籍、文物、艺术品、纸墨笔砚……这些都不是单纯的商品，过去读者逛琉璃厂也不只是为了来买书。我想，我们至今还没有足够的、标准的、门类齐全的图书馆、博物馆，但在过去，我们却有很好的替代物。例如，人们到琉璃厂来，在某种意义上说是奔向一所庞大的、五彩缤纷的爱国主义大学校、展览馆。不只能看，还能尽情欣赏，摩挲品味，可能时还能买回去。这是一座文化超级市场，门类之广博，品种之丰富，新奇货色的不时出现，对寻求知识的顾客都有强烈的诱惑。这一切，今天的博物馆、书店……一切文化设施都不可能完全代替。人们在这里得到知识，还受到传统精神文明的熏染、教养。封建文化中有精华也有糟粕，但归根结底爱国主义内容的比重是占着重要地位的。

过去人们到琉璃厂的书铺里来，可以自由地坐下来与掌柜的谈天，一坐半日，一本书不买也不要紧。掌柜的是商人也是朋友，有些还是知识渊博的版本目录学家。他们是出色的知识信息传播者与咨询人，能提供有价值的线索、踪迹和学术研究动向，自然终极目的还是做生意，但这并非唯一的内容。至少应该说他们做生意的手段灵活多样，又是富于文化气息的。

在书店里灌了几碗茶，依旧救不了燥渴，这时就不禁想到在左近曾有过一家"信远斋"，小小的屋子，门上挂着门帘，屋里有擦得干干净净的旧八仙桌、方凳，放在角落里的几只盛酸梅汤的瓷缸。那凉沁心脾、有桂花香气、厚重得有如琥珀的酸甜汁水，真是想想也会从舌底沁出津液来。那不过是用"土法"冰镇的，但在我的印象里却觉得无论怎样先进的冷冻设备都不可能达到同样的效果。也许关键不只在"冷"，选料、配方、制作也有极大的关系。这样的"汤"吃了两碗以后就再也喝不下了，真是"三碗不过冈"。酸梅汤现在是到处可见了，人们公认这是好东西，还制成了卤、粉、汽水……但好像都与信远斋的味道有些两样。

不久前在银幕上曾出现过一批以北京地方为背景的作品，

其中有些是相当突出的优秀制作。《茶馆》《骆驼祥子》《城南旧事》《如意》《知音》……广大观众对此表现了浓厚的兴趣。能不能把这看作一种"怀旧"的风呢？从现象上看好像很有点像。但这与好莱坞曾掀起过的怀旧浪潮并不就是一码事。像这样的社会文化现象的出现，那原因往往是非常复杂的。过去的事物中确有值得怀念的东西，历史不能割断，记忆难以遗忘，这是极自然的。不同人对同一事物的看法则大不相同，好恶也两样。往往许多人都喜欢某种东西，但取舍之点并不一致。鲁迅也是爱逛琉璃厂的，但与某些遗老遗少就全然不同。鲁迅北来也到过信远斋，买的是蜜饯，那是因为天冷了，酸梅汤已经落市了的缘故。

从几十年前起，在北京这地方就一直有许多人在不断地"怀旧"。遗老们怀念他们的"故国"，军阀徒党怀念他们的"大帅"……随着岁月的推移，这中间很换了不少花样。但这与住在北京的普通老百姓的牵连则不大。比较复杂的是作为文化积累的种种事物。有几百年历史的名城，这种积累是大量的、丰富的。好吃的菜肴、点心，大家都爱吃；故宫、北海……旅游者也一致赞叹；吃着"仿膳"的小窝窝头而缅怀慈禧皇太后的，今天怕已没有；游昆明湖而写出吊隆裕皇太后的《颐和园词》的王国维，也早已跳进湖里死掉了。总之，许多事物，在今天已只因其现实意义而为人民所记住，多时不见了就怀念。至于这些事物产生、发展的政治历史背景，一般人是不大注意的，或简直忘却。这是完全不同的一种"怀旧"，与任何时代的遗老遗少都扯不到一起去。

研究近代文化史、文学史的专家，还没有把注意力更多地集中到近几十年以北京为中心产生的许多文化现象上，其实我倒觉得这是颇重要的，是了解新文化运动的产生与发展必不可少的环节。

以谭鑫培为代表的谭腔、以程砚秋为代表的程腔，为什么先后在北京这地方风靡一时？我想这和当时的政治局势、人民心理都有极密切的关系。他们创造的新腔，正好表现了人民抑郁、愤激的复杂心情，新腔的特点是低回与亢奋的交错与统一。旧有的声腔，无论是黄钟大吕还是响遏行云都已无法加以宣泄了。谭、程的声腔是不同的，这些差异也正好细致地反映了他们所处不同时代的细微变化。

以黄晦闻（节）为代表的新型宋诗流派，或"同光体"的发展、继续，也可以看作一种时代的声音。梁启超喜欢集宋词断句做对联，同时搞这花样的还有一大批人。如其中有名的一联"春已堪怜，更能消几番风雨；树犹如此，最可惜一片江山"，就不能看作简单的文字游戏。它道出了住在北方的中国人的普遍心情。姚茫父（华）曾为琉璃厂的南纸店画过一套小小的笺样，每幅选吴文英词句，用简练的线条加以表现。我以为也不失为杰出的作品。画面境界的萧瑟荒寒，不只表现了画家自己，同时也是人民的情怀。

三十年代林语堂编的《宇宙风》上，发表过不少记载北京风土、人情的文字，后来汇成了一本《北平一顾》，这应该说是有代表性的典型怀旧之作。过去我一直觉得这是没有积极意义的小品文、小摆设，抒发的是没落的感情与趣味。但后来想，这些文字都作于"九一八"与"七七"之间，那正是北平几乎已被国民党政府放弃了的时候，那么，这些文字就不能简单地划入闲适小品，而应更深入地体会那纸背的声音。

在那段时期，像这样的社会文化现象并不是个别的、孤立的，综合起来就能较为全面地反映人民的内心活动。对许多艺术家或并非艺术家说来，这就是他们反映社会现实的独特方法。

时代发展、社会变革必然要使许多事物化为陈迹，这有时是不可避免的、理所当然的。其中也有一些是还应该存留，或以新的面貌恢复存在的。无论是哪一种情形，我们都应该加以分析、研究，为之做出可信的历史总结。这将为我们带来很大的好处，从而保持必要的清醒，不致陷入糊涂的、低级趣味的怀旧的泥坑，也可避免做出可笑的蠢事。对社会上存在或曾经存在过的一切事物，人们都必须表态，回避不了。而这正是对人们思想是否健康、成熟的一种考验。

1983年6月10日

（录自《珠还记幸》，生活·读书·新知三联书店，1985年版）

鬼市

张中行

老北京有所谓"鬼市"，又名"小市"或"晓市"。得名的由来，三十年代官修《旧都文物略·杂事略·市井琐闻》说得比较详细："于东西两市场（案指东安市场和西单商场）之外，更有晓市之设。每值鸡鸣，买卖者率集合于斯以交易焉。售品半为骨董，半系旧货，新者绝不加入。以其交易皆集于清晨，因名晓市。或谓鬼市，亦喻其作夜交易耳。俗呼小市，误。"这说得不尽确实。一、鬼市的鬼，主要不是取夜行之义，而是取用鬼祟手段以假充真而骗钱之义，清佚名《燕台口号一百首》之一云："乍听鸡鸣小市齐，暗中交易眼昏迷。插标人去贪廉贱，一笑归看假货低。"这假即所谓玩鬼把戏。二、俗呼小市并不误，除上引佚名诗句之外，清吴长元《宸垣识略》卷九说："东小市在半壁街南，隙地十余亩，每日寅卯二时，货旧物者交易于此。"可见，解小为晓，也许正是深文周纳了。

鬼市也是交易之所，但有不少特点。一是时间早，鸡鸣开始，日稍升即散。二是卖买双方都流品很杂。卖方半数以上是旧物小贩，北京称之为"打鼓儿的"，他们白天挑担，手持径寸硬皮小鼓，用细长竹片边走边敲，发清脆之音，串大街小巷，收买旧物。收买范围可说是佛法无边，上至商彝周鼎、汉镜唐琴，下至破旧衣服、碎铜烂铁。出去一天，收获或多或少，第二天欲明还暗的时候到小市，摆在地上出卖。鼓担之外，还有不少并非经商的市民，多数是急于换钱，少数是旧物无用而不愿存储，也拿到鬼市待价而沽。再说买方，有商人，也是流品很杂，只能举例说，如可以高到古玩字画店的老板，低到补鞋匠；有一般市民，目的是用贱价买些家用杂物；还有一些人，可以称之为有访古汲碎癖的书生，如邓之诚、顾随、胡佩衡之流。特点之三是货未必真而价必不实，即俗话说的满天要谎，就地还钱。还有一个特点，由访古汲碎的书生看来最重要，是常常会遇到年代久远、稀奇古怪、很难由商店买得的东西。这方面的例证不少，有文献可征的如《红楼梦》后四十回的残稿，《浮生六记》作者沈复的画，都是由这条路来的。

由于偶然的机缘，我长时期住在北城鼓楼以西。出门向西不远是摄政王府，它的西墙外有一块空地，就是北京著名的鬼市之一。还有两个，一个在崇文门外，就是《宸垣识略》说的东小市，一个在宣武门外，因为都离得远，我没有到过。这北小市也历尽沧桑。一是面积的伸缩，这也是规律，大致是社会不稳定的时候伸，稳定的时候缩。伸，不只是地，还有人。如四十年代日去美来的时期，地域由摄政王府西墙外一直伸到东墙外，摆摊的人加入不少旧日的缙绅阶层，包括胜国贝勒载涛。另一变动是迁居，这是五十年代的事了，先迁到德胜门内以东的城根，名曰绦儿胡同，再迁到德胜门外略东的教场口，几年后消灭。

我有时想，逛鬼市，由心理或动机方面看，应该说与垂钓有相似之处，都是贪。但也略有分别，就是汲碎的"得"不单纯是利，而杂有不少赏奇和思古之幽情。例如我有一次买到个唐景云二年（711）藏十二娘的铜造像，个儿小，制作不精，非贵重之物，可是想想年份，其时李白刚刚十岁，杜甫要一年之后才出生，就觉得很有意思。

由于这类的有意思，加以"天时不如地利"，空闲的早晨，我总是喜欢到鬼市逛逛。有时起得很早，就更能体验一下鬼趣：赶早寻宝的商人多半提着马灯，快步前行，或者停在某鼓担前，掌上托着什么，用灯照着细看。卖买双方都不说话，袖口对袖口用手指争论价钱。我们书生一流自然只能掇拾一点点大网漏下的小鱼小虾。但有时也会有虽不名贵而颇有意思的获得，如清朝乾嘉时期藏书家严元照（芳椒堂）写的黄山谷诗卷，因为不是一般人都熟悉的"成铁翁刘"，久卧地上无人问津。我买了，看看，落款后的两个印章是"张氏秋月字香修一字幼怜""我亦前身是秋月"，前一个印章见叶昌炽《藏书纪事诗》，说是孙星衍见过，后一个印章，大概孙氏也没见过，所以觉得颇有意思。又如乾隆拓唐欧阳通《道因碑》整幅裱本、沈德潜《杜诗偶评》初刻本，都是商贾不肯收，我觉得有意思，用贱价买来的。

屈指十几年，断断续续由鬼市收得杂物不少，有些随手散去，有些当作"四旧"付之丙丁，自我失之，也没什么遗憾。只是有一种，约半套驴皮剪的彩色影戏人物，这是儿时随母亲到外祖家，静夜在村头看灯影中的悲欢离合故事，为之入迷的，也放在旧书报之上烧了。事过境迁，有时忆及，仿佛儿时的梦更渺茫了，不禁兴起对于鬼市的怀念。

（录自《张中行作品集》第五卷，中国社会科学出版社，1997年版）

捃古缘

王世襄

　　搜集文玩器物，不论来源为何、价值多少，总有一个经历。经历有的简单平常，有的复杂曲折，有的失之交臂，有的巧如天助。越是曲折，越是奇巧，越使人难忘。前人往往将它说成是"缘"，颇为神秘，仿佛一切皆由前定。其实天下事本来就多种多样，如将"缘"和英文的 chance 等同起来，我看也就无神秘可言了。下面记几次个人的经历，当然买的都是些小东小西，有的几乎是在"拣破烂儿"。

· 一

　　五十年代初，我在通州鼓楼北小巷内一个回民老太太家看到一对机凳，无束腰，直枨，四足外圆内方，用材粗硕，十分简练朴质，我非常喜欢。可惜藤编软屉破裂，残存不多，露出两根弯带和将它们连在一起的木片。但至少未被改成铺席硬屉，没有伤筋动骨。老太太说："我儿子要卖二十元，打鼓的只给十五元，所以未卖成。"我掏出二十元递过去。老太太说："价格够了也得等我儿回来办，不然他会埋怨我。"我等到天快黑了还不见她儿子进门，只好骑车回北京，准备过两三天再来。不料两天后在东四牌楼挂货铺门口见到打鼓的王四坐在那对杌凳上。我问他要多少钱，他说："四十元。"我说："我要了。"恰好那天忘记带钱包，未能付款，也没有交定钱。待我取钱马上返回，杌凳已被红桥经营硬木材料的梁家兄弟买走了。

自此以后，我每隔些天即去梁家一趟。兄弟二人，每人一具，就是不卖。我问是否等修理好了再卖。回答说："不，不修了，就这样拿它当脸盆架用了。"眼看搪瓷盆放在略具马鞍形的弯枨上。历时一年多，去了将近二十次，花了四百元才买到手，恰好是通州老太太要价的二十倍。

·二

过去崇文门外有一个经营珠宝玉器的商场叫青山居，青山居的管理处在花市大街北上四条胡同。一天我去串门，看见楼梯下放着一具铁力五足大香几，独木面，特别厚重，颇为稀有。几上摆着两三个保温瓶，茶壶茶碗更多，开水把几子都烫花了。我想他们不拿它当一回事，或许肯出让。问了几位负责人，都说不行。因一切均为集体所有，谁也做不了主。我只好失望地离去。

两年后，忽然在地安门桥头古玩铺曹书田那里看到这件香几。因系铁力制，价钱不高。我将它抬上三轮车，两手把着牙子，两脚垫在托泥下面，运回家中。一时欢喜无状，脚面被托泥硌出两条沟都没有感觉到疼痛。事后我问曹书田才知道，原来管理处撤销了，所以家具交付处理变卖。

· 三

德胜门后海一带常有破烂摊摆在道侧，陈旧日用品，衣服鞋帽，一应俱全。有一次经过那里，看到破条凳支着两块板子，上铺蓝色破床单，物品很零乱。风一吹，卷起了床单的一角，看到后面似乎有彩画。手撩一看，原来是两扇雕填漆柜门。两龙生动夭矫，分别为黑身红鬣、红身黑鬣，时代当早于万历。我请摊主卖给我这两块板子。他说摊子靠它们支架，我正嫌小了一点，你买一床大铺板，我换给你。我们立即成交，皆大欢喜。

（录自《京华忆往》，生活·读书·新知三联书店，2009年版）

得壶记趣

陆文夫

　　我年轻时信奉一句格言，叫作"玩物丧志"。世界上的格言多如过江之鲫，有人信，有人不信；有人此时信，彼时非；有人专门制造格言叫别人遵守，自己根本就做不到；等等，都是有原因的。

　　我所以信奉"玩物丧志"，是因为那时确实有点志，虽然称不起什么胸怀大志，却也有些意气风发的劲头，想以志降物，遏制着对物的欲念。另一个很实际的原因是想玩物也没有可能，一是没有时间，二是没有金钱，玩不起。换句话说，玩是也想玩的，只是怕分散精力和阮囊羞涩而已。事实也是如此，我对字画、古玩、盆景、古典家什、玲珑湖石等都有兴趣，也有一定的欣赏能力，只是不敢妄图据为己有而已。

　　想玩而又玩不起，唯一的办法只有看了，即去欣赏别人的、公有的。此种办法很好，既不花钱，又不至于沦为物的奴隶。

苏州是个文化古城，历代玩家云集，想看看总是有可能的。

五十年代，苏州的人民路、景德路、临顿路上有许多旧书店和旧货店。所谓旧货店是个广义词，即不卖新货的店都叫旧货店。旧货店也分门别类，有卖衣着，有卖家什，更多的是卖旧艺术品的小古董店。有些不能称之为店，只是在大门堂里摆个摊头，是破落的大户人家来卖掉那些既不能吃、又不能穿的非生活必需品的玩意。此种去处是"淘金"者的乐园，只要你有鉴赏的能力，偶尔可以得宝，捡便宜。

那时我已经写小说了，没命地干，每天都是从清晨写到晚上一两点，往往在收笔之际已闻远处鸡啼，可在午餐之后总得休息一下，饭后捉笔头脑总是昏昏沉沉的。休息也不睡，到街上去逛古董店。每日有一条规定的路线，一家家地逛过去，逛得哪家有点什么东西都很熟悉，甚至看得出哪件东西已被人买去了，哪件东西又是新收购进来的。好东西是不能多看的，眼不见心不动，看着看着就想买一点。但我信奉"玩物丧志"，自有约法三章，如果要买的话，一是偶尔为之，二是要有实用价值，三是不能超过一元钱。

小古董店里的东西五花八门，有字画、瓷器、陶器、铜器、锡器、红木小件和古钱币，还有打簧表和破旧的照相机。我的兴趣广泛，样样都看，但对紫砂盆和紫砂茶壶特有兴趣，此种兴趣的养成和已故的作家周瘦鹃先生有关系。很多人都知道，周瘦鹃先生的盆景是海内一绝，举世无双。文人墨客、元帅、总理，到苏州来时都要到周家花园去一次。我也常到周先生家去，多是陪客人去欣赏他的盆景，偶尔也叩门而入，小坐片刻，看看盆景，谈谈文艺。周先生乘身边无人时，便送我一盆小品（人多时送不起），叫我拿回去放在案头，写累了看看绿叶，让眼睛得到调剂。我不敢收，因为周先生的盆景都是珍品，放在我的案头不出一个月便会死掉的。周先生说不碍，死掉就死掉，你也不必去多费精力，只是有一点，当盆景死掉以后，可别忘记把紫砂盆还给我。盆景有三要素，即盆、盆架、盆栽，三者之中以好的紫砂盆、古盆最为难求。周先生谈起紫砂盆来滔滔不绝，除掉盆的造型、质地、年代、制作高手之外，还谈到他当年如何在苏州的古董市场上与日本人竞相收购古盆的故事，谈到得意时，便从屏门后面的夹弄里（那儿是存放紫砂盆的小仓库）取出一二精品来让我观摩。谈到紫砂盆，必然语及紫砂壶，我们还曾经到宜兴的丁蜀去过一次，去的目的是想发现古盆，订购新盆，可那时宜兴的紫砂工艺已经凋敝，除掉拎回几只砂锅以外，一无所获。

由于受到周瘦鹃先生的感染，我在逛小古董店的时候，便对紫砂盆和紫砂壶特别注意，似乎也有了一点鉴赏能力。但也只是看看罢了，并无收藏的念头。

有一天，我也记不清是春是夏了，总之是三十三年前的一个中午。饭后，我照例到那些小古董店里去巡视，忽然在一家大门堂内的小摊上，见到一把鱼化龙紫砂茶壶。龙壶是紫砂壶中常见的款式，民间很多，我少年时也在大户人家见过。可这把龙壶十分别致，紫黑而有光泽，线条的造型浑厚有力，精致而不烦琐。壶盖的捏手是祥云一朵，龙头可以伸缩，倒茶时龙嘴里便吐出舌头，有传统的民间乐趣。我忍不住要买了，但仍须按约法三章行事。一是偶尔为之，确实，那一段时间内除掉花两毛钱买了一朵木灵芝以外，其他什么也没有买过。二是有实用价值，平日写作时，总有清茶一杯放在案头，写一气，喝一口，写得入神时往往忘记喝，人不走茶就凉了，如果有一把紫砂茶壶，保温的时间可以长点，冬天捧着茶壶喝，还可以暖暖手。剩下的第三条便是价钱了，一问，果然不超过一元钱，我大概是花八毛钱买下来的。卖壶的人可能也使用了多年，壶内布满了茶垢，我拿回家擦洗一番，泡一壶浓茶放在案头。

这把龙壶随着我度过了漫长的岁月，度过了很多寒冷的冬天，我没有把它当作古董，虽然我也估摸得出它的年龄要比我的祖父还大些。我只是把这龙壶当作忠实的侍者，因为我想喝上几口茶时，它总是十分热心的。当我能写的时候，它总是满腹经纶，煞有介事地蹲在我的案头；当我不能写而下放劳动时，它便浑身冰凉，蹲在一口玻璃柜内，成了我女儿的玩具。女儿常要对她的同学献宝，因为那龙头内可以伸出舌头。

"文化大革命"的初期要破"四旧"，我便让龙壶躲藏到堆破烂的角落里。全家下放到农村去，我便把它用破棉袄包好，和一些小盆、红木小件等装在一个柳条筐内。这柳条筐随着我来回大江南北，几度搬迁，足足有十二年没有开启，因为筐内都是些过苦日子用不着的东西，农民喝水都是用大碗，哪有用龙壶的？

直到我重新回到苏州，而且等到有了住房的时候，才把柳条筐打开，把我那少得可怜的小玩意拿了出来。红木盆架已经受潮散架了，龙壶却是完好无损，只是有股霉味。我把它洗擦一番，重新注入茶水，冬用夏藏，一如既往。

近十年间，宜兴的紫砂工艺突然蓬勃发展，精品层出，高手林立，许多著名的画家、艺术家都卷了进去。国内兴起了一股紫砂热，数千元、数万元的名壶时有所闻，时有所见。我因对紫砂有特殊爱好，也便跟着凑凑热闹，特地做了一只什景橱，把友人赠给和自己买来的紫砂壶放在上面，因为现在没有什么小古董店可逛了，休息时向什景架上看一眼，过过瘾头。

我买壶还是老规矩，前两年不超过十块钱，取其造型而已。收藏紫砂壶的行家见到我那什景架上的茶壶，都有点不屑一顾，实在是没有什么值得称道的。我说我有一把龙壶，可能是清代的，听者也不以为然，因为他们知道我没有什么收藏，连藏书也是寥寥无几。

1990年5月13日晚，不知道是刮的什么风，宜兴紫砂工艺二厂的厂长史俊棠、制壶名家徐秀棠等几位紫砂工艺家到我家来做客，我也曾到他们家里拜访过，相互之间熟悉，所以待他们坐定之后便把龙壶拿出来，请他们看看，这把壶到底出自何年何月何人之手，因为壶盖内有印记。他们几位轮流看过之后大为惊异，这是清代制壶名家俞国良的作品。《宜兴陶器图谱》中有记载："俞国良，同治、光绪间人，锡山人，曾为吴大澂造壶，制作精而气格混成，每见大澂壶内有'国良'二字，篆书阳文印，传器有朱泥大壶，色泽鲜妍，造工精雅。"

我的这把壶当然不是朱泥大壶，而是紫黑龙壶。徐秀棠解释说，此壶叫作坞灰鱼化龙，烧制时壶内填满砻糠灰，放在烟道口烧制，成功率很低，保存得如此完整，实乃紫砂传器中之上品。史俊棠将壶左看右看，爱不释手，拿出照相机来连连拍下几张照片。

客人们走了以后，我确实高兴了一阵，想不到花了八毛钱竟买下了一件传世珍品，穷书生也有好运气，可入《聊斋志异》。高兴了一阵之后又有点犯愁了，我今后还用不用这把龙壶来饮茶呢，万一在沏茶、倒水、擦洗之际失手打碎这传世的珍品，岂不可惜！忠实的侍者突然成了碰拿不得的千金贵体，这事儿倒也是十分尴尬的。

世间事总是有得有失，玩物虽然不一定丧志，可是你想玩它，它也要玩你。物是人的奴仆，人也是物的奴隶。

1990年5月

（录自《陆文夫文集》第四卷，古吴轩出版社，2006年版）

塞纳河边的中国古董

冯骥才

　　无论在世界什么地方，我都会留意有没有中国的古物。一件古物背后是一片浩阔的历史。而古物流落在外，它还证实着久远之前一个跨洋过海的联系。这种未知和遥远的联系十分诱惑我。

　　在巴黎，可以碰到的中国古物实在太多，无论是国家博物馆的展示，还是个人家庭的收藏。一个文明国家的标志便是公众对文化的热爱。我在巴黎居住期间，恰逢小宫举办中国古物展，展出近二十年出土的唐前文物的精华，包括闻名于世的兵马俑。我看到参观展览的人挤满入口大厅。有一个法国女孩用铅笔和小本抄写一件西周大鼎上的如同天书一般的铭文，神情认真又执着。这使我颇为感动。

　　至于法国人家庭的陈设中，常常视中国这个东方古国的艺术以很高的品位。应该说，欧洲人对中国古物欣赏的地方，与华人的"自我欣赏"不同。海外华人喜欢雕龙雕凤的红木家具，五彩大瓶，宝石雕刻，镀银摆金，讲求物品昂贵的材质，崇尚豪华与富丽。欧洲人则偏爱中国人高古而简约的明式家具，素雅的青花，年代久远的民间器物及其稚拙的民间艺术。欧洲向往东方的古老，欣赏古物上遥远的岁月感，以及纯朴的东方情调。他们的价值取向偏重于文化本身。

拿书画来说，海外华人以"名人字画"为荣，欧洲人不知道中国的"名人"是谁，只要画面的感觉古老和有东方味道就好。我们在法国南部的圣托贝去拜访一位著名的国际基金组织狮子集团的负责人，这对德籍的夫妇曾在北京主持汉莎航空公司的培训中心。他们为自己的中国情结找到了一个载体——古物。在北京时，一有机会便逛琉璃厂。现在他们这座依山面海的美丽的住宅内，到处摆放着中国古物——一律是来自民间的昔时物品。比如南方民居建筑上的雀替，江浙一带千工床上的描金画板、雕花提盒、神像和长杆的烟袋。一概都是这些年来，被我们现代化的大扫帚从民间清扫出来的"历史破烂"。主人知我十分了解这些物品，请我"指点"其中的奥妙。我却看出，这些物品货真价实。尽管如今北京的潘家园和天津的沈阳道，赝品已然铺天盖地。但这两位对中国一知半解的"老外"识别真伪的眼光却十分锐利。这说明，鉴定古物一靠知识，二靠经验，三靠悟性。这三样中，第一是悟性。而首先是对古物的历史感的悟性。

在巴黎可以大面积地看到古物的是三个地方。一是古董市场，二是古董店，三是博物馆。

巴黎的古董市场最著名的是圣东安。规模与潘家园差不多，但多为法国及欧洲的古董。古董市场的格局也是一家家小店小铺与散开式的摊位。但没有人专营中国古董。中国古董杂混其间。其货源多是一百多年前赴法华人从老家捎带来的。当时作为生活用品，时光匆匆，百年过去，便成了古物。古物是时间创造的。故此，现在看，最古老的也不过是清末民初的器物。但法国人无法知道它的年代。有时价钱高得出奇，有时便宜得如同清仓处理。我在蒙特厄伊古董市场一个摊位上看到一副抱柱式木刻对联，黑色大漆的板子，螺钿镶嵌的字，信是岭南物品，上边的词句为"红滴墨砚花泻露，绿铺书案树间云"，下款为"维新乙未偶书"。没有署名。大概是书斋主人自书和自用。"维新"款十分鲜见。要价也不高，因为卖主完全不知道上边写着什么，甚至不知对联怎么使用。这明显是百年前华人出海自带的家当。

说到巴黎的古董店，那真是要多高级有多高级。古董店不比古董市场。古董店是专业化的，分门别类，各有专营。有的专卖某一国家甚至某一时代的古物，有的只卖某一流派的画作。这种高级的古董店中就有专营中国古董的店铺了。西方的思维方式是解析性的，与东方中国讲求包容性刚好相反。故而，在古董店方面，西方的专业分工很强，分得愈细则愈精，愈有权威性，愈高档，愈可信。不像中国的古董店"神仙老虎狗"应有尽有。

　　然而，这些古董店的价格都昂贵之极。11月初，在埃菲尔铁塔对面的广场上，去参观由巴黎的一些有名的古董店举办的联展。我从中发现一件隋代彩绘木雕菩萨立像，高近二尺，左手有残，但品相极佳，彩绘尤为精妙，使我想到敦煌莫高窟第425窟那几尊菩萨。待一询价，使我暗暗吐舌。后来我在一家希腊古物的专卖店，看到一件希腊特有的天使头像的瓦当。标价竟是一千二百美金。前几年我在雅典见到这种古老的瓦当，标价仅为三十美元。差价竟是四十倍。由此可见巴黎古物之昂贵。巴黎视古物为宝贝，东西一旧一老就保存起来，视为珍宝。要想在巴黎买到便宜的现代产品并不难，但若想"捡便宜"似的得到古物，大概只是一种痴想吧。

　　一位旅法的雕塑家对我说，奥塞博物馆附近有一家古董店专卖中国古董。这家店几代人接续经营已有百余年历史，在全欧洲都有名气。去了一看，名不虚传。店中陈列古物，都是"超年份的"，即唐前之物，多为石雕、木雕、铜器、陶俑，甚至还有壁画。这很对我的口味。而且绝无赝品，都是精品。由此可见店主的眼力之不凡。其中给我印象最深的是一件巨型汉代石雕异兽，一个唐代罗汉头像，一组四件南北朝的骑士俑。还有一身北齐的无头菩萨立像，简直就和山东青州龙兴寺出土的那些立佛一模一样，身躯扁平，薄衣贴身，凹凸优美。我敢肯定它出土于山东齐国故地，且是近几年走私出来的。还有那一组骑士俑，也一准是新近出土的古物。这店中还有四尊木雕佛像，一阿难，一伽叶，二菩萨。比我还高，彩绘如新，天下罕见。从风格看，当属宋代，几乎与平遥镇国寺的佛像同出一寺。我想，这绝不是二十世纪五十年代以前，洋人们从中国搬去的。但这样巨型的珍贵古物到底怎样瞒天过海运抵这里的？

这家店主送我一本印刷精美的画集，是这家店的销售样本。店中这些古物皆在画集中。我忽见首页竟是洛阳龙门石窟古阳洞一尊北魏交脚佛的佛头。这是四十年代被盗卖出去的。我的第一个反应就是要想方设法把这佛头搞到手，送回龙门，心里一急便问价钱。没想到店主说，一个月前已有人以一百二十万法郎买去！我忙问买主为何人，店主笑笑说，一位私人收藏家。我意识到，古董店要为买主保密，古今中外皆如此，只好怏怏作罢。

后来我在一家"中国博物馆"，看到了大量中国古物的精品。不用我去鉴定，每件古物前的说明牌上都把馆藏的时间注得明明白白，一为二十世纪二三十年代，一为二十世纪九十年代，并且写明"自香港或直接由中国大陆到达此地"。这些古物包括新石器时代的西北一带遗址的彩陶，汉代的木雕的木马木凤，汉陶杂技人，唐俑，宋瓷。比起国家文物局年年公布的考古精华，都绝不逊色。有的堪称绝品与孤品。比如木马，远比甘肃博物馆所藏的木马精美。木凤更是从未见过。至于彩陶的器型之奇，体量之大，举世无二。这走私的数量与质量真令我震惊！

我国的文物在二十世纪的前二十年，贯穿着被掠夺的历史；后二十年贯穿着盗卖与走私的历史。对于前二十年，我们责怪洋人；那么后二十年呢，我们怨谁？

（录自《巴黎，艺术至上》，作家出版社，2002年版）

厂甸旧事

赵 珩

最后一次去厂甸，好像是在1956年的正月，距今已经有五十多年了。从网上看到如今的厂甸又是游人如织，盛况空前，但是仔细观察之后，发现与旧时厂甸有了两点不同，一是地域仅纵贯新华街，二是摊商以民俗花会、工艺百货、各色小吃为主，却很少看到旧书与文玩的摊贩。

厂甸得名于琉璃厂，而琉璃厂则是因为元代曾在此建过琉璃砖瓦窑而得名，后来琉璃窑废弃，这里成了一片废墟，厂甸即指这片废墟，也就是今天东西琉璃厂的中心地带。"甸"是郊外的意思，可见窑址废弃后的荒凉。清代乾隆年间，从厂甸掘得一块墓志铭，得知这里曾是辽代李内贞的墓，因铭石上书"葬于京东燕下乡海王村"，于是才判定这里是辽代的海王村。1917年建了一个小公园，名为"海王村公园"，就是今天中国书店邃雅斋及其西北一片。

逛厂甸，即是逛厂甸庙会，而不是仅指海王村公园所在的厂甸。

厂甸庙会一年一度，自清代乾嘉以来已有两百多年的历史。另有一种说法，认为厂甸庙会起于明代嘉靖时期，迄今已有四百年的历史。但我们今天能看到的史料记载，大多是近两百年来的厂甸盛况。旧时厂甸庙会的举办时间是十六天，即从正月初一至十六，高潮则在正月初七（人日）前后。

清代笔记如《水曹清暇录》《帝京岁时纪胜》《桃花圣解盦日记》《燕京岁时记》等对乾隆以来的厂甸庙会多有记述。邓云乡先生是位细心人，曾经从鲁迅的日记中统计过他自1912年至1926年在北京居住的十四年中，除壬子（1912）那年来京时厂甸会期已过外，每年都要在正月里逛厂甸，最多时一个会期去了三次。鲁迅先生逛厂甸自然不是为赶庙会凑热闹，更不会去买什么风筝、大风车、糖葫芦之类的东西，他所钟情的当是善本旧书和文玩杂项。

旧时厂甸的民俗玩具（如风筝、风车、空竹之类，旧称"耍货"）和北京小吃并不占主要地位，只是陪衬而已。画棚虽多些，但仅出售一些年画、低档或仿旧书画、挂签以适应一般市井之需，且摆设地点多在东西琉璃厂十字路口以南和新华街路西。据说在那里居然能够买到张飞画的美女和宋徽宗的翎毛花卉，煞是可笑。东琉璃的火神庙则是珠宝首饰和玉器的摊商，凡在前门廊房头、二三条开设门面的珠宝商无不在厂甸庙会期间来此设摊。自民国中期以后，火神庙就日渐冷落了。

我在1956年随家中大人逛厂甸时，基本上还是这种情况。1956年初尚未公私合营，一般古玩商、古旧书店尚是个体经营，记得自西河沿起顺新华街东侧直至海王村公园门口，都是鳞次栉比的书摊儿。除了琉璃厂原有书铺在此设摊外，内城隆福寺、东安市场的书铺如三槐堂、宝书堂、文奎堂、修绠堂、带经堂等也在新华街各有摊位，甚至东安市场的洋文书铺如中原、春明等也来此卖洋装书和旧杂志。小孩子自然对古旧书籍没有多大兴趣，于是独自转向新华街西侧的画棚，那里挂满了各种年画，最吸引我的还是像《三英战吕布》《古城会》《回荆州》《单刀会》之类的三国故事，流连忘返，那日几乎走失。

记得彼时的厂甸远不像今天有那么多卖各种小吃的摊子，一串串的大糖葫芦实际上只是厂甸的一种象征，几乎是不能吃的。另有吹糖人的，霎时间能做出各种造型，小孩子没有不驻足围观的，只是家里人总以不卫生为理由，从来没有给我买过。

天色将晚，意兴阑珊，走出新华街南口，总会到当时新开张的上海美味斋去吃顿晚饭，当时开设在西鹤年堂旁边，那里的糖醋小排、清炒鳝丝和虾仁两面黄最好，如果不是逛厂甸的缘故，是很少有机会去那里吃饭的。

（录自《旧时风物》，广西师范大学出版社，2009年版）

古玩铺

邓云乡

　　北京旧时古玩铺特别多，后门外鼓楼前大街、隆福寺、东四牌楼、东安市场、东单等处都有，最多是中国古董，也有洋古董。而古玩铺最多的是和平门外琉璃厂。

　　琉璃厂向称"文化街"，其商业经营范围是：书籍、碑帖、书画、笔墨、文玩、印章、印刷、装裱，等等。这些行业有的又有横向关系。比如书画、文玩、印章三项，就有横向交错的部分。书画中时贤书画，就是书画铺、南纸铺的生意。而古人书画就归古玩铺经营了。印章铺只经营刻图章，卖铜章、石章料。如果古人的图章，什么赵飞燕的印了，汉寿亭侯的印了，等等，那又归古玩铺去卖了。"古玩"在文人口中，不说"古玩"，而叫"文玩"，意思是文人雅玩之物。实际如从历史文化的角度去说，也是讲得通的。因为要玩这些玩意儿，不比玩扑克牌和乒乓球，因为要有一些历史文化知识才行，因而也可叫"文玩"。

不过"文玩"的含义，较"古玩"更广泛些，因为还包含新的，而"古玩"则只是古的了。

琉璃厂是古玩铺集中的地方。多的年代，有七八十家之多。古玩铺，大部分都叫"某某斋"，而且还加上一个古字，有名的如延古斋、信古斋、遵古斋、菇古斋、赏古斋、敬古斋、隶古斋、敦古斋、崇古斋、式古斋，还有什么"英古""尚古""古韵""古欢""古雅""苍古"，等等。读者试看，单一个"古"字，能翻出多少花样呢？当然也有少数不叫"斋"，不带"古"字的字号。他们都起另外高雅的名字，如有名的"维吉山房""大吉山房"，也都是古玩铺。

古玩铺门面都不大，一般三开间门面算大铺子了。大多是两间或一间门面。不过有的后面带着很精致的磨砖小四合院。这样门面虽小，里面还比较大。不过广义地说"琉璃厂"时，除东西琉璃厂外，还包括南新华街、海王村、火神庙、土地庙等处。海王村四周则都是一间间的单间，开着不少小古玩铺，那都是没有院子的小买卖了。三十年代中，琉璃厂古玩铺中还有不少开在咸丰同治初年的老字号。如德宝斋，开于咸丰九年；英古斋，开于同治六年；论古斋，于同治元年开张。不少都是七八十年的买卖。小小的铺子，春夏秋冬，年年月月，门上挂着成亲王、翁同龢、贺寿慈等人写的金字匾额，灿灿发光。门窗洁净，室内四壁光可照人的紫檀多宝格上摆满了一般人叫不出名堂的玩意儿，铜的、瓷的、漆的、刻的……掌柜的坐在八仙桌边的螺钿太师椅上等客人，小徒弟在边上站着侍候着，手还不停着：一手拿只炉或瓶，一手拿一大块丝绒，不停地擦呀，磨呀，磨呀，擦呀……门口有买主儿一进来，立刻站起，把手中的玩意儿交给徒弟，满脸堆笑，迎接客人了……

古玩又叫"古董"，又写"骨董"。《桃花扇·先声》一上来就唱道："古董先生谁似我？非玉非铜，满面包浆裹。"已故现代著名史学家邓之诚先生的笔记书名《骨董琐记》，一可看出"古董"得名之久，第二，"古董""骨董"哪一个对呢？《通雅》说"骨董"，并引《说文》："呼骨切，古器也。"宋代叶士龙《晦庵先生语录类要》作"汩董"。《通俗篇》说"骨董"是方言，初无定字。这样"文玩""古玩""古董""骨董""汩董"，等等，这么许多奇怪的名称，实际上是一种东西，从汉语的复杂性说，多么有趣呢！

古玩不但名称复杂，其内容就更复杂了，小小的古玩铺，包孕着几千年的历史，几万里的土地，几十代的智慧，几亿人的生活。三代钟鼎，有的是当时多少人吃饭的家伙，秦砖汉瓦，还沾着不知多少能工巧匠的汗水……每一件古玩要和人联系起来，和历史联系起来，那就有说不完的话了。

古玩铺中那些"古里古董"的玩意儿虽多，但是主要的两大类，即古瓷和古书画。其他包括三代鼎彝和明代宣德炉，汉玉佩件，摆件，象牙雕刻，漆器，绣品，等等。古玩铺有行话，叫"硬片""软片"，或叫"硬彩""软彩"。所谓"硬"者，以古瓷为主，旁及古铜器、古玉器等，但古玉又入玉器行。因此有的古玩铺收汉玉，有的则不收。所谓"软"，主要指古字画，旁及绣品。但绣货比较少，以书画为多。

鉴别古物，从明清以来，就是非常高深的专门学问。在马派名戏《一捧雪》中的汤裱褙不就是因精于鉴名古器物而受知于奸相严嵩的吗？琉璃厂那么多古玩铺，每家的掌柜的都是一个古器物鉴赏家，都必须先具有起码的古物常识。看瓷器知道甚至是"冰纹""窑变""釉下蓝""粉彩"……看铜器知道甚至是"土花""包浆""铭文"，等等，这些对普通人说来莫名其妙的字眼，对古玩行业说，则只是鉴别古物知识的 ABC 耳。其实其中每一样都有无穷的学问。

（录自《旧京散记》，江苏文艺出版社，2006年版）

静夜玩明月

金晓东

· 赏瓷如玩月

暖冬时节，人也幽雅起来。晨起沏壶绿茶，喝上几盅；晚间捧出几件藏瓷珍品，独自细赏。这也应了书房中挂着的唐代诗人许宣平的五言诗联："静夜玩明月，闲朝饮碧泉。"

我酷爱中国古代瓷器，平时专收东汉以降、宋元之前的瓷件。多年来，养成了晚间赏瓷的习惯：窗外月光如水，室内灯明清寂，深夜把玩摩挲古瓷，诚人生之一乐。

瓷多圆形之器，月有诸多别名，这两者之间在我心目中还真可相向对应：素白秀雅的定窑碗，好似"玉盘"；晶莹柔润的影青盆，宛若"夜光"；奇巧纹裂的龙泉洗，堪比"冰轮"；近乎凝脂的邢窑炉，就像"玉蟾"；我收藏的宋代白地黑花磁州窑精品，裙布钗荆，不掩国色，是名副其实的"素娥"。因而，我有时对同道藏友自夸：闲坐案桌前，咫尺对"婵娟"。

面对古瓷，明人眼目的不仅是它的大小、高低、有无光色的外相，也不仅是它的工手、装饰和窑艺，最让人关注的还是它本身所具的风范、格调和品位。众所周知，中国系瓷器的发明地，古瓷是民族文化积淀的一种形态。所以，当我虔敬地品赏它们形制的变格、胎釉的别趣、纹饰的雅态和品格的类属时，注重的是古瓷整体的美学价值，以及与其同存的历史、文化、民俗等信息承载，并不是时下看重的经济价值和商品价位。

在收藏界，这一个"玩"字，除释为"把玩"之外，也作"收藏"解。如玩古瓷，就是收藏古瓷。玩，是人类与生俱来的本性；收藏，可以看作是成年人玩的游戏。以前，说起收藏，总误为"玩物丧志"，如今应正名为"玩物养志"。其实，玩物不但可以益智增乐，也可玩出学问，玩出成就。二百年前，德国思想家弗里德里希·席勒曾对"玩"有过精当的陈述："当人是完全意义上的人时，他肯定是在玩，人也只有在玩的时候才是完整的。"京城鉴藏大家王世襄先生也曾风趣地讲过："一个人连玩都不会，他还能做什么！"

"赏瓷如玩月"，是我三十余年来醉心古瓷鉴藏的感悟，也许这一雅喻是我的首创，但愿今后，"玩月"成为收藏古瓷、品赏古瓷的代名词。

· 通感晤古人

清代张金鉴《考古偶编》说："善鉴家心领神会，判决了然；纵历千万年之久，如与古人相晤对。切勿与门外人品论短长，徒劳唇舌耳。"同样，静夜赏名瓷，如晤古瓷人。对于"门外汉"，在此我姑且移释为古代一般的制瓷工匠，他们是百姓日用瓷盆、碗、罐、壶的制作者，无甚艺术成就。因此，如今值得晤谈的对象应是古代精美的瓷艺作品，也就是那些身怀绝技的古代无名氏瓷艺家。

与这样的古人晤对，当然不是仅问"贵庚"（年代）、"籍地"（窑口）和"身份"（器形），因为这只是寒暄而已。我与他们晤谈的内容通常是以下三个方面：其一，看形制，识才情，悟其创意之灵性。新奇的构思，来自胆大艺高的瓷人的神思。卓绝的构制，是艺人才情横溢的物化。从眼前美妙的物象去感悟当年制作者灵性的创意，此为晤对的要义。其二，观胎釉，凭阅识，知其窑艺之神妙。窃以为，玩瓷的一个重要方面是玩其釉色。一流瓷作，它的拉坯、上釉都是一流的，因此观阅一件名瓷的拉坯、修胎、上釉、挂彩的精彩印迹，就是与古代无名瓷艺家做一次关于神秘坯技、窑烧的有益艺谭。其三，察微末，借经验，辨其细节之精湛。人说"细节决定成败"，我认为瓷器的高下、优劣之分，也在于细节。佳作中的一些高超的技能形态是区分出平庸之作的"标尺"，如宋代梅瓶优美的口、肩，磁州窑器的"一笔出"的绘画线条，唐代越窑、邢窑碗盆的玉璧底等。另外瓷体上的特殊迹象也成了鉴识真伪的特征，如定窑器的泪痕釉、邢窑器的湖水绿淌釉，以及元代枢府窑瓷器底足胎中的黑点夹砂等。

艺术真像一条神奇的时空通衢，相隔百千年的古人与今人，凭借一件遗存的瓷器作品，就能邂逅相晤，就能深度交流：古瓷人通过作品，将当年创作的灵感、睿思的技艺、含蓄的寄托，传递给今人；今人经过品赏古人的遗作，神交到了当年瓷人的音容笑貌，意会到了作者当初创作时的动机与寓意。这就是艺术鉴赏中的通感现象。由此，我认为，收藏的本意，是一种美的发现、鉴识、享用的过程，是今人在追寻古人的美学足迹。从这一意义上说来，古瓷的历史、文化及经济价值，是由当年的创造者与今天的鉴藏者共同完成的，我们现在品赏古瓷的愉悦与古瓷人创制时的愉悦应该是一致的。因而，也可这样推知：一个古瓷收藏家的审美情趣有多高，那么他寻觅古瓷的本领就有多高，同样，他收藏古瓷的水准也就有多高。

· **品瓷能量说**

玩瓷人许有如此同感：一件古代瓷器珍品放在面前，托在手上，让人骤看之而心惊，潜玩之而味永。那是该件珍品不但冲击了人们的视觉神经，更给人们带来心灵的快乐。换言之，这是它本身蕴藏的艺术魅力和艺术能量，在打动和震撼人们的心灵。

从心灵层面来看，艺术创作和艺术品收藏的使命是帮助人们开启心灵的门窗，挖掘心灵的深度。艺术作为一种形式，借助其独特的表达手法，引导人们领受艺术品中传递出来的鲜活饱满的心灵能量，去感通人世间的真善美。

精美的古瓷，也是人的心灵的产物。古瓷与其他艺术品不同的是，它要经过选泥炼胎，做坯上釉，装窑经烧，最后火炼成器，有人喻它是"天人合作"的结晶。古代瓷艺家的精彩之作，都系原创，没有一件是相同的。当他们殚精竭虑制成瓷作的时候，同时也把自己的灵感和风格，藏在了这泥、水及火的融合物中。据此，可以这样讲：创作者自身的艺术能量越大，他作品中蕴藏的能量也越大，当然对观赏者也越具视觉冲击力。

所以，有审美经验的收藏家，玩赏古瓷，总是处于品鉴的高境界，他们寻觅集藏古瓷，锁定美妙入神的原创作品：它们应该是超凡脱俗的、充满才情灵性的，而且是富有艺术意趣的。他们所摒弃的是那些拾人牙慧、依样画瓢的影仿品，那些按图照样、大批生产的工艺品，以及那些悠久传承、循沿至今的日用品。因为这几类古瓷，摄人心魄的魅力已荡然无存，视觉冲击力度大为减弱，甚至它们自身蕴有的艺术能量几乎等于零。要知道，瓷艺家与庸常的瓷匠毕竟有霄壤之别。

然而令人费解的是，在国内艺术品市场上，清代官窑瓷器备受青睐。不管是精细繁缛的青花，还是敷色艳丽的彩瓷，抑或是仿宋单色釉瓷，只要在拍卖市场上一露面，立刻遭到收藏者或投资者的追逐和哄抢。而今清代官窑瓷单件拍卖成交价动辄上千万人民币，新近落槌的一件已超过一亿元，刷新了清代官窑瓷器在世界上单件成交的最高纪录。这些艺术品投资者，胆大，骁勇，玩得很投入，玩得也够疯狂。

也许，他们的审美经验自有个性，旁人无须妄加评判，但以"品瓷能量说"观照，清代官窑瓷实际上并非那么金贵。我曾在《对于青花的偏见》一文中对此略有述析："清代官窑之所以历来被看成工艺瓷，是因为它大批量生产和重复模仿，不具备艺术品应有的原创性和唯一性。"官窑瓷的制造有严格繁复的工序，一些传统造型和纹饰，一代仿一代，以摹本传摹本，机械临仿，生趣递减。瓷工按照图谱制造，专人拉坯，专人修胎，专人绘画，专人填彩，专人写款，流水作业，不能越雷池半步，因而工精无韵，匠气十足，作品也就失去了震撼人心的艺术能量。

匠俗之器，为何获此垂青？究其缘由，似有三点：一是不少人对中国古瓷毕竟知之甚少，不了解自东汉以来的各历史强盛时期，特别是晋唐宋元，不乏古瓷精品、珍品，收藏古瓷不必局限于明清两朝。二是今人把古瓷收藏看作是一种投资行为，见到时下明清官窑瓷器备受市场追捧，也就将它作为艺术品投资的首选对象。三是我国美学教育不够普及，因而"美盲更比文盲多"。不少人还是美学的门外汉，审美感受迟钝，审美经验贫乏，以致对原创与模仿、艺术家与工匠之间的区别，至今还似判辨不详。

收藏本来是一件赏心悦目的雅事，眼下却演变得带有较浓的功利色彩；鉴藏古瓷过去只具清娱功能，如今却异化成投资增值的押宝赌注；从前古董买卖都有严格的行规，现在古玩拍卖的前提是"恕不保真"，成了最没有规则的游戏。在拍卖场上的一片呐喊声中，竞拍者和委托者同样被价位飙升的古瓷拍品激动得心跳加剧，真不知究竟是人玩古瓷，还是古瓷玩人！

在喧嚣的尘世间，不妨来吟诵本文开头提及的唐代诗人许宣平的五言律诗："隐居三十载，筑室南山巅。静夜玩明月，闲朝饮碧泉。樵人歌垄上，谷鸟戏岩前。乐矣不知老，都忘甲子年。"这首甚得李白称誉的"仙人诗"，借景抒怀，借咏言志：恪遵的是一种摒弃诱惑、与世无争的处世信条，向往的是一种悠闲潇洒、宁静恬淡的人生境界。而这种平和宽容的心态、涤除浮躁的冷静、得失随缘的大度，正是一个收藏家不可或缺的理性和品格。

（录自《背影是天蓝的：2007笔会文萃》，文汇出版社，2008年版）

从马路市场到潘家园

王金昌

时光荏苒，日月如梭。转眼，潘家园古玩市场已走过了近二十年的风雨历程。北京的古玩市场经过多年流浪，最终定格在了潘家园。潘家园已成为闻名中外的古玩市场的标志。

北京古玩市场的萌生，应该是在八十年代初。当时，万象更新，广东深圳改革开放日新月异，港台歌曲唱遍大街小巷。人们开始慢慢抛弃大锅饭和平均主义，不甘心过"一穷二白"的生活。市场经济的萌生和发展，使得只可观赏的文物也成了值钱的东西。古玩、字画跃跃欲试地向市场涌去。

其实，北京古玩市场的起步是在福长街。1980年，福长街五条住着个姓金的人，脸上长有麻子，人们叫他金麻子。金麻子是皇家后裔，家里有些东西，住的是临街的四合院。起初，他拿出来在胡同摆摊卖，别人看没人管，也把旧货古物拿出来摆摊，后来人越来越多，慢慢成了气候，两旁不足百米的小街，哩哩啦啦全是旧货，旧货里夹杂着古董。

我的逛地摊朋友于先生说，福长街五条给他留下了难忘的记忆。那时，他在体委工作，月初领到工资后，他在福长街花三十五元买了只元青花棱口盘，盘内底绘鸳鸯嬉水，口径有二十公分。回家后忐忑不安，他是第一次花这么多钱买了个没用的东西，老婆看到后，惊得半天说不出话，好家伙，三十五元买个小菜碟，上有需要赡养的老人，下有上小学的孩子，这一个月的生活费没着落了。于先生想来思去，坐不住了，又折回福长街退货，卖主找不到了。天呀，他像丢了东西一样，一溜小跑，边打听那个卖青花盘的人边喊叫。正在垂头丧气想着回去怎样给老婆交代，不想碰上了北京文物公司的秦公，秦公看盘后说，他要了。这是秦公给首都博物馆买的。至今放在首博，今天这个盘，三十五万元应该是值的。

古玩在福长街五条变卖的阶段，我至多是看看。挣几十元工资的我，养家糊口已不宽裕，就更别说购闲置之物了，但记忆还是有的。在福长街五条，旧的家具到处都是，明清家具中，黄花梨、紫檀也不少，大都不高于当时双开门大衣柜八十元的价格。有人趁机把鎏金铜佛、瓷品、字画放在这些旧衣柜和书架的格子里，偷着卖。

福长街之后是象来街、后海……古董交易一发不可收拾。

文物部门曾提出旧货市场有倒卖文物的嫌疑，使萌生的古玩地摊受到重创。古玩市场成了站马路、溜墙根，被执法部门到处追赶、逃跑、躲藏的游击市场。

真能称得上古玩摊儿的，后海应算作一站，大约是1987年。我记得，在德胜门内下车，穿过滨河胡同，一条路展现在眼前，路左侧是什刹海，右侧是位于后海北河沿46号的宋庆龄故居，那是一座僻静、秀丽的花园式的宅院。朱红色的大门面对着波光粼粼的后海，大门上悬挂着"中华人民共和国名誉主席宋庆龄同志故居"的金色大匾。故居对面是什刹海，春天，岸边柳丝发出绿芽，枝条垂落直达水面，飘出阵阵清香。再往东走，过了银锭桥，南侧就有了摆古董的地摊。后海的古玩地摊真东西确实多，除非是老乡自己看不出来，误把假的当真的卖。很少有像今天这样，把新东西摔碎粘上做旧，精心仿制，旁边还站个托儿招引人买的恶劣行为。

我从后海地摊收藏了一个磁州窑大罐，罐腹饱满如瓮，通体用褐彩书写元代初年河南布政使陈草庵的《山坡羊》词："晨鸡初叫，昏鸦争噪，那个不去红尘闹？路遥遥，水迢迢，功名尽在长安道。今日少年明日老。山，依旧好；人，憔悴了。"书法刚劲有力，酷似当时的书法名家鲜于枢、冯子振的书风。

这个风水宝地最终也没能留住古玩市场。不久前我走访了后海古玩地摊旧址，这里依旧那么热闹，人来人往、川流不息，不同的是胡同两边多了许多现代气息的酒吧、咖啡厅。这里除了那个写有"荷花市场"的红牌坊还有当年的印记外，其他的已和我的记忆相去甚远。昨是今非，世道沧桑，年轻一些的人对这里的感觉，恐怕就仅仅是北京著名的酒吧街了。

古玩的足迹从西往东移，先是在劲松百货商场南边，坑坑洼洼的一片建筑工地上；再后来，是华威桥下和桥东侧的路边，沿路一长条空地，下雨时，就在华威桥下避雨。这都是些没围墙的空旷地，其中的原因我想有二，一是没有任何部门敢划地买卖古董，二是执法部门查抄时好跑。

过渡到有围墙的地摊，就是现在华威桥东北侧，现古玩书画城的地域。当时，可能是那里刚拆迁，有二三亩地砖墙围着的空旷地。时间大概是1992年的冬季或1993年的初春。

至于最早的古玩店铺，应是白桥和红桥两处，在上世纪八十年代末，店铺是简易的铁皮房。我在白桥市场买过《秋山行旅图》，上画有七位老叟，各骑一头毛驴，诙谐洒脱，神态各异。他们沐浴着午后的阳光，过了小桥，走在柳枝抚脸的窄路上，向山村而去。有柳体书法，"斜阳垂柳溪桥路，谱作秋山行旅图"。这张画虽不是出于大家名人之手，但由于它是我在较早时期收藏于白桥铁皮房古玩市场的，故而至今珍藏。

同时间的铁皮房店铺，还有后海地摊旁的荷花市场，那里曾是卖花、鸟、鱼、虫的铁皮房。外地来后海摆摊的卖主，货没卖完，把货落脚到荷花市场的铁皮房。几个原来做花鸟的人，把从旁边地摊上买的古董放在店里边卖。这些东西，比鱼和鸟好出手，价钱好，利头大，后来干脆由卖花、鸟、鱼、虫，改摆古董卖。这也就有了几家铁皮房子的古玩店铺。

稍晚的铁皮房式古玩店铺，还有位于劲松中街的一处。所有这古玩地摊、简易房店铺，都是自发的。所有卖有古玩的店铺，当时不可能叫古玩店，大都叫旧货、工艺品市场。

潘家园成为古玩市场，已是九十年代初了，大概是1992年左右。华威桥古玩摊和劲松百货商店北侧的建筑工地地摊，从地理位置上讲，应该属于潘家园地摊的雏形。

北京的古玩地摊和北京古玩城，之所以能在潘家园落地生根，开花结果，应该是天时、地利、人和所致。所谓天时，是市场经济的大潮和香港古玩市场的影响，使得有经济价值的古玩字画，不可能静止地摆在家里，藏在柜里，不进行商品交换；所谓地利，是潘家园地区临近二环和三环路，交通便利，便于外地周边地区的卖货人进出往来；所谓人和，是朝阳区政府有前瞻眼光，看到了古玩市场的未来，因势利导成就了潘家园。

（录自《从潘家园翻出的历史》，中国社会科学出版社，2008年版）

逛旧货店有乐趣

吴少华　顾惠康

对于生长或生活在上海滩的人来讲，恐怕没有不知道旧货店的。旧货店是社会物质流通领域中的一个链节，人们需要它，对它情有独钟，尤其是，逛旧货店是以精明著称的上海人的人生一大乐趣。

旧货店的历史应该是非常悠久。富人所淘汰的物品，通过旧货店铺转化为穷人的需求资源。到后来，旧货店可经营的东西也并非都是简单的由富至穷的模式，富人与富人之间、穷人与穷人之间，也需要旧货店的调节。前者就演变成旧货店第一大宗生意，即古玩艺术品与高档的舶来品（如西洋瓷器、照相机、钟表、留声机等）。后者就演变成各类生活物品（如衣服、旧家具、日用品等）。这种基本的格局，至今依然。上海人所热衷的逛旧货店就是针对前者的。

在逛旧货店的人群中，有一族特别活跃又十分老到，这便是世人所称的"老克腊"。在上世纪六十年代前期,有被称为"老克腊"的人,年纪也不过三四十岁。现在回过头来,当年的"老克腊"往往具有这样的特性:生活水平达到小康,衣着装扮较讲究且时尚,崇尚外来文化,懂得点洋文知识,社交圈子较广泛,追求怀旧的情调。基于上述特征,旧货店,尤其是上只角的旧货店就成了他们必去之处,例如在淮海西路、襄阳路、常熟路、长乐路一带的旧货店,"老克腊"的身影就出没其中。他们所觅对象范围很广,从钟表、照相机、自来水笔、各色茶具、酒器、皮革,直到西洋瓷器摆件、西洋乐器、留声机、唱片、玻璃车料、眼镜、烟具、家具等。久而久之就成了一个收藏者。如沪上著名的篆刻书画家陈巨来先生,就从旧货店淘来各色打火机,终身乐此不疲。

与专泡上只角旧货店的"老克腊"相对应,还有专门收本土文化艺术品的一族,人们送了他们一个雅号"旧货鬼",这个"鬼"字与"老克腊"的"老"字一样,寓精明之意。那些"旧货鬼"也有其共同的特征,大多为上班族,初衷是改善家庭条件,所觅之物以老家具、旧瓷器、古董钟为主,偶尔也做点"搬砖头"的买卖,即买下甲店的东西又到乙店去卖掉,赚点钱以补资金不足。这些人头脑精明,文化并不高,但是信息十分灵通。这一类"旧货鬼"大多是"文革"后出现的,客观的原因是当时的国营旧货店里有各种"抄家物资",货源充足,而且价位很低廉,普通百姓有能力接受。以老红木家具为例，在1970年前后，旧货店的最好的红木大衣橱不会超过四百元，五斗橱在一百至二百元左右，一张麻将台只不过六十至八十元，一对靠背椅只有二十五元上下。而那些并不实用的东西，价钱低得令人不可思议，如有位工人，在1972年时以每只平均不会超过两元的代价，买下了二百多个老红木座子，其中还有紫檀、黄花梨的，到了1992年，他要搬家，以平均二百元一只的价钱卖掉，二十年间涨了一百倍，现在来看，他又卖贱了，如今上品的紫檀座子，其价可达数千元。"旧货鬼"跑长了，也扒了点分，眼光就会转向那些搁在玻璃货柜上的老古董。例如有个"旧货鬼"，在当时以二百元买下了一件清雍正年间的粉彩花瓶，他看中的是瓶底下的年号款，还有一个原配的红木座子，不久前，他将此花瓶送到拍卖行，换回四十多万人民币。

随着时代的前进，上海的旧货行业发生了巨大的变化，原先星罗棋布的国营旧货商店，在改革开放的大潮中，迅速萎缩，曾经在淮海路与南京路称雄一时的"淮国旧"与"协群"等，都退居到他路上去了，且风光大不相同了，还有更多的则销声匿迹了。有的虽盛名还在，但骨子里越来越空虚了。

近几年，也是随着改革开放的大潮，一大批新颖的旧货店像雨后春笋一般涌现在大上海的四方八角。这些旧货店，并不像以前的国营旧货店大而全，而是小而精，并纷纷转向了旧工艺品与艺术品的方向，有的是老红木家具，有的是照相机、钟表，有的是古玩，有的是西洋摆件，这些店铺大多开设在卢湾、静安、徐汇等区域内，灵活机动，也很有经营特色，成为如今上海滩民间收藏觅宝的好去处。

这些以个体为主体的旧货店，名称有的叫旧货店，有的称寄售店，还有的冠以调剂商店。为了能树立起自己的形象，不少都有一个十分雅致的堂号，例如某某轩、某某斋、某某堂等。

这些旧货店时常会爆出让上海收藏界为之惊异的消息。在徐汇区的一家旧货店里，曾爆出这么条新闻，某旧货店于某日来了位"跑筒子"，从包里取出一方老印章，高约十公分，六公分见方，上面刻着印方及密密麻麻的边款。所谓"跑筒子"就是穿街走巷收旧货的，这方印章是他从一个门户老妪处收到的，买下价为五百元。"跑筒子"不识古玩奥妙，只晓得是有了年纪的老东西，他向旧货店老板要价五千元，结果老板给了"跑筒子"三千元。老板买下老印章，但他不识其身价，反正做旧货的有加价的习惯，他将老印章以三万元卖给一位淘旧货的老顾客，这位仁兄有点古玩经验，辨定它是田黄。结果，经几位行家证实确实是一块田黄印章，他乐了，以十二万元卖给东台路一位古玩商。这位古玩商连夜将印章给另外一位同行，捧回了二十五万元，一转手赚了十三万元。一个月后，又传来消息，那位古玩同行将田黄印章出手了，卖价达到了一百万元。消息让前面的人瞠目结舌。为何会有一百万的高价？原来由于田黄的珍稀，清代就有一两田黄六两黄金之说，现代就更珍贵了，故而一般田黄印章都是天然随形的，原来啥模样就是啥模样，舍不得切割掉，而这方老印章高十公分，边长六公分，切得方方正正，这该是何等的珍品！更为重要的是这方印章出自清代浙派篆刻家赵之谦之手，赵在章边留下了边款，共七十余字，名石加名家再加名作，一百万元算什么？以当前艺术品拍卖行情看，将它追捧到五百万元，不成问题。

与上述的艺术品、旧工艺品类旧货店相对应，还有另一类旧货商店，即卖低档生活用品，甚至垃圾货的旧货市场。此类市场常常被人不屑一顾，大多是地摊式的，例如交通路的大洋桥、大连路飞虹路、中华路会稽路、光复西路恒丰路桥堍等垃圾旧货市场。来此经营者大多是外地人，很脏很累也很苦。都是破旧家具、废纸旧报、五金零件、旧生活用品、废旧料作等。

粗一看，这些垃圾市场不能与什么堂什么轩的旧货相比较，其实，在这里同样有宝可觅，只是比前者更艰难。这些旧货市场的业主常常是那些拖着劳动车摇着铃，长年累月走街串巷，说到底是以收破烂为生的。但就在这些貌似废旧的生活垃圾中，常常隐藏着宝贝疙瘩，这些物品因岁月的沧桑与历史的变迁，被人们遗忘了，扔在墙壁旮旯里，家庭中有，企事业单位里有，社会团体机构里有。平时，可能谁也不会去顾及它，随着城市的大拆大建与企事业单位的转停并，那些宝贝之物就会随着垃坂一起清扫出门，而来接收垃圾物品处理的则是那些收破烂的。时间一久，这些收破烂的也有了经验，什么是真正的垃圾，什么东西还能值几个钱，他们进行初筛，然后集中到垃圾市场上去兜售。有一位从河南来的收破烂人，在上海没几年，就在家乡盖起了楼房，据其说，他还属一般，有的已在上海买上了商品房，成了新上海人。

垃圾堆里究竟有什么宝贝呢？请看下面的故事。

某日，某人在会稽路市场觅到几支上世纪二三十年代的派克、犀飞利美国老牌金笔，每支平均五元，但现在的市场价，哪支都在四五百元以上，有的甚至数千元。

某日，某人在苏州路恒丰路桥堍下，从成堆的破烂老式家具中，拣出一件满身油腻污垢的小橱，只花了三十二元钱，回家后，用碱水反反复复擦洗干净后，庐山真面目露出来了，那清晰雅致的木质纹肌告诉人们，这是一件明代的黄花梨家具，其价怎么也在五十万元以上。

某日，某小贩从交通路大洋桥旧货市场拖回了三满袋废纸，每袋一千元钱。卖旧货的只告诉他，自己是三百元一袋拉车收破烂收来的。那小贩将东西拖回家，连夜挑灯夜战，将发霉腥味的废纸整理清楚，其中的纸质物品五花八门，时间跨度从上世纪五十年代初到七十年代，这是一个有名的剧团的处理物，有历年的各种表格，有文史资料档案，有剧本草稿，有各种总结资料，最重要也最耀眼的是两百余封名人往来的信函，其中

有着郭沫若、梅兰芳、田汉、夏衍、马连良、金少山、张君秋
等大名家，随便挑一封都价值几千元啊！

垃圾旧货市场，不可小视！这就是海派收藏的新闻。

（录自《海派收藏》，文汇出版社，2010年版）

侠客刘新园

马未都

    那一年是哪年？我只记得是个风雨如晦、凄冷森森的春日，我只记得是座宽而阔、高而深的古宅，穿过满是陶瓷碎片的过道，看见满视野似乎排列有序的国宝级官窑残器，我忘了和主人先打招呼，眼睛盯着瓷器一件件地快速浏览，直到他拍我的肩头，我才将目光转向了他。我来前就知道，刘新园，景德镇陶瓷考古研究所所长，对于喜爱陶瓷的我来说，其名如雷贯耳。

    刘新园先生披着件衣服，趿拉着鞋，这与我的想象有些距离。他笑着问我来这儿干吗，我说喜欢，他哈哈大笑说，我这儿没一件完整的，都是残器。那天，案子上都是成化官窑残器，斗彩小杯，百个以上，似乎在排队，在拼接，听亲人安排，与生人见面。对于这些残器，刘先生是亲人，我是生人。

    三十年前的景德镇像一个久病初愈的病人，慵懒羸弱，我记得第一次去时抵达已是深夜，草草住下。第二天一大早起来路边寻吃。忙碌的南方最好看的就是早上湿重的炊烟，吃早饭的小摊桌矮凳低，烟熏火燎，蜷缩着吃一碗什么交钱走人。景德镇给我的第一印象是乡下的乡下，山区的山区。但满坑满谷的瓷器，让人心动。从那时起，大约有十几年的时间，景德镇大兴土木，珠山一带连续发现了明代落选的官窑，按刘新园先生的话说，面对如此遗物，又激动又惆怅，激动的是残片能对出基本完整的器皿，补充我们对那个时代的认知，惆怅的是十数吨若干亿片整理出来要待何年何月？

今天的人很难理解那时人的心境。今天的人对瓷器的认知，哪怕是残器，也是以钱当先，张口闭口值多少钱，二三十年前的人没有这么世俗的观念。每个人都看守宝贝似的看住曾被朝廷命官抛弃的残器。那些永乐宣德成化的稀世珍宝虽因小恙被弃于地下，又因被抛弃而得以重见天日。祸兮福之所倚，福兮祸之所伏。吉凶同域，否极泰来。

我对陶瓷的热情在那个年月少见，所以刘先生就对我说喜欢就常来，有的是东西给你看。只是东西太多，说着他带我去房屋后墙的夹道中看，堆积如山的残器，多为首次发现，而这些在过去只是个传说。传说中的永宣青花、成化斗彩摆在你的面前，可你看还是个传说。可能是我太喜欢了，刘先生开玩笑地警告我，许看不许拿。说实在的，我当时真想拿几件，心里说这么多呢，都是一样的，拿几片回去研究怎么啦！可刘先生鹰一般的慧眼如芒在背，我只好心里念叨着"人穷志短，马瘦毛长"，自嘲解忧。

我那天的印象都是瓷器，后来在哪儿吃的饭，吃的什么，一点儿都记不清。只记得人多屋冷饭凉汤咸菜辣，但心气很高，问了刘先生许多问题，该记住的都记住了，该忘的也就都忘了。刘先生与我一见如故，滔滔不绝，他口音有些重，有时候我听得半懂不懂的，也不便插嘴问，临散时才问他是哪里人，他说湖南人，来景德镇二十多年了，我记得我说要是我也在这儿待二十多年就好了，刘先生没接话，狐疑地看了我一眼。

刘先生的书那时并不多，我最早读与陶瓷相关的书没见有刘先生的。后来他送了我一本《蒋祈〈陶记〉著作时代考辨》，我读完有点如梦方醒的感觉。刘先生的行文力度跟他说话相近，刀刀见血，读之快然。刘先生最爱说的一句话是"我一生吃奶的力都用在写文章上了"，因为如此，可见用心；因为用心，方见成就。刘先生的陶瓷研究成就是墙内开花墙外香，他的性格不适宜在中国文化的酱缸中混，一语不合，拔刀相向，吃亏的总是他这种文人，可他一点儿也不在乎，我行我素，行走江湖。

与刘先生分手后，我曾长久地琢磨他这个人。他与我见过的学者们都不一样，外观上不修边幅，说话也不修边幅，一副疲疲沓沓的内外，不装腔作势，说专业时两眼发光，果断而不拖泥带水，这让我深感过瘾。后来也在许多场合见过刘先生，有一次见他西服革履的，我差点儿没认出来，一问才知刚给老外做完报告。我原来老以为中国许多知识分子让"文革"弄坏了，只能玩朴素范儿，上不了台面，一穿上西服就手足无措，可刘先生却下得厨房上得厅堂。我和他打招呼，心中的话没和他说。

陶瓷鉴定早些年是个冷门学问，偌大的中国能对陶瓷迅速做出判断的总共就三五个人。有名的我都接触过，每个人风格不一，大开大合者有之，中规中矩者有之，谨小慎微者有之。刘先生为前者，有什么说什么，从不藏着掖着，一听就让人痛快。后来陶瓷收藏热了，鉴定家就成了香饽饽，有人请了，坐头等舱了，拿鉴定费了，大鉴定家们就分出了高下，这高下实际上就是人品。

有一次刘先生来北京，我去看他，正巧有个人拿来一件罕物，喜欢陶瓷的人都对罕见之物又爱又恨，爱之稀世，恨之难搞，张三李四王五说法不一不算，还有大家吭吭唧唧地不做表态更让人不爽。刘先生见东西没半分钟就说，东西对。来人说某老判了死刑，说者一脸委屈。刘先生说，我那儿有，可以对照。来人立刻破涕为笑，让我知道了人脸上也有风雨雷电。

我听到刘新园先生西去是他走的第二天晚上，瞬间觉得突然之极。每次见到刘先生从未感到他有老态，总觉得他就是大哥。这个大哥在中国文化中有江湖侠客的含义，能包容能承担，有本事有豪情，在中国的江湖上，最难当的就是大哥。上次见到他时是在上海，吃饭喝茶，谈天说地，谁知人过中年后每一次分手都可能是终生的分手，回想那一刻顿觉心痛。

更觉得心痛的是二十几年来的相识弹指一挥间，记得细节不记得具体，记得音容笑貌不记得都说了什么。人生不可能让你记住所有，就像我初次见到刘先生的那个凄美的春天，那一年是哪年？

（录自《2013年散文随笔选粹》，北岳文艺出版社，2014年版）

辑四　窥文房

中国早期的眼镜

孙　机

　　对于现代人来说，眼镜的重要性不言而喻。在眼镜未传入我国之前，年老眼花，除了感叹自己"发苍苍，视茫茫"之外，几乎无法补救，更不要说患近视的青年，只能在云山雾罩的状况下度过一生了。在西方，眼镜发明于十四世纪初。这之前，那些拿在手里的有柄单片透镜，虽然也有助于观察物件，但不能戴在眼睛上，还不能算是真正的眼镜。不过最早的眼镜实际上就是用关捩连接在一起的两枚单片镜，可以折叠。一张1380年画的圣保罗像，戴的正是这种眼镜。恩格斯对眼镜的发明给予极高评价，他说，"使希腊文学的输入和传播、海上探险以及资产阶级宗教改革真正成为可能，并且使它们的活动范围大大扩展，进展大为迅速"的几项重要发明，即"磁针、印刷、活字、亚麻纸、火药、眼镜"，以及"在计时上和力学上是一巨大进步的机械时计"。在这些发明中，前几项都是我国的贡献。最后提到的机械时钟，它的一个关键部件——擒纵器，也是我国最先发明的。但眼镜却是西方文明送给古代中国的一件礼物。

制造眼镜的基本元件——玻璃透镜，在我国出现的时代并不晚。东汉王充在《论衡·率性篇》中提到的一种阳燧，因为是"消炼五石"而成，故有可能就是指玻璃凸透镜而言。与王充的时代相近的安徽亳县曹操宗族墓中，出土过五件制作得颇精致的玻璃凸透镜，最大的一件径二点四厘米，中心部分厚零点六厘米，和《论衡》所记正可互相印证。但这种工艺以后并未得到充分发展，我国在西方的眼镜传入之前亦未曾生产过类似的物品。

眼镜是在十五世纪中传入我国的。明张宁《方洲杂言》说："尝于指挥胡豅寓所，见其父宗伯公所得宣庙赐物，如钱大者二，其形色绝似云母石，类世之硝子，而质甚薄，以金相轮廓，而衍之为柄。组制其末，合则为一，歧则为二，如市肆中等（戥）子匣。老人目昏，不辨细字，张此物于双目，字明大加倍。近者，又于孙景章参政所再见一具，试之复然。景章云：'以良马易得于西域贾胡满剌，似闻其名为僾逮。'"僾逮是阿拉伯语uwainat（眼镜）的对音。但在稍晚一些的文献中，却都借用了现成的叆叇一词。叆叇原指光线昏暗之状。《楚辞·远游》："时暧暧其曭莽兮，召玄武而奔属。"晋潘尼《逸民吟》："朝云叆叇，行露未晞。"可见此词和眼镜本不相干，但在明代和清初，它却成为眼镜的通称。不仅我国这样称呼，日本于1712年成书的《倭汉三才图会》中也称眼镜为馤醆。康熙年间，顾景星《白茅堂集》中还有一首感谢曹寅赠给他馤醆之诗。乾隆时，李绿园在《歧路灯》中仍说开封一带的塾师等人"脸上拴着馤醆镜"。本意指"昧不明"貌（《慧琳音义》卷三八引《埤苍》）的一个词语，竟尔变成视字"明大"的眼镜之专名了。

我国早期眼镜的图像和实物资料存世不多。中国国家博物馆所藏明人绘《南都繁会景物图卷》中，在闹市看"杂耍把戏"的观众里面，有一位戴眼镜的老者。他的眼镜和十六世纪前期日本将军足利义晴的眼镜相似，时代应相去不远。他们的眼镜没有腿，也不像明田艺蘅《留青日札》中说的，"用绫绢联之，缚于脑后"，而是与当时欧洲的夹鼻镜的戴法一样。不用时，则将两枚镜片折叠，装在眼镜盒里。盒子的形状的确像等（戤）子匣，只不过稍短一些。

除了"馤醆"这种谐音的译名外，国人亦循其用途称之为"眼镜"。上海图书馆所藏明于宣（成化、弘治间人）书函中云："钱复老一见知为古人，所授眼镜适与弟合。"此名称为清代所沿袭。孔尚任在康熙三十八年（1699）完稿的《桃花扇》之《迎驾》一出中，就说阮大铖"腰内取出眼镜戴"。曹寅的《楝亭集》中也有《夜饮和培山眼镜歌》一诗。雍正时有关眼镜的史料增多。如雍正在云贵总督高其倬请安折的批谕中说："赐你眼镜两个，不知可对眼否？"雍正本人也经常戴眼镜，他的遗物中眼镜种类很多，有车上戴的、安铜钩的、安别簪的、上节骨头下节钢钩的、玳瑁圈的，有近视眼镜，也有四十岁、五十岁、六十岁等不同年龄段所戴度数不同的眼镜。乾隆五十六年（1791），在正大光明殿大考翰林，诗以眼镜命题。参加考试者九十六人，成绩不入等的仅侍讲学士集兰一人，"着革职"。可见多数翰林已能就眼镜敷衍成篇。江苏吴县祥里村清毕沅墓出土的眼镜，应是乾隆年间的产品。它的镜架为黑漆木框，已装有供系结用的丝绦。而且这副眼镜是水晶镜片，证明是我国自行制造的。因为如赵翼《陔余丛考·眼镜》所说：此物"盖本来自外洋，皆玻璃所制。后广东人仿其式，以水精制成"。我国既能琢制镜片，眼镜遂逐渐流行。不仅有视字明大的老花镜，还有近视镜。乾隆十六年（1751），杨米人写的《都门竹枝词》中说："车从热闹道中行，斜坐观书不出声。眼镜戴来装近视，学他名士老先生。"可见这时的老先生已有戴近视镜的。至嘉庆二十四年（1819）张子秋在《续都门竹枝词》中更说："近视人人戴眼镜，铺中深浅制分明。更饶养目轻犹巧，争买皆由属后生。"则眼镜也成为青年人争买之物，形制亦踵事增华。至道光时，如李光庭在《乡言解颐》（1849年刊）中说："眼镜以十二辰编号，从亥逆数，由浅入深。"这时广州太平门外眼镜街的产品行销全国，深浅度数已较齐全，在当时的知识阶层即所谓"士林"中，已具有一定程度的普及性了。《红楼梦》中也提到戴眼镜的事，第五十三回《宁国府除夕祭宗祠，荣国府元宵开夜宴》中说："贾母歪在榻上，和众人说笑一回，又自取眼镜向戏台上照一回。"后来邓云乡先生指出，这段话"貌似十分生动，却产生小问题了。试想，贾母年纪大了，眼镜匣子所装，自然是老花镜"。而老花镜是"看近不看远的"，所以这里的描写"不是很滑稽了吗"？可是如《都门竹枝词》所吟，乾隆年间，近视镜已经和名士老先生联系在一起。既然老先生戴得，老太太为什么戴不得？虽然未曾给贾母验光，视力的度数说不准，但仅执其"试想"，遂放手非议古人，不亦泰乎？

（原载1988年第3期《文物天地》）

一方闲章的联想

张中行

　　日前得郑州袁蓬先生大札，说买到拙作《禅外说禅》，只有一本，还需要一本寄太平洋彼岸的涂心园（与我也有书信来往），如果我手头还有，并肯签名赠两本，他那一本就送人。正好我手头还有，索书乃捧场的表示，当然欢迎，于是赶紧找出两册，遵嘱签名，照例述明请指正之意，不在话下。签名毕，也为时风所吹，想到其中之一还要远飞美国，人要易东服为西服，书呢，压膜变为皮脊烫金办不到，如何补救？急中生智，盖个闲章吧，"万绿丛中红一点"，即使不在佳人的樱唇之上，总是多个花样，也好。于是又翻装印章之盒，天祐老朽，居然就碰到一个合用的，文为"炉行者"，拿出，盖上，完事大吉继以欢喜赞叹。

　　赞叹，因为可化似无理为小有理。何以言之？说来话长。拙作的命名，"说禅"之前有"禅外"，这表示，我轻则并未参禅，重则并未对顿悟寄予希望。如果竟是这样，不要说禅内的，就是同样也在禅外的，就会发问，你有什么资格说禅呢？显然，这个闲章就可以代为答复，是，我是，或曾是，行者，虽尚未剃发受戒，却不少在大雄宝殿及禅堂打转转也。又如果问者接受此答复用耳而不用目，全称之"炉行者"就会使他或她五体投地。盖禅宗六祖慧能，俗姓卢，受五祖弘忍衣钵之后很久，直到广州法性寺（今光孝寺），印宗法师为他剃度，智光法师为他授具足戒之前，他只能称为"卢行者"。

这样说，至少对于耳食之流，我就有冒充之嫌，换为目食，如果笃信圣道"必也正名乎"，也会不以为然吧？所以还要不避唠叨，说说来由。是七十年代初，我在朱洪武老家凤阳的干校接受改造，年不过轻的人都知道，其时的大形势是以眼看他人受苦为乐，排长紧跟形势，以我的受苦为乐。派重活和脏活，单独，怒目相向，有时还聚众，批斗。单说重活，其中之一是供厨房和锅炉房用水，路不近，一天六七十担，如果赶上雨天，路上泥软而粘，更是苦不堪言。是1971年春天吧，忽然下新令，改为烧锅炉，供应开水。这活比较轻，因为烧开之后可以休息一段时间。只是要晨三时起床，如果至时不醒，就会误事，其后而来的必又是批斗，幸而邻床是王芝九兄，他醒得早，教我放心睡，至时他叫我。直到现在印象还非常清楚，是我还睡得很香甜的时候，他用手推我，同时小声说："老张，该起啦。"这样烧了约三个月，接到又一新令，是结业放还，我这才明白，改为烧锅炉，用的是帝王整治腻了，来个大赦，以表示有不忍人之心的意思。

不过无论如何，总是放还了，我就可以不再挑水而用一拧就哗哗流的自来水。其实，值得说说的获得，还不是易被动之劳为主动之可劳可逸，而是，其最大者为更加了解孟老夫子所说"人之所以异于禽兽者几希"。小获得呢，零零碎碎不少，其中之一就是刻了这样一个闲章，"炉行者"。上面提到冒充，是不是有意冒充？我说，也是也不是。说是，因为，如果没有唐初的"卢行者"，我就不会想到刻这样一个印章。说不是，因为"卢"旁加了"火"，而这样一加就成为名正言顺，盖其一，我确是烧过锅炉；其二，想当年，也确曾念过"依般若波罗蜜多故""应无所住，而生其心"之类。理据说完，要补说事。是八十年代早期一个冬日的清晨，我在办公室自做自吃早点，上海张拽之兄推门而入。我问过何时来的、住在哪里之后，想再冲些奶粉招待他吃。他说已经吃过。我说："既然吃过就看着我吃。"刚说完，忽然想到，拽之兄治印，是以好而兼快出名的，何不废时利用，请他刻个印，也免得他无事可做，感到寂寞？于是找出石头，提出要求，便安坐而吃。果然不出所料，我吃完，他也交了卷，不只"炉行者"三字，连边款也刻了。

其时我和玄翁同住在老北大工字楼的一间面南的斗室里，玄翁和拽之兄是多年旧交，这方闲章当然不久就入目。玄翁是既精于诗又精于画的，而且有遇闲必忙一阵子的雅兴，于是不久就惠赐一幅画，曰"炉行者图"。画中既有炉，又有行者，其上方并题诗云："何肉周妻非害道，砍柴烧水亦传灯。居然悟得南宗意，莫谓吾儒便不能。"诗于吹捧中不忘实事求是，吹捧者，循南宗之路而得悟是也；实事求是者，仍娶妻而不吃素是也。秀才人情，得赐诗要和，于是凑了一首，语句是："性相犹迷怜白发，之无渐忘愧青灯。自身濠上炉行者，何与曹溪老慧能。"二十八个字，主旨三言可以蔽之，不过是"不敢当"而已。不敢当是谦逊；想了想，还有可以不谦逊的，也无妨说说。这要扯得远一些，触及人生之道，或说人生之道中那一点点可称为小民的部分。天地不仁，是骑青牛出关的人的感慨；人生不如意事常十八九，是柴米油盐、舍不得家小的一般人的感慨。如何对待？祖传的妙法是消极的，忍加认命。能不能化为积极的？陈胜、吴广之流是用竿，顾亭林、黄宗羲之流是用笔，我都高山仰止。可是因为山太高，我就苦于不只力不足，连心也无余。但是语云，跛者不忘履，我又苦于不愿退。进退两难的夹缝之间，意想不到跳出个庄子，《知北游》篇有云："故万物一也。是其所美者为神奇，其所恶者为臭腐；臭腐复化为神奇，神奇复化为臭腐。"臭腐可以化为神奇，应该说是一种高妙的人生之道，本诸此道，我就有如得了连中三元之喜：一是有机缘可以盖"炉行者"之章，二是有兴致可以看炉行者之图，三是万一也有个人迷信之瘾，就无妨，或出声或不出声，说本人即"炉行者"是也。所有这些都是改造加整治之赐，事过境迁，臭腐真就化为神奇，岂可不念阿弥陀佛乎？

我多次说，我是怀疑主义者，写到宣佛号，怀疑主义又来捣乱，推想会有人说，刻闲章或扩大为起别名，都是书呆子的陋习，自我陶醉甚至得意忘形，在旁观者看来就不免酸气熏天。"予岂好辩哉"，"不得已也"，只好学孟老夫子，辩解几句，理由还不止一项。其一，名和字之外，再来一个或几个别号，乃千百年来久矣夫，并且不限于书呆子。只举两位，先说倒霉的，是南唐后主，别号钟山隐翁，再说走运的，是乾隆皇帝，别号十全老人。语云，上有好者，下必有甚焉，小民如我，效颦一次，来个"炉行者"，又有何不可？其二，人，不知因何故而出，至何时而止，两端之间，柴米油盐，生儿育女，纵使不至如佛家所想象纯是苦，也总不少干巴巴。来点与兴致有关的零七八碎，有如沙漠之中添点绿洲，总是有好处的吧？起别号，有的表示所有，如金冬心的"百二砚田富翁"，有的表示所好，如赵之谦的"仰视千七百二十九鹤斋"。就是这类的零七八碎，不费一钱而能换来至少是一时的飘飘然，用时风的话说，也可算是大有经济效益吧？其三，姑且承认一切闲章、别号之类都有酸气（限于书呆子的还要加个"穷"字，曰穷酸气），能测知穷酸气之鼻也当一视同仁，测知其他各种气。为了减少头绪，只计鼻君不欢迎的，其中一种，力量超过穷酸气不下万倍，是铜臭气。说力大，因为一是受感染的人多，二是无孔不及。孔太多，不好说，只好概而括之，说，连荣誉都可以（其实不是"可以"，是"已然")用金钱为筹码，加加减减。比如甲女士手上戴四个金戒指，乙女士只是两个，甲女士的荣誉就比乙女士高一倍，其他可以类推，这已成为风气。显然，可以想见，有的人为了弄钱，就无所不为了。无所不为会发出气，是铜臭气。穷酸气力小，但其为气也同样是"一种"，如果可与铜臭气的"一种"并行，供人选择，我是宁可倒向穷酸气一边的。这样，我的闲章"炉行者"就可以绝处逢生。或问，这样的"生"，与戴金戒指究竟有何同异？确是难说。不得已，想沿用古法，拉孔老夫子来助威，曰："亦各言其志也已矣。"

（录自《负暄三话》，黑龙江人民出版社，1994年版）

《竹木牙角器珍赏》序

史树青

　　竹木牙角器在工艺美术品中虽然多是小器，但一器之微，往往穷工极巧，考工证史，源远流长。《礼记·玉藻》："笏，天子以球玉，诸侯以象，大夫以鱼须文竹，士竹本，象可也。"由此可知，古人在礼器的制作上，除了玉笏以外，牙笏、竹笏是仅次于玉笏的礼器。

　　在考古发掘中，由于历史和自然条件因素，古代的竹、木器不易保存，故发现甚少。就竹器而言，目前所见到的较早的竹雕器是湖南长沙马王堆西汉墓出土的雕龙彩漆竹勺。庾信《奉报赵王惠酒诗》，有"野炉然树叶，山杯捧竹根"的诗句，反映了当时雕竹制器的概况。唐代竹刻在宋郭若虚《图画见闻志》中所记竹刻技艺及作品甚详，谓其艺术价值与金银器镂錾、石刻线雕同一意趣。

　　明清时期，竹刻艺术达到了高峰。清金元钰《竹人录》称竹艺"雕琢有二派，一始于金陵濮仲谦，一始于吾邑朱松邻，濮派浅率不耐寻味，远不如朱"。又称："明末朱松邻（鹤）创为嘉定竹派，子朱小松（缨），孙朱三松（稚徵）三世相传，声名甚著。且三代俱工书画，兼雕犀角、象牙。"清初名师吴之璠为三松之后第一高手，与之同时稍后者，有嘉定封锡禄、锡璋兄弟同时入京，以艺人值养心殿造办处。与锡禄同里之周颖，字芷岩，精绘事，幼曾问艺于王石谷，兼擅刻竹。

嘉定竹派延续到清代中期，后继者达数十人，其间潘西凤、方絜诸家，以浅刻见重，成为清代竹刻的殿军。

木雕器物与竹雕有类似之处，甘肃武威东汉墓出土的木猴，刀法简练，自然生动。唐宋以后，各种木雕如佛像、人像、鸟兽、木器、杂器等，尚多有保存。硬木家具，首推紫檀，次为黄花梨及红木，明、清所制，多有精美的雕刻，有的还嵌有犀角、象牙、螺钿等装饰。

牙、角制品，起源甚早。新石器时代，骨、角、象牙器的制作已很普遍，有的器物并刻有精细的纹饰。浙江余姚河姆渡遗址出土的新石器时期双鸟朝阳纹象牙雕刻及蚕纹象牙雕圆形器、山东宁阳大汶口出土的新石器时期象牙梳及嵌松石骨筒，是当时南北具有代表性的器物。

河南安阳商代妇好墓出土的嵌松石兽面纹象牙杯和兽面纹带流象牙筒，在商代象牙器中是少见的。

唐宋时期的象牙器，流传下来的除牙笏外，象牙尺的制作也十分精致，日本奈良正仓院尚存有唐代传入的牙尺。

明清时期，象牙雕刻分宫廷手工艺与民间手工艺两类。宫廷制作者精工细腻，人物、花鸟纹饰多仿绘画笔意，着色、填彩均有一定的章法。广东牙雕以多层象牙球、龙船、宝塔、梳妆盒为有名。至于牙箸、牙簪、扇股、杖首、图章等都有制作。

角制品自古以来多以鹿、羊、牛角为上等原料，在考古发现中，有不少角器出土，但未发现犀角器物。犀角为珍贵兽角，色黑褐或黑红，不但可以制器，且为名贵药材。《汉书》"南粤王"有献给文帝"犀角十"的记载。长沙马王堆西汉墓出土物中，有装满竹筒的木质象牙、犀角模型，同墓出土的竹简记为："木文犀角，象齿一笥。"以此显示墓主人的财富。

明代初期，郑和航海，增进了中国与南亚、东南亚、西亚、非洲各地的经济、文化交流。犀角、象牙自远而至，犀、象雕刻艺术与金、玉、竹、木同为艺林之珍。虽有官手工艺与民间手工艺之别，但雕刻并无严格分工。明鲍天成以治犀著称，而濮仲谦则是雕刻工艺的多面手。

清代中后期，由于犀角来源稀少，因而虬角成为犀角的代用品。虬角即海象牙，断面无纹，中心呈脑状，体小于象牙，多经染沁呈绿色，所制多为精雕小品。

在中国工艺美术研究史上，由于历代保存下来的竹、木、牙雕器实物不多，较之金石、书画、陶瓷、玉雕，研究、收藏者人数为少。近年编辑的《中国美术全集》已有专册出版，但不足之处尚多。此书广搜精选，详人之所略，略人之所详，极具个人著书之特色。寒斋所藏小器数种，本不足道，承收入本书，附诸家名品之后，其陆士衡《文赋》所称"彼榛楛之勿翦，亦蒙荣于集翠"之谓欤！

1995年7月5日

史树青书于北京东城竹影书屋

（原载1995年第5期《收藏家》）

漫话铜炉

王世襄

　　这里讲的铜炉，常被人称"宣德炉"或"宣炉"，是流行于明清的文玩，在文物中自成不大不小的一类。现用铜炉一称，是因为明清不少朝代均有制造，不只是宣德。还有尽管传世文献记载宣德朝不惜工料，大量造炉，如《宣德鼎彝图谱》①，但现在竟难举出一件制作精美，和记载完全符合的标准器。据我所知，不仅北京、台北两地博物院尚未发现，著名藏炉家也没有。相反倒是刻或铸有明清其他朝代年款的私家炉却有炉形铜质并臻佳妙的。这不能不使我们对传世文献产生疑问，认识到宣德炉研究还有许多待解决的问题。

　　研究、欣赏铜炉和青铜器不同，它的形制花纹比较简单，只有款识，没有铭文，与古代史、文字学关系不大，更没有悦

---

　　① 　疑指《宣德鼎彝谱》和《宣德彝器图谱》。

目的翠绿锈斑。历来藏炉家欣赏的就是简练造型和幽雅铜色，尤以不着纤尘，润泽如处女肌肤，精光内含，静而不嚣为贵。这是经过长年炭墼烧熬，徐徐火养而成的。铜色也会在火养的过程中出现变化，越变越耐看，直到完美的程度。烧炉者正是在长期的添炭培灰，巾围帕裹，把玩摩挲中得到享受和满足。这是明清文人生活的一部分，其情趣和欣赏黄花梨家具并无二致。这种生活情趣已离我们很远，以致有人难以想象，但历史上确实有过。我曾在古玩店乃至博物馆，见到色泽包浆还不错的铜炉，被用化学糨糊把号签贴在表面上。这号签不论揭不揭，肌肤上已落下一个大疤癞。即便徐徐火养，一二十年也难复旧观。这也可算是煮鹤焚琴的一例吧。

　　烧炉者有一个共同心愿，亟望能快速烧成，十年八载实在太慢了。不过藏家谁也不敢轻举妄动，怕把炉烧坏。敢用烈火猛攻的只有一位，我父亲的老友赵李卿先生。赵老住家离我处不远，上学时我就经常去看望他。收藏小古董是赵老的平生爱好，专买一些人舍我取、别饶趣味的小玩意儿，对铜炉更是情有独钟。炉一到手，便被浸入杏干水煮一昼夜，取出时污垢尽去，锃光瓦亮。随后硬是把烧红的炭或煤块夹入炉中，或把炉放在炉子顶面上烤。他指给我看：哪一件一夜便大功告成；哪一件烧了几天才见成效；哪一件烧后失败，放入杏干水中几次再煮再烧，始渐入佳境。也有怎样烧也烧不出来，每况愈下，终归淘汰。不过鉴别力正在逐年提高，得而又弃的已越来越少了。我受前辈的感染熏陶，也开始仿效。最成功的是五十年代在海王村买到的一具蚰耳炉，款识"琴友"两字，一夜烧成棠梨色，润泽无瑕，不禁为之狂喜。

直到六十年代初，我从北京图书馆的简编图籍中发现一本奇书《烧炉新语》，才知道古人早已发明快速烧炉法，并写成专著，刊刻行世。我录副后恨不得立刻送给赵老看，可惜他已归道山了。

《烧炉新语》作者吴融，别号峰子，又号雪峰，黄山人，侨居海陵（江苏泰州）。卷首有陈德荣、王廷诤、袁枚、许惟枚、张辅、郑世兴、方鲁、刘瓒、凌洪仁、罗世斌、魏允迪、国秋亭十二家序，多作于乾隆十二年，成书当前此不久。此书罕见，邵茗生先生下了多年工夫写成《宣炉汇释》两册，似未见此书。我曾查《中国古籍善本书目》，记得仅一馆有之，为传钞本。

吴融博学多能，凌洪仁称其"于古文词无不能"。方鲁称其"雅善鼓琴……继擅指画，人物鸟兽，花卉草木，天然生动，机趣飞舞"。

对于吴融烧炉，各家推崇备至："人有毕生烧一炉而不成者，先生则不论炉之大小，一月之内即变态万状，灿烂陆离。"（方鲁序）"每见人穷年敝日，迄无一成。即善做假色，适足为识者所嗤。吴子……不假造作，只就本来面目，不匝旬而火候已足，约得色之异者，十有其二。"（刘瓒序）"屏去古今成法，炉无新旧，一经先生手，不日可成。成则自现各种天然异色，有若神助。"（凌洪仁序）为人作序，一般都言过其实。烧炉因目见，且曾手自为之，故不认为上引诸说过分夸张。

《烧炉新语》共三十二篇，长者数百言，短者不足百字，篇名如下：《炉说》《论铜色不可制》《急火烧炉法》《制造烧炉具法》《打磨香炉法》《烧炼方砖法》《制造宝砂法》《洗油头发法》《急火烧炉分上中下三法》《论红藏金结雾法》《论水乍白结雾法》《论黑漆古结雾法》《论水查白结雾法》《论秋葵结雾法》《论黄藏金结雾法》《论落霞红结雾法》《论蟹壳青结雾法》《论苹果绿结雾法》《论藏锦色结雾法》《论铜质老嫩难结法》《做橘皮炉法》《打磨橘皮糙熟法》《退炉法》《煮花纹炉法》《论各炉款式结法》《揩抹香炉法》《论炉清水做色之辨》《论北铸假色难成》《下炉色免磨法》《制造养火罩式法》《打炭墼法》《洗除斑点法》。

《烧炉新语》录副不久，"四清""文革"接踵而至，随藏书捆扎而去。拨乱反正后发还，为补偿蹉跎所失而日夜工作，《烧炉新语》早已忘怀。直到草此文，始拣出匆匆过目，似以居首数篇较为重要。《炉说》强调炉色必须出自本质，切忌人为敷染。《论铜色不可制》列举不中用即烧亦无功之铜八种，实为辨别铜质，指导收炉取舍之要诀。《急火烧炉法》与赵老所用基本相同，唯烧时须扣纸罩，罩用纸数十层裱成，外用棉花棉布包裹，所用火力稍缓，需时或较长。限于篇幅，诸法不克详述。今后倘有适合书刊，拟送请全文发表，供读者研究参考。

烧炉不仅好古者或愿一试，可能还会引起金相学科学家的兴趣，通过实验来解释不同合金在受热后色泽上出现的变化，说不定会成为一个科研课题呢。

（原载2000年第6期《收藏家》）

书斋一日

冯骥才

　　一如日日那样，晨起之后，沏一杯清茶坐进书房里。书房是我的心房，坐在里边的感觉真是神奇之极：听得见自己心跳的节率，感受得到热血的流动，还有一心之温暖。书房的电话与传真还通向天南地北。于是朋友们把他们富于灵气的话送了进来。昨天与身在地冻天寒的哈尔滨的迟子建通话，谈到我一个月前在地中海边寻找凡·高的踪迹之行，谈到她的鸿篇巨制《伪满洲国》，谈到大雪纷飞中躲在屋内写作的感觉。她说唯冬天书房里的阳光才真正算得上是一种享受。我说，夏天的阳光照在身上，冬天的阳光照在心里。书房里的谈话总是更近于文字。

　　书桌对面的一架书，全是我的各种版本。面对它，有时自我感觉很好很踏实，由此想到可以扔下笔放松一下喘息一下了；有时却觉得自己的作为不过如此，那么多文学想象远没有写出来。这便恨不得给自己抽上一鞭子，再加一把劲儿。

人回过头时才会发现，做过的事总是十分有限。

今天坐在书房里，这感觉更是强烈，甚至有一种浩大的空荡。

陌生、未知、莫名，一片白晃晃，虚无而不定，我从未有此感受。房中一切如旧，这从何而来，难道这就是"新世纪"之感么？

静坐与凝思中，渐渐悟出，这新世纪并不是一种可见的物质，而是无形的未曾经历过的时间。现在，以百年划分的时间已经无声地涌进我的书房。我原先的一切辛劳全都被那消逝的世纪带去。此刻我站在这个全新的巨大的时间里，两手空空如也，我还没有为廿一世纪做一件事呢！

时间只是一个载体。你给它制造什么，它就具有什么。时间不会带给你任何"美好的未来"。它是空的，它给你的只是时间本身。然而这已经足够了！其实生命最根本的意义，不就是任凭你使用和支配的短短的一段时间吗？

来不及去推想生命的时间意义，却见眼前的事物竟发生着一种非常奇妙的变化——

屋中的一切，除去那些历时久远的古物，现今的这些家具器物，书籍报刊，乃至桌上的钢笔、台灯、水杯，等等，在世纪的转换中，一下子都属于了那个过往的百年。从明天的角度看，眼前这一切全都是廿世纪的文化。而我现在不正是坐在一种具有廿世纪风格的迷人的"历史文化"中吗？这感觉竟然这么奇妙！

我们的生命跨进了新的世纪，然而我们的身体却置身于昨天的物质中。再去体验我们的生命的深处，那里边也带着重重叠叠、峻嶒与翻滚的历史？于是我明白，历史的概念不是过去，历史依然鲜活地存在于现实中，存在于我们的生命中。历史应该是我们经验过和创造过的生活的一种升华。它升华为一种精神，一种信念，并结晶为一种财富，和我们的血肉混在一起。我们在历史中成长，因历史而成熟，无论这历史是光荣还是耻辱，甚至是罪恶。

屋角的一盆绿萝长得旺足。本来它是朝着照入阳光的窗子伸展去的，我却用细绳把它牵引到挂在屋顶的一块清代木雕的檐板上。它碧绿可爱的叶子在这镂空的雕板间游戏般地穿来绕去。那雕板上古老的木刻小鸟竟然美妙地站在这弯曲而翠绿的茎蔓上了。这一来，历史变得生意盈盈。

不断电话铃响，把我线性的思绪切断，接连到远远近近的各种话题。这些话题无不叫我关切。王蒙照例是轻轻松松像戏说三国那样笑谈文坛，天大的事在他嘴里也会烟消云散。奇怪的是今天他的嗓门分外地大，中气足，挺冲，好像刚打了一场球，还赢了分，是不是因为他才闯进了新世纪的大门来？李小林在电话中说，九十六岁高龄的巴老今天真的跨世纪了，而且身体状况十分平稳，这可是件喜事，叫我高兴了好一阵子。欧洲一位媒体的朋友来电祝贺新年，当她听说国内的市面上已绽露出春节的气象，便勾起回忆，情真意切地说起她儿时的种种年俗，使我忽然懂得最深刻的民间文化原来在最严格的风俗里。由此我滔滔不绝谈起我那个"恪守风俗"的文化观。说着说着，忽然想到是对方花钱打来这个越洋电话的，于是匆忙说声"对不起"便撂下话筒……

这时传真机嗒塔地响。一张雪白的带字的传真纸送出机器。原来是山西作家哲夫传来的。他昨天夜里传来的一纸也是同样的内容，看来他很急迫。他还是那样十万火急地为中国危难重重的自然生态呼吁。他说他写在长篇纪实《中国档案》里说的所谓淮河将在廿世纪结束时变清的那句话已经完全落空。淮河如今差不多成了一条臭河。我们的大自然真的已是"鸡皮鹤发"，脆弱之极。他要我帮他一齐呐喊。他相信我会担此道义。他还说，他已经无力再喊下去了，他想不干了。

他这份传真叫我陡然变得沉重。一下子，我的书斋变暗变小，我好像被紧紧夹在了中间。我想到这些年我固执地为保护人文生态而竭尽全力地发出的那些呼喊，最终成效几何？接着我又想到梁思成先生，他曾经也激情昂然地呼喊过。北京城的一些老建筑还不是照样拆了。梁思成是不是白喊了？当然不是——我忽然明白——他的呼喊，并不只是一种声音，而是一种精神——一种知识精神和文化精神。我们今天的呼喊不是在延续和坚持着这种精神么？于是我抓起电话打给哲夫。我说：

"如果我们闭住嘴，那才真正是一种绝望。你应当看到，现在这呼声已经愈来愈大，未来的社会一定会在这呼喊中醒来。你要坚持下去！"

通过电话，我忽然想，这大概是我在跨世纪的书房做的第一件事。或者说，我首先使我们要做的事情跨过了世纪。因为我坚信，上世纪没有做成的事，下个世纪一定会做成的。

此时，我感觉，我的书斋在一点点发亮，一点点阔大起来。

（刊于1月11日）

（录自《卧听风雨：2001笔会文粹》，文汇出版社，2002年版）

神意雕刻

——微雕艺术鉴赏

蔡国声

微雕源于中国，至今延续有四千五百年的历史。雕刻时不能光凭肉眼，而主要依赖于手指的感觉，所以微雕又被称为"神意雕刻"。它可以分为立体微雕和平面微雕两种。

· 纳须弥于芥子的立体微雕

我国的立体微雕大约出现在春秋战国时期。先秦古籍《庄子》《列子》中都记载当时有艺人能在不到一寸的材料上从事雕刻，使人物须眉了然。《韩非子·外储说左上》中还说到，东周时期有个卫国的奇巧人曾在国王面前说，自己可以在棘刺的顶端刻一只洗澡的母猴。

立体微雕要求构思奇巧，造型生动，因材施艺，精心布局。

所用的材料大多是桃核、杏核、橄榄核和象牙、犀角、沉香之类的材料。因为上述的各类材料质地细腻、坚韧，纹理很小，易于奏刀，是制作立体微雕的理想的材质。

立体微雕发展到明代，进入了全盛时期，明代人称之为"鬼工技"。明宣德年间（1426—1435）有艺人夏白眼擅长此技，史称夏白眼所刻满物，若乌橄榄核上，雕有十六个娃娃，状米半粒，眉目喜怒悉具。到了明代中期，文人周晖在《续金陵琐事》中有记载："成化间，一乐工能刻木为舟。大可二寸，篷桅橹舵咸具。两人对酌于中，壶觞饾饤满案，一人挽篷索，一人握橹，一人运舵，皆有机能动。置之水中，能随风而行，略无欹侧。一舟必需白金一两，好事者竞趋焉。"

明代晚期的天启皇帝朱由校，更是喜爱立体微雕。他还亲自操刀雕刻，他所创作的立体果核雕"五鬼闹判"形象生动，造型优美，历来被鉴赏家评为上乘之作。在民间更有常熟核雕艺人王叔远在天启二年（1622）创作桃核雕刻"苏东坡泛舟赤壁"，被明代作家魏学洢叹为"灵怪之技"。舟长约三厘米，高约零点五厘米，中间为舱，上刻五个人物：苏东坡、黄鲁直、佛印和尚、艄公和舟子；七种器物：船篷、船桨、茶炉、茶壶、画卷、念珠、葵扇；还有八扇小窗，舱的左右各四扇。还有三十四个"细若蚊足"的小字："对联"十六字，即"山高月小，水落石出；清风徐来，水波不兴"；"题名"十四字，即"天启壬戌秋日，虞山王毅叔远甫刻"；"篆印"文字四个，即"初平山人"。如此众多的人物、器物、文字全部容纳于一枚"不寸之质"的桃核之上，真可谓纳须弥于芥子矣！并且该核雕还以传神的刀法把五个不同性格的人物情态刻画得惟妙惟肖，各具灵性与特色。如苏东坡"左手抚鲁直背"，黄鲁直"如有所语"，佛印和尚"矫首昂视"，舳公"若啸呼状"，舟子"若听茶声然"，绘声绘色。

还有被明代人称之为"鬼工人"的明末的果核雕刻人物（立体微雕）。它是一颗清初江苏如皋人乔林的杏核雕蓝采和（八仙人物之一）。该杏核椭圆形，稍扁，栗壳色，光亮粲然，四百年至今，表皮俨然罩上了一层厚厚的包浆。其长二点二厘米，宽一点八厘米，厚零点五厘米。果核的雕刻须知：核有心，心为白色的油脂状物，雕刻时须全部勾出，否则易蛀，易霉，易败。核的表皮还有糟痕，深入雕刻时内部还有空隙。这些果核材料上的特征与弊端亦当取巧借势，避虚就实，在整体的构图上扬长避短。

该颗杏核的雕刻生动、细腻，采用夸张的艺术手法，加强对人物神态的刻画。其头部占整个人体比例的近三分之一，人物做正面相，刻画生动。眼、鼻、嘴显得十分地清晰，其头部微微上仰，有双发髻。其刀法圆润、简洁，硬朗有力，身着短袄衣裤，丝带束腰，双手捧花，足踏祥云。从其装束发冠、形态推测，当是八仙人物中的蓝采和。

该杏核雕蓝采和的右侧腰部下，有一空洞，有衣饰遮饰，很是隐蔽，此乃是作者用细长的小刀深入核内勾出油脂状核肉的地方，我们不得不由衷地佩服乔林的良苦用心了。

蓝采和背后左侧的裤腿处刻有一方阳文小章，约两毫米见方，以小篆出之，为"乔林"二字，字形秀丽停匀，布置得体，清晰可辨。可见作者必然深谙篆法之三昧。乔林系清初江苏如皋人，字翰园，号西墅，晚号墨庄。山水不拘家法，有苍润罨霭之趣，工吟咏，善篆隶，得秦汉遗意，至镌刻晶玉、磁（瓷）、牙、铜铁、石图章，各练其妙，而手制竹根章尤精雅绝俗（《墨香居画识》《广印人传》）。

乔林多才多艺，书画雕刻各臻其妙，这与当时江苏如皋的地理环境、人文景观有极大的关系。众所周知，明末清初的著名文人才子冒襄亦如皋人，至今遗址水绘园还名闻江东。如皋当时还是印章篆刻如皋派的发祥地。乔林居其间，艺术上熏陶磨炼，深受影响。因此从实物到文学资料的考证都说明了乔林的艺术造诣及其特定的时代特征。

明代喜爱立体微雕者上至皇帝，下至庶民，一时该类艺术品被视为珍宝，和玉器、扇坠、衣佩饰等串挂在一起，以为炫耀。

清代初期，社会的经济比较繁荣，商品经济不断发展，尤其是东南沿海城市的对外贸易兴盛，一些民间的手工艺作坊和古玩市场云集于市，立体微雕变成了西方人士的猎奇之物。在清代，该类雕刻名家辈出，有嘉定的封锡禄，苏州的宋起凤、杜士元、沈君玉，广州的湛谷生，山东潍坊的都兰桂、考功卿等都是技艺超群的赫赫人物。封锡禄所做的橄榄核雕"草桥惊梦"，在一枚橄榄核上就雕刻出疏柳藏鸦、柴门卧犬、屋宇、人物活动等许多细节，生动地表现了乡村夜景。沈君玉所雕刻的"驼背老人"，头戴棕帽，蓄长胡须，手持一扇，扇上的诗文及衣服上的补缀均清晰可见。特别是湛谷生用橄榄核雕成的具有广东地方特色的各种花舫，船上不仅有门窗和各种不同姿态的人物，而且船底题有诗句。当他的作品在广州的古玩店出现后，曾使许多象牙雕刻艺人竞相仿刻，蔚成风气。

都兰桂和考功卿所创作的"赤壁夜游"核舟，比王叔远更胜一筹。小小的核舟上，苏东坡与佛印和尚谈笑风生，黄鲁直展卷独吟，艄公抽烟把橹，书童执扇烹茶昏昏欲睡，每个人物都刻画得活灵活现，神形兼备，呼之欲出。其窗、杂物等也非常的精巧。整个船上共刻有六十多字，字形清秀，刀笔有力。最令人赞叹的是，船头垂下一条锚链，由四十五个小如米粒、细如发丝的椭圆形环连接而成，环环相扣，一气呵成，每节都能转动，且出自一粒果核不施粘拼之术。

这些名家的先后出现，作品的不断问世，对清晚期果核立体微雕的地区风格的形成（即山东潍坊、太湖舟山和广东广州）打下了扎实的基础。

其实立体微雕的主要材质是果核，也称之为核雕。果核雕也可说是微型木雕的一个分支，它是一种在核桃核、桃核、杏核、橄榄核上雕刻各种人物、动物、船只、山水等形象的立体微雕。核雕艺术品由于受到果核本身料质的局限，只能以圆雕、浮雕为主。工艺家要充分地利用果核的形状、麻纹、质地，因材施艺，精心布局。果核的质地坚硬，制作时，工艺家先用锉刀对果核进行整理，用圆锉做出初坯，再利用小平锉进行细部的刻画。然后是磨光，上蜡。如果是成串的核饰，则还须打小孔，聚以成串。清代有用桃核加雕刻，上有山水、人物、楼台、殿阁等精致图纹，做成的成串的朝珠，再配以翡翠、珊瑚等名贵物件（佛头、背云、纪念等）。因桃历来是长寿的象征，故在清代的果核雕刻中十分地流行。

明末清初时期嘉定竹刻、金陵竹刻兴起，它们的一个十分显明的特色就是文人参与了雕刻工艺，这无疑给当时的艺坛注入了富有生命力的新鲜血液，作品在选材、布局、章法、书法、刀法等各个方面皆精心策划，刻意经营。竹刻艺术上的成就迅速地扩展到了各类姐妹艺术，在当时的江南一带名家辈出，百花争妍，生机勃勃。如宜兴紫砂家龚春、时大彬，吴门玉雕家陆子冈，嘉兴铜手炉工艺家张鸣岐，扬州漆器家卢映之、卢慎之、卢葵生祖孙三代，松江铸铜家胡文明，常熟核雕家王叔远以及槎溪（槎溪，系古时嘉定城内的一条溪流，此作为嘉定的代名词）竹刻家吴之璠，广东的陈祖章，苏州的杜士元，等等。例如，虞山王叔远和广东陈祖章所刻的桃核雕和橄榄核雕，其题材均为北宋文赋中的代表作——苏东坡的前后《赤壁赋》。工艺家们选择如此高雅的奇文进行艺术的再创作，其重大意义绝不可低估。

清代早期立体微雕，在吸收了明代的技巧之后，有所创新和发展，从而达到了一个新的高度，其中最有代表性的人物是广东的陈祖章和苏州的杜士元。这里笔者要介绍的便是杜士元的象牙立体微雕猴桃件。

杜士元是清代乾隆年间苏州著名的微雕家和木雕高手。他的作品十分注意传神之笔的刻画，惟妙惟肖，有画龙点睛的功效。尤其是他的立体微雕作品以及看似微不足道的核雕，在他的刀笔之下，都充满了勃勃生机和诗情画意，成为艺术珍品。当时乾隆下江南，闻其艺名，睹其作品，当即传旨将他召入宫中，安排在启祥宫，使他失去了艺术家的自由天地，同时也与家眷天南地北。于是他终日郁郁，无言无语，借酒浇愁，不久精神分裂，疯疯癫癫，常常独自一人拿着竹箫爬上圆明园的一株老梧桐树的顶端吹奏，树高枝细，常人无法达到，摇摇欲坠，嬉笑失态，人见之心惊肉跳。侍从奏之乾隆，帝睹其状，无奈将他放归故里，归乡不几年，杜士元便去世了。

他的象牙立体微雕猴桃件高三点八厘米，宽三厘米，牙色泽柔和光亮，牙白中泛黄，呈色自然，系年代久远（约二百年前之物）、表皮老化之故。牙质细腻，有明显的网状牙纹，其形作一硕大的桃子，上居四猴，形神各异。在大桃的上端中央蹲着一只老猴，双手捧着一只小桃，正在津津有味、全神贯注地享用。在老猴的左右、后背各有一小猴，右方一猴稍大，四足伏在大桃之上，头微侧，其状意欲独霸大桃。左方一猴略小，后双足立于大桃之上，前爪搭住老猴，双目炯炯，直盯住老猴正享用的小桃，恨不能代而食之。老猴背上伏的一小猴则更小，其一足踏往大桃，其他三足正抓住老猴的股背，作往上爬的姿势，其头颈前探，双目正透过老猴和前方小猴的空隙，在觊觎老猴口中的小桃，一副贪婪的猴相，刻画得入木三分。更有奇者，在大桃的尾部结有一小桃，以手指按住尾部的小桃轻轻一旋，小桃即松动可取下，并带住大桃腹中的一根象牙制成的链条，一节套一节，环环相连，轻盈可盘曲，链的丝条细若绣针，乃自一块象牙料中套雕出来，而不是拼粘成的，链长十厘米，均无一环断裂。链最后一节被第五只猴的右前爪抓住不放，该猴最小，其左手还举着一方玺印，印文三字"杜士元"赫然在目，印文以玉筋阳文小篆出之，清雅秀丽，刀法坚挺，非有一定的篆刻功底而莫为。此玺印四毫米见方，以此可见杜士元微雕功力的深厚，真是微中见微，立体微雕与平面微雕水乳交融，技法掌握和配合得相当的贴切，"鬼功"之誉决不为过。我们再从该猴桃件的创作思想和题材来看，猴是"侯"的谐音，即公侯、官爵的意思，桃代表长寿，采用夸张的手法，将桃的形状放大，乃三千年结果的仙桃。清代的皇室与官场十分注重吉利、讨口彩，反映在艺术品的创作中就逐步地形成了京派雕刻的流派。同时北京地区乃四百年皇家的所在地，各类艺术品创作以故宫养心殿造办处为代表，制作豪华奢侈，用料讲究，做工融各地所长，根据清皇室的需求更精益求精，用料用工不计成本。我们说，苏派雕刻是以精巧为特色，所以该象牙猴桃件说明了此时的杜士元的雕刻艺术已是十分的成熟，他自然地将苏派、京派、文人派三种不同风格特点的流派特色融会贯通结合在一起，形成了他自己独特显明而又炉火纯青的风格，由此我们大致可推断出猴桃件的制作时间，应是杜士元在北京或从北京归来以后的作品，十分的珍贵与稀罕。还须说明的是，该象牙猴桃件的链条细若游丝，一环连一环，在北京这样气候干燥的自然条件下，制作如此精巧的微型雕刻无一损裂，其困难的程度是难以想象的。

还有，咸丰年间，故宫如意馆匠人、象牙雕刻师董三绿技艺甚高，皇上命制团凤珠，及成，双目皆失明。后来，这十八珠手串进呈御前，咸丰皇帝不得不用聚光镜窥之，但是珠上每一羽毛，左右掀，上下翻，其细毛茸茸皆凸出，帝以为"鬼工"。

笔者于"文革时期"，有幸见到张大千、张善子弟兄俩自用的四方桃核印章，并把它钤盖下来。这四方桃核印用清代桃核雕刻的朝珠磨平其一面，使之方形圆角。果核雕印章是一种立体微雕与平面微雕相结合的工艺。该四颗桃核色如栗壳，光洁可爱，上面刻有山水、人物、楼台，雕工精美。从刀法、章法和造型皮壳来推断，当是清代道光咸丰时物。每方高约一点三至一点四厘米，印面略呈长方形，长与宽亦在一点三至一点四厘米之间。因桃核本身两头尖、腹大，所以切磨方正之后，略显长方。它的外壳筋络满布，风干后若核桃的皮壳，其内部去肉，风干，磨成坑坑洼洼的平面状态，要在上面施以篆刻，就实避虚，就重避轻，非有深厚的传统篆刻根基而不可为。这四方印中，张善子的两方，一为白文"张泽"，小篆；另一方"善子"，朱文大篆。大千先生的两方，一为"张爰"，白文小篆，另一方"大千居士"，朱文小篆。此四印均为圆角，印文中有疤痕断笔，可证实是桃核所制。而张氏昆仲能把桃核的这种缺陷，结合传统的秦汉印章法，处理得如此斑驳离奇，古意盎然，也不能不使人叹服。清人黄高年《治印管见录》言："橄榄核入印始自民国年间粤印人。体质轻巧，怀带随身，以备不时之需，有多至二三十钮至百十钮者，俨如苦行头陀之带念珠，足见橄榄核印之名贵矣。"那是指用橄榄的内核治印，但橄榄核印，今也已罕见。桃核、橄榄核当属同一果核立体微雕的系列。

立体微雕至清代晚期以后，逐渐式微，原因是一方面整个国家政治腐败，内外交困，帝国主义侵略，民不聊生。另一方面在资本主义的市场经济的直接影响下，立体微雕，工大利小，尤其是果核微雕，料、工皆贱。从事此类雕刻的老艺人，往往食不果腹，不能持以生计。同样做一件立体微雕作品，果核与象牙、犀角、沉香的功效回报的效率是完全不一样的，所以纷纷转业。至新中国成立时，该工艺已奄奄一息。二十世纪八十年代末国内收藏热兴起，立体微雕、果核微雕作为存世量少，难度又极高的传统工艺品，受到藏家们的欢迎。九十年代以来该类工艺开始复苏。产地传统地还是在广州、太湖舟山和山东潍坊。不过立体微雕工艺的难度高，要出现新一代的工艺大师和优秀作品，恐也急火难攻。

· 牵着骆驼穿针眼的平面微雕

清乾隆年间，有广东艺人陈祖章亦用果核刻东坡游赤壁的题材，比之王叔远更为精细，在舟底下竟能书刻东坡《前赤壁赋》的百余字，且花窗洞门开闭自如，连舟的锚和链条也用果核刻成，精细若毫发，这些刻在舟底的文字实际上已是平面微雕的雏形。只是明至清代乾隆年间，平面微雕还依附于立体微雕而存在，没有独立地成为一类艺术的门类。这样到了清道光年间，有些从事微雕的艺人，不满足于立体微雕——核雕的独门技艺，开始在制成牙板的象牙平面上驰骋起他们的绝活。至此立体微雕与平面微雕分道扬镳，各行其是。嗣后由于种种社会经济等原因，立体微雕逐渐地衰落，而平面微雕却一步步地走向兴盛。

平面微雕是书法、绘画、雕刻融为一体的微观艺术。小是微雕艺术的特征，但绝不是为小而小，以小媚世，使人初看时惊世骇俗，细看后就兴味索然。故而平面微雕必须与书画艺术相结合，微雕家也要和书画家一般具有自己的风格，这样雕刻时才能随心所欲，以意为之，挥洒涂抹一任自然。同时微刻家还须有精于临摹的本领，即把一些著名的历代书画名作缩小几倍，甚至几千倍，而不失原作的神韵，使画意和刀笔都得到完美的体现，甚至连书法、绘画中似断似续的枯笔也能非常清晰地显示出来。故而平面微雕必须有书卷气和生命力。换句话说，要成为平面微雕家，必先为书画家。

清人王士禛在他的《池北偶谈》中记载了"邓彰甫虬须白皙，双目迥然，善细书……能于一粒米上书一绝句"。这种"一粒米"上的书法，便成为后来"一粒米"上象牙平面微雕的滥觞。

"一粒米"是平面微雕中富有情趣的一个重要品种，在普通的目力之下它只是一颗形状、大小都酷似一颗米粒的象牙，但在十倍的放大镜下，人们便可以看见在小小的象牙米粒上，或刻有一首书法精湛的古诗，或刻有雕梁画栋的名胜古迹，或刻有一幅景色秀丽的中国山水和生气盎然的花鸟画，或刻有古代神话传说中的故事和人物。"一粒米"虽小，看似微不足道，却雕工精细，诗情画意融溶其中，人物景物栩栩如生。

平面微雕的工艺施于象牙之上，北京称之为"拨花"，即用钢针似的细口刀具在平面光洁的牙料上刻画出一道道的细纹来，犹如国画中的白描，富于诗情画意。在小片的象牙上刻画长篇文字或自然景物，细如毫发一丝不苟。

至清代晚期，象牙平面微雕与书画艺术的结合有了新的突破，成为风流时兴的艺术新宠，名家辈出。而最著名的有于硕、吴南愚、沈筱庄，世称微雕"江东三杰"，其中又以江都于硕为魁首。于硕，字啸轩，亦作啸仙，工书，画近王小某，善镌刻，他继承古人技法，能在宽三分许的象牙扇骨上刻小楷三四十行，共数千字，行行工整，字字秀丽，无一败笔，细若蝇须，神乎其技矣。其赠两广总督端方的象牙插屏方才三寸，上刻《离骚》全部，轰动当时艺坛。报纸上纷纷评论他的技艺"以方寸之牙，刻万余字，真乃鬼斧神工"。1915年于硕的平面微雕《赤壁夜游》获巴拿马万国博览会金奖。

晚清曾国藩象牙狮钮方章，系出自啸轩和沈筱庄之手，啸轩作微雕"松鹿同春"和朱柏庐治家格言，雕工细腻，走刀如笔，一如书画。沈筱庄刻"曾国藩印"。该印作于"辛酉十月"，查辛酉为清咸丰十一年，恰为曾国藩五十大寿。推知此章当为于啸轩和沈筱庄贺寿之礼，用功必深。

至于民国间的海派微雕，以梁溪（无锡）薛佛影为代表。佛影先生自小酷爱书画，同时学习微刻和各类雕刻技艺。其三十岁时（1935），象牙平面微雕、砚雕、竹雕、印章雕等均已无所不能，无所不精，享誉沪上了。他曾说做微雕时必须屏气静心，不思他念，一鼓作气而成。否则稍稍走神，刀笔即会走样，粗细气韵各异。先生还说：若刻通篇文章，有数百上千文字，要做到字字珠玑，行行连贯，气韵生动，行距必须把握住，否则歪歪扭扭，不成章法。故在上手雕刻之前，先要用毛笔和直尺在牙板上划出一条条粗细一致的平行的直线，然后用尖刀在划就的黑线上镌刻，这样黑底白字，对比清晰。同时要对所刻的文章默记于胸，边背边刻，不可停息间断。所以先生做通篇微雕时，往往把自己关在小阁楼里，不会客，不接电话，亦不饮食，通宵达旦，一气呵成。至创作完成时，人必精疲力竭。当时上海博物馆向他征集他创作的象牙微雕《滕王阁》插屏和仿祝允明行书的白玉平面微雕《赤壁赋》等作品，访法国巴黎展出，其刀笔流畅，气韵生动，与原作毕肖，曾轰动艺坛。1957年他把足足花了二十年时间创作完成的水晶插屏《洛神赋》献给了国家（作品正面刻洛神故事，背后刻曹子建《洛神赋》全文）。

二十世纪七十年代初以来平面微雕艺术有了新的长足的发展，从事微雕的艺术家的普遍的文化艺术修养有了提高，他们与书画金石的结合更加紧密，除了雕刻之后的上墨成像外，还发展了微雕上色的技巧。那么小的人物景象，连肉眼都看不清楚，须借助于放大镜和显微镜。如何运笔上色？经过反复的试验，微雕家们将一根根毛笔的毫锋，再劈成两三瓣，然后将不同质地、不同色彩的颜料巧妙地施绘于微刻的画面之上，其难度之大，可想而知。与此同时，在平面微雕中还出现了发雕，即在人的头发之上，再刻之以文字对联和绝句，一行数十字，我们借助显微镜可窥其全豹，照样运刀如笔，提按撇捺，轻重缓急，起刀运刀收刀交代得清清楚楚，明明白白，真乃鬼斧神工也。但发刻至今还不能刻绘画的题材。

目前的平面微雕已向深度和广度发展，我国南方、北方内地以及新疆、内蒙古都出现了非常有造诣的艺术家。他们在题材文字的内容选择上已经摆脱了以往的政治倾向，从而走向了市场化、商品化。书法题材一般着重于古文、唐诗、宋词类；绘画题材常作山水、花鸟、仕女、文人学士、楼台殿阁、菩萨、弥陀、三星等等；大型题材的有《九歌图》《万里长江图》《韩熙载夜宴图》《清明上河图》等等。

总之，平面微雕艺术遵循对立统一的法则，于微观世界的毫厘之间表现出宏大的万千景象，《圣经》上把世间最难的事比喻为"牵着骆驼穿针眼"，平面微雕艺术让人们在放大镜下体会到刀笔的神奇。真神乎其技也。

（录自《古玩经眼录》，学林出版社，2006年版）

琉璃的奢侈

孟　晖

　　在魏晋士大夫中，王济（武子）是一个非常闪光的性格人物。他的特点之一是特别有钱，也特别奢侈。有一次，堂堂的晋武帝司马炎临幸王济家，结果这位臣子家中生活作风之奢靡，让晋武帝有点受刺激，一顿饭没吃完就走人了。刺激之一是，"武子供馔，并用琉璃器"，这被收录在《世说新语》的《汰侈篇》里，作为挥霍无度的一例突出表现。此事也见于《晋书·王济传》，说是"供馔甚丰，悉贮琉璃器中"。

　　无独有偶，时代更晚的《洛阳伽蓝记》中，"开善寺"一节谈到河间王元琛的奢侈："琛常会宗室，陈诸宝器。……自余酒器，有水晶钵、玛瑙杯、琉璃碗、赤玉卮数十枚。作工奇妙，中土所无，皆从西域而来。"不仅说琉璃碗与水晶、玛瑙器皿一样属于"宝器"，而且还特别指明，是"作工奇妙，中土所无，皆从西域而来"。

在汉代通西域之后，各种异国产品经丝绸之路纷至而来，其中，就有东罗马、波斯生产的玻璃器，当时叫作"琉璃"。近年在考古发掘中，从北朝墓出土有那一时代的东罗马、波斯玻璃器实物，质地均为透明玻璃，当然，因为原料中含有杂质，这些透明玻璃器都微带青色，还远不能像今天的水晶玻璃那样毫无杂色、彻映无碍。但是，对汉晋人来说，这种像水一样清亮，像冰一样晶莹的制品，绝对是前所未见的神奇玩意。晋人潘尼的《琉璃碗赋》，就夸赞此等"济流沙之绝险，越葱岭之峻危"、万里远来的玻璃盛器是"凝霜不足方其洁，澄水不能喻其清"。另外，外来琉璃器还拥有着异域风格的造型，晋人傅咸在谈到自家的一件琉璃卮时，就提到是"逞异域之殊形"。现藏美国波士顿博物馆、相传为北齐杨子华作品的《北齐校书图》，非常准确地描绘了南北朝士大夫的生活方式，其中，在一群作"散发裸身之饮"的士大夫们围坐的大榻上，有两件小杯值得注意。这两件无把小杯下有单足，配有杯托，小杯本身的造型很接近1989年新疆出土的一件隋代单足玻璃杯，也接近日本奈良正仓院所藏的一件配金属座的玻璃杯。从画面上看，放置在男主人公膝前的一件小杯似乎是透明的，男主人公的白绢裙居然从杯壁上透映过来。

也许，这里恰恰具体地、形象地表现了南北朝贵族在生活中使用进口玻璃器的情形，而且，表现对象正是傅咸所珍视的

"琉璃卮"——玻璃酒杯。如果真是这样的话，那么这卷作品还是中国玻璃史研究的一件重要资料。由这些线索，我们可以想象，王济家、元琛家开出的席面是什么排场——精美的肴馔都盛在异国造型的透明盘碗里，更显得色状诱人。

从文献记载和出土实物的状况都看得出，在当时的贵族阶层中，有一件两件琉璃器并不难，难的是场面上清一色地全部使用琉璃器。异国玻璃产品经过遥远漫长的贸易路线到达中国，价格会变得十分昂贵，所以，王济家一下摆出那么多琉璃器，就难怪晋武帝会觉得不舒服。在魏晋南北朝时代，说一个人请客"并用琉璃器"，大概就像上个世纪八十年代说谁家"家里都是日本电器"，或者像今天说谁家"一屋子都是意大利进口名牌家具"一样，是非常显示实力的一件事。

有一点也许值得注意的是，在形容王济的奢侈时，《世说新语》仅仅简单地说"并用琉璃器"，这固然是贯彻了其一向的明洁语风，但是，恐怕也与一个事实有关，即在那个时代，琉璃器毫无例外地都是昂贵的进口货。所以，不用多说，只要这么点一下，大家就都能会意。但是，到了杨衒之的时代，情况已经发生了很大变化，对于外国产品的仿制早已开始，包括一些异域的生产技术都通过各种途径传了进来。琉璃的生产技术就在南北朝早期首先传入北方地区，直接造成了在北朝琉璃制品的价格暴跌。（见《北史·西戎传》）所以，杨衒之在形容元琛的奢侈时，就不得不多费点唇舌，说他的琉璃碗、水晶钵等，是"作工奇妙，中土所无，皆从西域而来"，本地开发的仿制品，与这些原产高档货没法比。

（原载2004年2月11日《中华读书报》）

谈笔

黄苗子

　　现代用圆珠笔，钢笔（墨水笔）也渐被淘汰，原因是墨水笔要灌墨水，还不如圆珠笔方便。以后电脑发达，怕连圆珠笔或什么笔，也会遭淘汰。可是我们用了几千年的毛笔，近年来却是例外，内销外销都供不应求，更主要的是狼毫等原料缺乏，好笔也不易得。

　　毛笔笔管和笔毫的长短比例，古人有不同的记载。卫夫人说，"头长一寸，管长五寸"，这和现代用的笔差不多；王羲之说，"毛杪合锋令长九分，管修二握"，这样长锋的笔，除了写榜书的提笔，或者可能；黄山谷谈到北宋名工诸葛高做笔，笔毫一寸半，把一寸藏在管中，这样的笔，应当是稳健惬用的。现代笔毫藏管中的一般不到一公分。

　　日本人、台湾同胞十年前都纷纷到大陆购笔，但台湾地区近年也生产较好的刚毫笔。日本的山马笔，刚柔随意，久已知

266

名。湖州笔，从宋代就已显赫，传到现在，湖州的羊毫笔，还是较好的文房用品。山东掖县（莱州），十年前狼毫甚佳，现在也因原料缺乏，生产不易了。

大书法家智永（王羲之七世孙）、怀素，用坏了笔，都埋在土堆里，号曰"笔冢"，张大千在巴西八德园，也有"笔冢"。晋代成公绥《弃故笔赋》："书日月之所躔，别列宿之舍次，乃皆是笔之勋，人日用而不寤！佝尽力于万机，卒见弃于行路。"说笔本来功劳很大，但人用完就扔在路边，为笔打抱不平。

张大千还是中学生的时候，有一年从重庆回乡过年，那时地方不靖，大千正好路遇土匪劫村，顺便就把张大千掳了，有的匪徒想杀他，但匪首问大千有什么本领，大千说是学生，会耍笔头，徒首说，正用得着一个会写字的人，便把大千留下来做"师爷"，酒食款待，大千住了几天，便乘机溜跑了。大千后来指着笔说："亏你救我一命。"

本来秀才遇着兵，笔杆子是敌不过枪杆子的，但是当有枪杆子的用得着笔杆子时，这管笔还是安生托命的宝贝。

（录自《茶酒闲聊》，生活·读书·新知三联书店，2006年版）

买墨小记

黄　裳

　　春节到了又过去了。偶然想起中国知识分子的一种传统的旧习惯——"元旦书红"。就是说在一年开始的时候，要先用朱墨和笔写下一点什么，据说这是会给人们带来好运气的，这种想法很有点可笑，但也有趣。前些年我就玩过这种花样，元旦清早，取出一锭朱墨来，洗净了砚台，磨了起来，随后用朱笔在几本书上，随便写下点什么，也许可以算作题跋吧。至于这一年是否真的"万事亨通"了呢，却从来没有想过，忘记了。

　　这里又有一个有趣的故事传说，清代著名的文士翁方纲每逢元旦，总要（不知道是否用的是朱笔）在一颗芝麻上工整地写下"一片冰心在玉壶"七个字。《翁氏家事略记》卷末英和跋说："先生最工蝇头细书。尝用文待诏故事，四旬后元旦用瓜仁一粒，书坡公'金殿当头紫阁重'绝句一首。六旬后又以胡麻十粒粘于红纸帖，每粒作'天下太平'四字。至戊寅元旦，书至第七粒，目倦不能成书。先生叹曰'吾其衰矣'，果以是年正月二十七日归道山。"

这是有关"元旦书红"有趣的文献记录，看起来似乎有点可笑，颇有"玩物丧志"的意味了。不过细想起来，一个人除了吃饭、睡觉、工作之外，总得还有点好玩的事做做才会觉得生活有滋味。而人类的文化生活大半就是因此而积累形成的。旧时代的文人，没有跳舞场可进、流行歌曲可听，他们也只能就近玩玩身边事物。"小摆设"就是他们的"玩具"。至于文房四宝，理所当然地就更受到重视。笔墨纸砚都是可以"玩"的，在它们的实用功能以外。

我曾玩过一个短时期的墨。那是在六十年代初，旧书在市面上已经很少见了，看不到也无从去买。上海当时还有个古玩市场的门市部，墙上挂着一些名人字画，案上堆着一叠叠的册页、扇面、碑帖，柜橱里放着各色旧瓷器。这些都是古董，好的买不起，平常的、假的又不想要，也不过是看看而已。进门处放着一个小柜台，里面放着不少墨，时代不古，大约只是嘉道以后的东西，价钱也不贵，每锭不过数元。有时候就买两块来玩玩，就这样，开始收起墨来了。这当然是不足道的，比起藏墨家来，只不过是幼儿园的程度而已。

藏墨和藏书一样，必须看许多著录，这是入门的钥匙，在某种意义上说，也正像翻菜谱食单，能知道许多名目，但大半是不能见到的。我最先读到的是记宋牧仲的《雪堂墨品》，后来又见到黄尧圃刻的万年少的《墨表》，自然还有徐子晋的《前尘梦影录》，其中也有许多古墨的纪事。这些都是极好的著录，不过万、宋生于明末清初，所记的许多墨品，都已无实物可见了，更不用说是在市场里。而且虽有记录，有的还颇为详尽（如《墨表》），但总不易揣想那真相。这就不能不想到叶恭绰等编著的《四家藏墨图录》，这是用珂罗版影印的，在拓片之外，还附有考证说明，从中可以看见明墨的真面目，是很好的一本图说，但对我的用处还是不大，就连他们所藏时代最晚的墨我也没有见过。所以也只是闲时看看而已。

后来因通讯认识了"四家"之一的张纲伯先生，他是在明墨之外还广收清代制品的，尤其重视墨史的研究。我向他借来了近代藏家如寿石工等数种藏墨目录，抄成副本。张先生还将他自著的墨录几大册见假，抄未及半，"文化大革命"开始，来信索还，从此就更无消息。张先生已在"文革"中下世，他的藏墨大约已经保存在故宫博物院里了。

墨有什么可"玩"的呢？这个问题也不容易一下子回答得出。明墨自程君房、方于鲁以降，都有极精的作品，现在是百不存一了。但从程、方两家的墨谱中还可以看出那巨丽的规模来。直到清初，这种遗风依旧保持着，而且更有发扬光大之势。那代表是集锦套墨，真是别出心裁，花样繁复。墨产于徽州，而晚明徽州的木刻名手是多的。他们刻下了大量的精美版画，用其余力雕制墨模，更是得心应手。明墨多有在图案上加上金碧彩色的，这在《程氏墨苑》的五彩套印本上可以看出，真不愧为极精美的工艺美术品，如"四家"之一的张子高所藏的"文彩双鸳鸯"大圆墨，就是明墨中这种富丽绝伦的标准制品。它们已经只有观赏而无实用价值，可以说是不折不扣的"清玩"了。

不过我觉得有趣的还是名人的自制墨。名人又包括了达官显宦和著名文士。钱牧斋、龚芝麓就都有这种名人制赠的墨。曹寅也有"兰台精英"墨，都是有名的精品。《前尘梦影录》的作者徐康是道咸中人，他说金冬心墨赝者极多，平生仅见真者大半段。我就没有见过他所制的"五百斤油"的真品，假的却不少，但只是光彩暗淡的墨色泥块而已。又如"轻胶十万杵"墨，面题"随园居士袁枚制于小仓山房"，我有汪节庵和胡爱棠两家所制同式二种，这是墨模易手了的缘故，当然不是袁氏原作了。这与旧书板片落入他人之手，增改序跋重印行世的情况一样，是藏墨者不能不注意的。

我曾买得"陆舫清赏"墨一匣二笏，一填金，一填蓝。题"雍正三年诚庵监制"，制作极精。据说清墨只顺治、雍正两朝有年款者绝少。因为顺治在清朝定鼎之初，制墨者大都是文人逸士，他们大抵都是遗民，不愿奉新朝正朔，再加兵燹之余，徽州墨业难免要受到影响，所以顺治年款的墨极少。雍正则只有十三年，是短促的朝代，也是少有年款墨的原因。这两笏是"新安曹素功易水法墨"，可能是曹氏第三代的出品。后以一笏分赠藏墨家周绍良先生，承他在《清代名墨谈丛》里加以著录。此墨制者不知何人，"陆舫"是丁野鹤的斋名，但时代又不相及。生于清初的丁耀亢不可能在雍正中还在制墨。

赵之谦的墨我有好几笏。其一长方形，面题"人磨墨"三字，下双行题"芝岩氏选烟"，背题"不可同，非立异。凡百君子，顾名思义""光绪八年正月㧑翁书"，是胡子卿所制。又一笏题"二金蝶堂书墨"，胡开文制。又一笏面题"赵氏墨专之一"，背题"时令方和"四字，亦胡开文制，曾试磨，墨色极佳，磨处光可鉴人。又一笏颇常见，作碑式。面"同治九年正月初吉"，背"绩溪胡甘伯会稽赵㧑叔校经之墨"，边款"和鹿角胶捣十万杵法制""鉴莹斋珍藏"。看样子也是胡开文的制品。正书两行看来似是赵氏手笔，但周绍良先生以为是胡甘伯书。

另一笏有趣的墨是谭复堂（献）所制。面"复堂填词墨"，背"斜阳烟柳"。楼阁耸起水上，一人凭栏遥望。天上布满了浮云，落日只存其半，填金。下方是岸边的垂柳。布局、着墨都极有意思，特别是那填金的半角斜阳，更有画龙点睛之妙。在所见的名家墨中，可以算是上乘之作了。

三两年中陆续收得的旧墨，最早的是程公瑜的"尊胜幢"、汪时茂的"龙泉太阿"。乾嘉中制品所收也有一些，如汪心农、尺木堂、汪近圣、汪节庵等，都有上好的佳品。套墨有汪近圣的提梁墨，一只精致的楠木匣中，有四层抽屉，每层藏墨四笏。有"槐荫堂"圆墨，题"乾隆辛卯"，漆皮。"和州太守墨宝"，圭璧光墨等。又乾隆元年曹素功艺粟斋墨一漆匣，面描金绘云影飞龙，中藏各种形式的墨十六挺，中有两种漆皮，真是富丽极了，看样子是进呈的贡品。但相比之下，还是那些文人自怡之品来得有趣。和买书一样，也总是物以人重的吧。

我的买墨前后不过三四年工夫，见闻不广，所得实在没有什么值得称说的东西。六十年代中期，有一天深夜，不知道从哪里来了一群人，破门而入，翻箱倒柜，忽然发现了这一堆旧墨。带队的说道："墨有一两块用用就是了，弄这么一大堆做什么！"我真的是无词以对。看来这一发问直到今天我也还是回答不出。

1990年3月

（录自《来燕榭文存》，生活·读书·新知三联书店，2009年版）

宋人与宋枕

马未都

中国古代有一种很少有人使用的枕头，式样简单，截一段圆木缀上小铃，枕在上面极不舒服，须小心翼翼，保持半睡半醒状态，意在小憩，避免沉睡过去。否则，枕敧动，人惊醒。此枕被文人赋予了一个极为美丽的名字：警枕。足见古人珍惜光阴用心良苦。

与此相反，有一句我们经常用的成语也与枕有关：高枕无忧。源出《战国策·魏一》："为大王计，莫如事秦。事秦，则楚韩必不敢动。无楚韩之患，则大王高枕而卧，国必无忧矣。"两千多年前，古人对枕就有了这样深刻的理解。

古人使用的枕，质地很多，不限于今人要求的柔软。用陶土堆塑成型，入窑高温烧成瓷枕，隋朝已见。唐以后，瓷枕渐多，至宋从质到量达到登峰造极。金元以后渐少渐衰，直至消亡。

谈瓷枕，离不开宋。我见过的宋枕，磁州窑的为多。形容宋枕，得用许多话，简单地说，就是丰富。兽形枕中有龙枕、虎枕；人形枕中有孩儿枕、仕女枕；几何式样中有长方、八方、椭圆、银锭等；还有腰圆、鸡心、云头、花瓣等随意造型……

宋朝重商，商税成为国家财政的重要收入。国都东京（今开封）商贾云集，夜市不禁。于是，瓷枕中的名牌"张家造"应运而生。当然，还有"赵家造""王家造"，等等。今天看来，千余年前宋人生产的瓷枕仍可谓美不胜收。一鹭鸶置身芦苇之中，双腿岔开，回首相望，用笔寥寥却生机一派；一孩童持竿垂钓，神情专注，几条小鱼欲咬欲溜，情趣盎然；两束卷草，丰满柔韧，舒展大方……

我陆续见过不少瓷枕，由于价昂，没有留下几个。瓷枕发展总的来说是，年代越早，尺寸越小。唐枕中常见不足一拃长的，人称脉枕，是否为中医号脉专用，待考。宋枕尺寸适宜，金元以后，尺寸加大，可达尺半，显得笨拙。瓷枕为生活用具，常随亡者下葬。因历史淘汰，罕有传世品。瓷枕为平民百姓所用，皇帝大概嫌硬，另有所枕。于是，瓷枕中透着一股市井气，说白一点是俗气。

这股俗气给后人带来宋人的情趣。宋人图安逸，不尚浮华，干不出唐人那等辉煌热烈的事来。两只鹌鹑，一行飞雁；顽童蹴鞠，赶鸭捉雀，无不流露宋人知足常乐的人生观。你可以完全想见宋人在人口增殖、物阜民丰之际，陶醉于这种"小家碧玉"的风范之中，自得其乐。

在瓷器中，再没有比文字装饰更能直接反映当时人的思想了。唐代的铜官窑（长沙窑）中，书写诗歌的不少，许多诗还可以在《全唐诗》中查到。显然，这与唐代诗歌盛兴有直接关系。而宋枕，却大量书写词曲，如："左难右难，枉把功名干。烟波名利不如闲，到头来无忧患。积玉堆金无边无岸，限来时，悔后晚，病患过关，谁救得贪心汉。"一曲《朝天子》，把枕头主人的失意和无奈表现得淋漓尽致。"烟波名利不如闲"，宋人有点看破红尘了，于是，大宋江山也就成全了赵佶（宋徽宗）这位国政庸碌无为、艺术却颇有造诣的皇帝。

枕头与人的关系太密切了，要睡觉难免先看枕头一眼。工匠们就利用这一眼，在枕面上写上"众中少语，无事早归"，写上"为争三寸气，白了少年头"，写上"过桥须下马，有路莫行船，未晚先寻宿，鸡鸣早看天"……写上许许多多通俗的格言，这些格言与宋人生死不离，生时指点迷津，死后警醒来世。这种严于律己，潜移默化地养成了中国人"忍一刻风平浪静，退一步海阔天空"，充满道家意味的风格。

宋人在忍与退中让出了半壁江山，国都由北南迁至临安（今杭州）。北宋与辽，南宋与金，"和平共处"，委曲求全。采取守势的大宋王朝竟然也颤巍巍地度过了三百多年。

枕在宋瓷中有着极为特殊的地位，它所拥有的天地记录着宋人的生活哲学。宋人对生活的寄托流露在酒肆茶馆，宋枕则装有宋人身心放松、与世无争的心态。追求琴棋书画，追求醉乡酒海，在风花雪月中高枕无忧，宋人的祈盼却不能永远保证"家国永安"（宋枕语）……

我藏有一文字装饰的宋枕，虽略有残，仍受我爱。枕为八方形，呈腰圆状下弯，写字方向与枕垂直，这与一般文字枕有异。字虽竖写，但须从左读起："长江风送客，狐馆雨流人。"此枕颇值得玩味。内容为传统对联形式，"长江"对"狐馆"，专有名词对专有名词。"风送客"对"雨流人"，平仄对仗工整自然。上句明白无误，送客为来，但下句"狐馆"一词费解。"雨流人"的"流"与"留"通假，有"流连忘返"为证。"狐"字只有两解，一与狐狸有关，狐疑、狐臭、狐仙等等，另一解为姓氏。"狐馆"不论是什么馆，应与狐狸无关。否则谁还敢进入？那么，只剩一条路了，即狐姓人开设的馆。也许是茶馆酒馆、餐馆旅馆。当然也不排除是妓馆。反正是一个让客人驻足，狐老板收费赚钱的地方。这地方应该在长江沿岸，否则风怎么能送客于狐馆？这地方还应该常常淫雨绵绵，否则雨怎么能留住人？无论在长江的上游中游下游，都离这枕的产地磁州很远。当时这类定烧的商品往返一趟并非易事，由此可见狐馆应该为当时当地的一大名馆，与长江去对也就不为过了。

狐老板作古已近千年，此枕是陪他下葬还是陪他的亲属甚至客人下葬均未可知。但有一点不言而喻，瓷枕已被淘汰，摆在博物馆内供学者研究，供观者欣赏。

宋朝有个著名的史学家叫司马光，他幼时聪慧，机敏过人，破缸救人的故事在中国可以说妇孺皆知。成年后的司马光编纂了一部巨著《资治通鉴》，全书洋洋近三百卷，贯串一千三百六十二年史事，至今仍是史学界重要的参考研究资料。可有一点恐怕鲜为人知，这部鸿篇巨制的编纂者，常睡警枕，就是那种十分不舒服又睡不踏实的枕头。

往事越千年。今人的枕已科学化了，讲究材料与质地，讲究舒适与合理。前面说过，瓷枕年代越近，体积就越大。按照这个思路，枕越做越大，如今的鸳鸯枕长尽可同床宽，看来也没逃出历史发展的趋向。其副产品——枕旁风当然刮得就更加情意绵绵，这一点却是有追求的宋人没能享受上的。

（录自《马未都说收藏》，中华书局，2009年版）

读物小札："惊喜碗"

扬之水

庚寅年初夏有欧洲之行，在柏林亚洲艺术博物馆展厅所陈"悦古堂藏瓷"一组中，看到一件白瓷盏。盏的造型为花口，下有喇叭形高圈足。盏内壁为八组折枝花卉，似为印花。盏内心黏附一个下有花足的宝妆覆莲座，座端擎出一个莲花苞，花心里一个拱手端坐的小人儿。

归国后，承友人惠以收入这一件白瓷盏的图录复印件，方知图版说明将此器称为"白瓷'惊喜碗'"。略云："中国南方，宋，十二世纪。高六点三厘米，直径十一点三厘米。山茶花形状的碗，略呈喇叭形的高底座，底座脚为平坦的圆形。碗边呈用线脚分开的八个叶片状，碗内有线脚修饰的八个不同的花卉浅浮雕，碗的内面边沿上饰有涡卷。碗外壁无饰。碗心中央有六个如意状的底座，饰有花叶和涡卷形的浅浮雕，上端又用莲花蓓蕾装饰。这些装饰物围绕着一个可以活动的观音菩萨石制

279

小塑像，这件微小的白色石制观音菩萨塑像上涂有略带橄榄色调的透明釉。若碗盛满水，微小的石制塑像会活动（按：器以"惊喜"命名，此之谓也）。碗的底座不上釉。"[①]

图录说明曰此器出自南方，似可存疑。又曰盏心的小人儿为观音，但因为不得"零距离"接触实物而无法见得真确。不过这里重要的在于：一、塑像为石制，二、它是可以活动的。于是想到宋诗中提到一种颇具巧思的酒器——南宋方一夔《以白瓷为酒器，中作覆杯状，复有小石人出没其中，戏作以识其事》："彼美白瓷盏，规模来定州。先生文字饮，独酌无献酬。咄哉石女儿，不作蛾眉羞。怜我老寂寞，赤手屡拍浮。子顽不乞火，我醉不惊鸥。无情两相适，付与逍遥游。"[②]"文字饮"，语出韩愈《醉赠张秘书》："不解文字饮，惟能醉红裙。"此取"文字饮"以喻清雅。"我醉不惊鸥"，用《列子》中的故事："海上之人好鸥者，每旦之海上，从鸥鸟游，鸥鸟之至者，百数而不止。其父曰：'吾闻鸥鸟皆从汝好，取来吾玩之。'明日之海，鸥鸟舞而不下。"这里取它略无机心之意。"逍遥游"出《庄子》，但"无情两相适，付与逍遥游"却是化用东坡的"适意无异逍遥游"之句（《石苍舒醉墨堂》）。白瓷盏的形制已尽在诗题中

---

① 雷吉娜·柯拉尔编：《柏林悦古堂藏中国瓷器》，柏林：G&H出版社，2000年。按：此承舒昌善先生由德文移译。

② 北京大学古文献研究所编：《全宋诗》，第六十七册，第42246页，北京大学出版社，1998年。

说出，诗便只道其意趣。由诗中所咏可知，盏心的小石人是可以活动的，酒盏一旦斟满，覆杯座中的女孩儿便会晃漾于潋滟之中，所谓"赤手屡拍浮"，自是添助了诗人的想象，此际只觉可喜而无狎心，所以曰"无情两相适"也，寂寞的独酌因此而不再寂寞。

诗中瓷盏形制如此，那么反观"悦古堂藏瓷"中的这一件"惊喜碗"，可见宋诗与宋物的对应，恰是契合无间。酒器与诗心碰合，自然使其巧制更多一重曲折和意韵。

形制类同的宋代白瓷盏，似乎鲜见，不过造型相近或意匠相类的宋元金银器，却不乏实例。造型相近者，如出土于安徽六安花石咀古墓的一件鎏金银杯，墓葬时代约当宋末元初。[①]杯有承盘，正是当日流行的酒器组合的一种形式，即所谓"杯盘一副"。银杯为夹层，口径八点五厘米，内杯口沿装饰卷草纹，中心錾花朵，其上焊一盘坐的孩儿。外杯打作四季花卉，两侧的莲花上各焊一女童，恰好用作杯的双耳。承盘口径十八点三厘米，口沿錾刻卷草纹，盘心錾牡丹，其外打作童子持花卉。杯盘通高七厘米。就造型而言，银杯与白瓷盏，构思无大异，至于装饰手法的简练与繁复，则与材质相关。金银酒杯的这一

---

① 　a.安徽六安县文物工作组：《安徽六安县花石咀古墓清理简报》，图版七：3（说明作"银杯与仰莲银托子"），1986年第10期《考古》。b.杨伯达编：《中国金银、玻璃、珐琅器全集·金银器》（第三卷）图48（说明作"银素盏　莲花托盘"），河北美术出版社，2004年。

造型也为明代所沿用，只是此际多已演变为祝寿题材，如安徽休宁县文物管理所藏明代银群仙会祝杯盘一副。[①]

设计意匠与"悦古堂"白瓷盏相类者，则有湖南临澧新合元代银器窖藏中的一件银龟游莲叶纹双层盏。[②] 银盏高六厘米，口径八点五厘米，系内外双层结构。外层腹部錾刻流云地子，流云上打作有浮雕效果的灵芝与展翅的仙鹤。内盏盏心錾刻叶脉纤细的荷叶，叶心垫起一枚小小的银圆片，圆片上面浮搁一个只有龟的头尾和四肢的架子，圆片两侧复焊接起用两个支架高高撑起的龟背，最后再套上一个直径比圆垫片略大一点的小银圈，龟的头尾和四肢因此可以自由摇摆，一旦盏中酒满，便恍若莲叶被风，龟遂可动可摇。

这一类小设机关以博饮者一粲的酒器，宋元时代多用作宴席间的劝酒之具，名曰劝杯或劝盏，拙著《奢华之色：宋元明金银器研究》卷三于此曾有讨论，彼时尚未见到"悦古堂藏瓷"中的这一件"惊喜碗"。今有此物与宋人诗笔下的酒盏相互印证，则确乎予吾人以"惊喜"了。

（原载2012年第2期《南方文物》）

---

① 杨柏达编：《中国金银、玻璃、珐琅器全集·金银器》（第三卷），图194，河北美术出版社，2004年。

② 扬之水、陈建明：《湖南宋元窖藏金银器发现与研究》，图229至230，文物出版社，2009年。

访徽墨

仇春霞

　　文房四宝，墨排第二。如不知墨，难以与之论书画。

　　上古无墨，刀笔刻简，点漆成字。史载西域有好墨，书梵文于贝叶，入水不褪。然西域黄沙成冢，墨亦无可考。

　　文人爱墨，中古以来，不绝于史。曹孟德乃魏晋文宗，曾藏石墨数十万斤于铜雀台。韩熙载留心翰墨，四方胶煤多不合意，遂请歙工朱逢于家，烧墨供用。命其所居曰"化松堂"，墨曰"玄中子"及"麝月香"，匣而宝之。熙载亡，为家伎携去，不知所终。子瞻爱墨，不逊于米颠爱石，曾曰："吾有佳墨七十丸，而犹求取不已。"人生短暂，七十枚墨虽已够用一辈子，却仍然孜孜不已。

　　文人逐墨，源于笔下玄踪。明清以来，文人参与制墨亦较为常见。子瞻曾于海南烧松制墨，险遭火灾，幸得墨五百丸。然好墨必出于良工，良工多系祖传。故而无子嗣，或逢兵戈，其法遂至湮没者，代代有之。

有清以来，徽墨驰誉海内，前后相继者有曹素功、汪近圣、汪节庵、胡开文。民国以来，胡开文墨开枝散叶，独步一时。然而百年沧桑，先是家国多难，继之斯文扫地，又逢书写工具更新换代，种种因缘，古法制墨，渐成遗响。

徽墨浮沉，文人墨客最为牵念，遂有徽州访墨之举。

自京城至古徽州，可乘飞机，坐火车。飞机便捷，可窗外无风景，不若陆行。陆行虽慢，却可饱览淮北淮南好风光。

高铁南下至杭州，半日可到。从杭州转乘汽车，一路东行，三小时可达屯溪。

屯溪为黄山首府，位于皖东南、浙西北、赣东北，"两江交汇，三省通衢"。率水、横江合而为新安江，江水穿城而过，名副其实曰"屯"、曰"溪"。屯溪乃明代"程朱阙里"，清代朴学家戴震之桑梓，亦为徽墨之重镇。胡开文曾于此地设墨厂，由其长子胡恒德主管。屯溪至今仍有"胡开文老墨厂"，旧旗猎猎，然而今非昔比。

友人子安、朱岱辗转相托，得"艺粟斋"主人冯良才先生许可，参观古法制墨。

"艺粟斋"本清初制墨大家曹素功之斋名。曹素功乃歙县人，子孙代承祖业。咸丰年间，后人携墨迁至苏州、上海，以发扬祖业。海上文人墨客，翕然宗之。

新中国成立后，以曹素功尧千氏、胡开文广户氏为主，并外省墨工组建而成上海制墨厂，实乃现代徽墨新产地。冯良才先生之外祖父即上海曹氏墨工。冯父婚后随妻迁居上海，后任上海制墨厂技术主管。冯良才先生也可谓三代墨工，素有渊源。

冯先生乃绩溪人。绩溪位于安徽省东南方，东与浙江临安接壤，南与歙县毗连。绩溪隶属徽州千年，为徽文化之核心，素有"无徽不成镇，无绩不成街"之说。绩溪亦为徽墨重地，清墨四大家之汪近圣即绩溪尚田人。

自屯溪向东北，约一小时车程即可到绩溪。沿途白墙黑瓦，苍山翠竹，皖南长卷，此起彼伏。

拜会冯先生之前，先由段清先生带领参观了古法制墨之"点烟"。段清先生乃经营冯墨之徽商，生性豪迈，语多诙谐。待人接物，青白分明，颇有阮籍遗风。

"点烟"乃古法制墨之必要环节。冯氏点烟之地位于绩溪市郊一处山脚下。据段清先生介绍，此乃冯墨新厂址，占地三十亩（两公顷），尚未全面修建。点烟间为半封闭式砖房，面积不过二十平方米。沿墙齐腰处，油灯绕墙，灯火正旺。灯上倒扣一瓷碗，为集烟所用。一位身着工作服、满面烟灰的墨工正剪灯花。桐油灯草，灯芯容易生花，灯芯生花后会妨碍出烟，因而要及时剪去。之前读宋人赵师秀的"有约不来过半夜，闲敲棋子落灯花"。灯花不用剪，敲敲手上的棋子就掉下来了，何其闲雅！待亲自体验剪灯花，却是一项容易腰酸背痛的机械工作。

点烟出烟量与天气有关，天欲雨时烟最多。如房间天顶处理好，即使油烟房，天顶上的烟仍可使用，而且如松烟一般，可称之为顶烟，或远烟，品质却不及松烟，且不宜常扫。普遍一年扫一次，所得者不过二三两。烟取下后须存放约一年方可使用。

在徽墨诸多名声较旺的字号中，点烟多不可见。并非不让见，实乃无烟可点。亦不必点，因其所采原料多为碳素，而非真烟。

桐油点烟，晚于松烟。桐油较普遍，皖、浙、赣均有。然而油桐生命周期短，不过六七年，而植树费事，山农多不愿种，因而集桐油亦渐成难事。

体验点烟之后，即驱车前往冯氏"艺粟斋"。

斋临小街，以店带厂。据段清先生介绍，"艺粟斋"早先也是一片小作坊，落脚之处，一片漆黑。两人合作之后，大刀阔斧地将其改造成干净、明亮、整齐的现代厂房。店可接待来宾，厂可吞吐订单。

冯先生已于店内等候。先生年近花甲，神态从容。其着装举止令人想起曾经显赫明清两朝的徽商：有文气，亦不讳于谈商论市。

探寻古法，品墨为先。墨若不精，枉谈古法。

首试者为"紫玉光"。"紫玉光"之名亦与曹素功有渊源。据传康熙南巡时，曹素功进墨，得帝赏识，御题"紫玉光"，曹墨因而声名更隆。

取纯净水一滴于老坑砚上，重按轻揉，直来直去，缓如病夫……

凡墨色，紫光为上，黑光次之，青光又次之，白光为下。

墨色好坏，有诸多原因，水、砚、研法、纸张均与之有密切关系。

研墨不可用自来水，因漂白粉会漂去墨色。研墨多用纯净水，或蒸馏水。

砚用老坑，纹理细腻，易于出墨。

研墨以直研为上。直研不损墨，并见墨之真色。古书记载：

　　若圆磨，则假借重势，往来有风，以助颜色，乃非墨之真色。惟售墨者圆研。

墨于生宣需要多胶，墨于熟宣及绢宜少胶。

墨之品质亦与画家审美有关，胶多胶少，色雅色艳，全凭各自喜好。

待墨未干之际，参观了冯氏晾房与制墨车间。

晾房位于厂房二层，重重木架之上，尚有筛筛半干墨锭。此时冬月，正合制墨。

厂房一层乃制墨车间，车间内数位墨工正各自忙活，称、杵、模均在此完成。

称。墨之重量宜小不宜大。小者方便锤杵和研磨，古人用墨普遍为五钱。墨块过大，多为纪念品。

杵。若期胶与墨充分融合，须锤打良久，故而墨有"十万杵"之说。杵墨宜少不宜多。少者容易均匀，多者不易融合。如一两墨，则各为五钱，分两次杵，杵完再合二为一。然而如此讲究者极少。

模，即为墨定型。墨之形态有多样，普遍者为长条形。墨上图案乃文气之所在，冯墨图案多取自海上名家，如吴昌硕、王震等。亦有定版者亲自设计，如西泠印社百年纪念、启功百年诞辰纪念等。

如若自用，亦可不称不模，随形捏制即可。

返回积墨，纸仍半湿。南方润于北方，加之天正飞雨，更不易干。然而水跑墨留，已经可以积墨了。如此可知，不用吹风机，同样可以依次渐进画画步骤。

积墨乃黄宾虹特色。虹叟若非谙熟墨性，且有好墨可使，怕也积不成墨。因此研究黄宾虹者，也当先从墨入手，方可窥其门径一二。

试完墨，已是中午。由于友人已预先安排了下一考察点，虽然悬疑之处尚多，也只得匆匆辞别"艺粟斋"。

下一处考察点是歙县的"万杵堂"。

歙县乃古徽州府治所在地，自古以来钟灵毓秀，人杰地灵。

仅书画一类，名载史册者不胜枚举，如渐江、黄宾虹等。墨则有曹素功、汪节庵。

从绩溪回屯溪必经歙县。从"艺粟斋"到"万杵堂"，依在车上打个盹就到了。快是快，却也遗憾身过古城，不曾目睹。心想还是舟行好，即便小睡一阵，仍是水中行。醒来还可汲水煮茶，依舷看山，无聊时作诗，寂寞时读书。

一阵颠簸后，车就到了"万杵堂"。周围无店铺，比邻者均为民宅马头墙。

"万杵堂"，顾名思义，自然令人想到手工制墨。堂主胡卫东先生年过四十，身形高大，笑容腼腆。身着中式长外套，牛仔裤，黑布鞋。亦中亦西，亦今亦古。

进门是小院，院左边为一栋二层小楼，右边为两间偏房。偏房即堂主制墨坊，外间为存放制墨原料的杂物间，约十平方米，内有制作好的皮胶、鹿胶，有灯草、蒸锅、铁杵、秤杆等。里间为点烟房。堂主提醒一次只进一人，一者房间面积小，怕旋身时沾上烟灰，二者不宜敞门，敞门容易走烟。点烟房不过十平方米，较"艺粟斋"小许多。然碗内灯火闪闪，屋内四壁漆黑，此必久为点烟所用。

"万杵堂"显然为小作坊，既无店面，亦无工人，仅有一名徒弟。徒弟正点烟，齿白面黑，憨厚朴实，回答询问，言简意赅。其他器具也较"艺粟斋"古朴。如称，"艺粟斋"用天平称，"万杵堂"用戥子称。如倒扣的集烟碗，"艺粟斋"碗底为改进过的瓷制连体柄，"万杵堂"为旧式竹抓，用时须将竹条扒开，将碗放进去。材料和器具的摆放也较"艺粟斋"随意。

晾房及堂主会客室均在二层。上茶后，堂主拿来熊胆与麝香。此为罕见珍贵药材，从来只耳闻，未曾眼见。而知其为制墨所用，更为惊奇。又私下纳闷，"艺粟斋"为何没有？

堂主所展示者为一完整熊胆，已然干透，但囊中遗汁，清晰可辨。熊胆或取自野生，或取自饲养。其功效在于助墨色厚重、清亮。

与熊胆同功用者，尚有草鱼胆、蛇胆、鲤鱼胆，然而效果均不及熊胆。

麝香多被误为冰片，实则差矣！冰片取自植物，麝香取自动物。麝腺乃雄性香獐肚脐与睾丸之间一器官，受伤香獐在狂奔中往往摘麝腺独吞，因而野生麝香极为难得。

麝香于墨之功效，古来说法不一。或说墨有本香，加麝损本香。或说墨有麝香，为极品。总之，麝香之用，多集于香气二字。然而堂主所说，有别于此。麝并不香，甚至有刺鼻异味。墨用麝，并非为增香，实为助墨汁透入纸背。此种解释，令人恍然大悟，然而亦权当一家之言。麝香难于久存，因其容易挥发。若加当归，则可抑制香气消散。

茶过三巡，且聊胶。

胶乃墨之最关键者。古人云：如得胶法，虽次煤能成善墨。

古法制墨，必用有机胶。有机胶能随自身环境起变化，墨色亦因而多变。而无机胶则无此属性。

众胶之中，可用者有牛皮胶、鹿皮胶、鱼胶、骨胶、鹿角胶等，而以鹿角胶最佳。故卫夫人曰，墨取代郡鹿胶。代郡位于河北、山西一带。战国时为代戎活动区域，故有赵武灵王之"胡服骑射"。魏晋时仍为游牧区域。

鹿胶分为鹿皮胶和鹿角胶。

鹿皮胶较牛皮胶品质好，取法相似，须刮去皮上之膜。此外，背部与肚皮处之皮质亦不同，背皮黏性更强。因而需要细心处理，若非精益求精者，多囫囵而过，胶之品质自然下降。

鹿角胶为墨胶品质最高者，因其富含胶原蛋白。但取法烦琐。鹿角骨多胶少，提取率不过十分之一，余者为骨头。鹿角熬过后，鹿骨可做药用，以补虚羸，强筋骨。亦可用于制琴。鹿骨制琴，须彻底去胶，音质才会更好。

相比熊胆与麝香，鹿角远不及前者取法之残忍。因鹿角会自然脱落，再生长。即使在打斗中不慎折断，疼痛亦在可容忍范围之内。

因种种原因，制墨人多亲自熬胶。如牛皮胶与骨胶，若买成品，则所制墨在阴雨天可能变软。因售者为防止牛皮和骨头变质，会撒盐腌渍。胶中含盐，和于墨中，阴雨天便会回潮。再如鹿角胶，其中之胶原蛋白多为售者抽去制化妆品，而胶原蛋白为鹿角胶之最关键者。因此，若想保住胶原蛋白，须亲自制胶。

堂主熬胶点在乡下山坡上，本想约了同去。无奈此时尚未熬胶，一堆火塘，无甚可看。

制作出真正的松烟墨，是堂主的梦想。因为好松难求，古法难解。

松烟墨于宋代至顶峰。宋人晁说之于《晁氏墨经》中列举了历代松树之所贵重者。汉代为终南山松，魏晋为庐山松，唐代为山西上党松，五代至宋时则偏于黄山松。黄山松亦分品第，最佳者为百岁穿岩者，松心呈红色，松根生茯苓。此松最为难得，宋时岁所得者，亦不过一二。

制墨用松，代价非凡。松活百年，毁于一旦，且得烟甚少。又多年来禁伐黄山松，如此连翻松亦不可多得。纵偶有得松者，亦不避良莠，连同杂草一并烧了，松烟品质自然一般。因而上等松烟墨几不可求。

伐松后，须控净松脂。其法多样，或割裂松皮，任其流走，或埋松于土中，接灯草于外，点燃灯草，耗尽松脂。

控完松脂，将其锯成小段，浸泡于大漆中，取出阴干待用。

如上所述，松难得，大漆难得。而与之相关的砌窑、净烟等诸多程序，无一不是家传秘学。因而堂主之梦，越发遥远。不过，堂主似乎是一位不急不慢，又较能坚守的制墨者，或许真有一天能梦想成真。

自"万杵堂"归来后，深感读万卷书，还须行万里路。韦编三绝，都不抵过一日墨工。思前想后，不及听君一席话。然而古法制墨尚有诸多悬念，如松烟制法、熬胶法、和煤法、药墨法等，故而求得友人次日再访"艺粟斋"。

药墨乃"艺粟斋"之特色。

关于药墨，古书多有记载，多以为保护画质。然而亦未为定论，宋人《晁氏墨经》即载：

> 今充人不用药为贵，其说曰：正如白面、清面，又如茶之不可杂以外料，亦自有理，然不及用药者良。

意思是说，山东人认为不用药好，而作者却认为药墨还是比非药墨好。明人沈继孙认为药会损坏墨质。然而如何为是，外人已难辨雄雌。

"艺粟斋"有煎药房。从门口转折两回，即至一间纵深约五米的棚房，靠墙一口大锅，锅内热气沸腾，药味扑鼻而来。

储药房位于三层，房约十五平方米，四周满是药桶、药罐、药瓶、药袋，均以标签标识药名，俨然一家中药铺。更贵重者则被储藏于铁柜中，如金纸、银纸、珍珠粉、麝香、熊胆等。为证其不诬，一并展示了购买发票。

配料如此丰富，甚至昂贵，竟与古书所载相仿佛。然而冯先生不肯一一解释其作用，只道不可外传。无法深究，只好作罢。即便如此，已经令人感动于其做墨之道德良心。技术或无法追步前人，材质却必真实不二。徽商品质，薪火相传。

"艺粟斋"收藏有不少清代、民国以来的旧版墨拓，图案多为名家画稿，内容则取自话本小说。单稿极少，多为组稿。如《金陵十二钗》《八仙过海》《西湖八景》等。

这些墨拓虽然较为珍贵，但若付梓成书，则犹须时日。因其尚处于凌乱状态，既无时序，也无基本备要，不明其史之人则无法代劳。唯有冯先生亲自整理，才有可能面世。然而冯先生却心有余而力不从，在繁重的压力之下，他已渐生退隐之心。一来坚守古法举步维艰。江湖内假墨横飞，一本万利。更有欺名盗世之徒，实拍"艺粟斋"而冠以他名。坚守真墨者，寥寥无几。虽然惺惺相惜，却又不敢互通有无。二来制墨辛苦，除却体力付出，每一环节亦须亲自调控，颇费精神。冯先生虽为掌门人，然而褪去华装翠戒后，他就是一墨工。据其夫人介绍，每到制墨时期，冯先生便将自己关在制墨房，一连几天，饮食均外送。出关之后，面目全非。近来年岁渐长，膝下儿女又无意于继承父业，不如及早放手。然而一生制墨，不忍匆匆舍弃，遂以新园区为归隐地，择古版佳者限量精制。以墨养身，以墨会友，不逐名利，颐养天年。

"退隐"对于古法制墨者来说，是无奈的选择。如果后继无人，或者相关资源得不到整合，无法从"作坊"模式突围，"退隐"或放弃将会是所有古法制墨者无法逃脱的宿命。然而，也许可以不必如此悲观。徽州制墨渊源已久，物竞天择，适者生存，徽墨亦会以自己的方式泽被后代。

（原载2014年4月《大匠之门》）

士大夫的香席

刘锡荣

　　2011年秋后，公务南京，寓金陵饭店高层，临窗远眺，远山含黛，大江东去，雁阵声声，遥想六朝故事，颇悟许多感慨，几次下笔，终难成句。归京月余，荣斋夜读，二更已过，一缕沉烟，幽幽香来，友人款款近前——

　　凡是来访荣斋的客人，并不需要世俗的寒暄，入得门来，只需拿起古紫檀磬槌，在汉代的古磬上轻击三下，古礼既成，便可登堂入室，雅座品茗、闻香了。这在现今，似乎遥远，若在古代，于士大夫家，则是件极为寻常的事情。

　　自从封建社会消亡之后，关于士大夫的称谓，关于士大夫的一切，统统都被抛到爪哇国去了，以至于人们想起来这个词，都觉着陌生而悠远。近些年来，随着国家的昌盛，人们的生活日益富庶，士大夫、贵族，乃至于皇家文化及其生活状态，又被人们重提起来。这的确是件值得庆贺的事情。

传统文化衣冠楚楚地登上了大雅之堂，"文化研究所""孔子学院"等雨后春笋般地成长起来，中央机关学院、各大专院校、企业都在讲习传统文化，尤其是《易经》与佛学被奉上神坛，解析得风生水起。融入生活太深的道教，依然一如既往的平平淡淡，无有波澜，似乎被人忘记。同时，古代人的生活状态，贵族们的高贵私享，也成为今人学步的目标。像汪曾祺先生那样的行状与情怀，已经成为有知识的富裕阶层追求的时尚，只因为他是"中国最后一个士大夫"。说真的，我所见到的汪先生那时的生活状态，实在是不能与封建社会中士大夫们的奢华所比拟。所幸的是汪先生爱读书的生活状态，高贵的文人情怀与境界，还真与魏晋南北朝、唐宋文人们所差无几，这大约是汪先生得此美誉的缘故？我有幸做过汪先生的学生，最崇拜的，也就是先生的这种精神了。

　　其实，士大夫的生活并不多么神秘，大概是比寻常人多了几分高贵，多了几分文雅，多了几分修养，多了一些殷实的资财，才能过上那等生活，享受那份高享。没有钱也能成为士大夫，过上"士大夫生活"，也就只有像汪曾祺先生般拥有许多知识，精神层面极为富有，才能"淡泊以明志，宁静以致远"。这在时下的社会中，是极难兑现的事。

　　我将这些感悟说给诸位友人听，他们都乐，说我条件现成，应该可以作为。于是乎，我就想到了古人的香事，这生活里日夜都不可或缺的香事。

香在古代，用途极广，祭祀大地神灵、祖先长辈，驱除野兽、蚊蝇。房间驱邪熏香，被褥衣服熏香，身体佩带香囊，《千金要方》《本草纲目》等医典中都载香可用来治病养颜等。日本等国至今盛行的香茶之事，也都是唐代以来由中国传去的，后来被日本人演绎成为"香道""茶道"。这些年又"出口转内销"，在本土盛行起来，被不求其解的人依葫芦画瓢推广开了。

香席，上古时候就有其事，只是不叫其名。尧帝禅位给舜帝之时，便以绵延数里的烟火，祭祀天地神灵，舜帝又选五色玉器，代表天下五方，而继承帝位，《周礼》称之为"柴燔升烟"。其所用之柴，即是有浓烈香味的松柏蒿草之属，即"柏萧"等木草植物。后世亦用这些植物加工成香料，用于日常。汉武帝也学习上古，隆重设置了"香席"，宴请过王母娘娘，虽然这记载不那么令人信服。

此类事情，唐代以前称之为"焚香"，唐代才有了"香事"的称谓，这恐怕是关于焚香一事较为完整的称谓。此后，再没有看到更为科学的称谓了，至于"香席"一名，应该是宋代以后的称谓了。

近几十年在中国，香大都是作为祭祀亡灵，或是宗教礼拜之用，日常生活用香的古代习俗，早已成为"明日黄花"。香不比茶，于生活中被作为开门七件事那么普及，因为太贵、太稀缺。即便是为先人上坟，实在无香，可以撮土为香，跪下磕几个头，也能成礼。当然，那是三十多年以前的故事，哪像现如今盛世，不但坟墓修得气派，即便上坟祭祖也是奢侈得紧，且于日常生活之中，也讲究起日用沉香来了，以至于又有了许多商家经营起香料买卖，货源大都为海南、越南、泰国、马来西亚、印度尼西亚、菲律宾等。亦有专门传授香事的教习班，将那焚香的程序演绎一番，也算是教授了。只是大抵是从台湾地区，甚至从日本照搬而来，依方做作，无须用心研习我们传统的香事仪规。再加上本来就鲜有的几本关于中国古代香事的著作，虽然都不错，但也少有人去认真地读读，更谈不上研习了。

前几日，我看了一本《景泰蓝的故事》，其中有一具洒金的筒式宣德炉，书中写的名字叫"三思炉"。查《宣德彝器图谱》《钟鼎茗香》，此炉应该名叫"太极三元炉"，也从来没有听古董行里有"三思炉"的称谓，这个名字就是臆造。古人造器，寓意深邃，蕴义太极三元，合《易经》、五行、乾坤、八卦，书中想当然地以"三思而行"推演为名。这倒也反映了时下社会人们不求甚解的浮躁心态。

将我们古人"物境伊人""人物合一"的香事境界，演绎为一套工序与程式，连名称也跟着叫"香道"，一如"茶道"一般。细细寻思起来，着实很不是滋味。本来很是坦荡、随性、文雅、淡定的"焚香""香事""饮茶""品茗"，于人们日常生活中随处随时享用的事情，自传到日本后，被革命为一种严肃、拘谨的程式，成为日式的"香道"了，一如他们的"合气道""武士道"等一般。这个"出口转内销"的怪现象，其责任不在大众，在于管理者或是学者们没能把自家的文明继承弘扬到位。若是近百余年来不断档，大众也就不至于学步日本的"香道""茶道"了。表面上看来，这仅仅是个生活方面的小事，许许多多小事集中起来，就成了大事，就成了风尚与文化，就成了整个民族的文明。而这就是一种对中国文化的"蚕食"。

好在国家已经高度重视起传统文化的缺失与弘扬问题，也正好借此机会，大家一起"正本清源"，回归到我们古来的"香""茶"文化中去，将表面上看来微小的日常事情，集小为大，汇涓涓细流，成浩渺江湖，把我们的文明光大起来。

用我们的青铜器、博山炉、宋瓷、宣德炉、剔红，以本民族的生活方式摆陈各种香具，享受我们自家的香事、香席。用我们的耀州窑、吉州窑、湖田窑、定窑、建窑、宜兴紫砂之茶具，享受饮茶、品茗的本民族文化的乐趣。即便是资财有限，也可以用新仿物件，更何况，此等学古、仿古的境界，优雅而洒脱的享用，这种继承与弘扬，远比学习被日本拘泥了的工艺模式要高尚得多，高贵得多。我们为什么不呢？

于是，在查经问典之后，我从自家收藏的历代香具中选了一些风格相近的明清物件，再将旧藏的"三元绣片"，着高级匠作手工精心制作了香沓，并依照古人的伙规与习惯，在自家厅堂间铺排开来，倒也颇有许多奢侈与高贵，任谁看了都是一腔的赞美与艳羡。这恢复自中国古代士大夫们的香席，被许多行家学者称道为"中国第一香席"。

其一，选用明代的枣红皮色冲天耳宣德炉两尊，一大一小。其一口径十厘米者，款识为米芾楷体的"大明宣德年制"刻字，作为香席主炉。安置于乾隆造办处做的多重锦阶的香几之上，老红木精作的荷叶形炉盖上，镶嵌着一顶清代的翡翠佛手形炉顶，一膛炉灰上安卧一清代的银叶子，叶柄、叶茎、叶尖精细灵动，其上焯热着几许惠安的奇楠沉香，在银叶下木炭的热烘中，将那甘甜、芬芳、清凉、优雅、高贵，层层叠叠地浪漫开去，淡淡的沉烟酿造为迷醐，如袅袅琴音，似漫漫天籁，直浸得所有的人静如处子，神似飞天。

另一口径七厘米者，是为副炉，也是明代的枣红皮色冲天耳炉，刻款为篆体"琴书侣"三字，此器精妙绝伦，堪为琴炉，用作温香之用。当主炉香烬，此炉之香，便氤氲而起，以使香席间绵延回环，祥瑞和合。所以，大凡香席，必得同形、同色、同代之炉及他器，呼应席面，切忌异形、异色、异代之炉具同席，否则，器不合时代之征，则香亦与诸多不和，人气亦然不和，席间相伴的琴瑟亦不得和谐，岂不乱规误事？

其二，须置一古老香盘，明代香盘以四边镂空的缠枝莲图案为最，清代则以镂空的鲤鱼门图案为佳。铜质香盘一般较小，以素雅带刻款"大明宣德年制"为好，适宜较小的"炉瓶盒"使用，余皆次之。盘中安置香盒若干，不少于二，香料亦不少于二，但不得多于五种。盖香为木，木依土生，土分五方（五色），是不能逾越之根本。盒内之香，必须为厅堂用香，味浓韵雅为上。譬如玉华、绛真、麝香等，皆为醒神催情之香，焉能用于厅堂？盘内尚须备精致香篆一具，以备印制篆香焚事。更须与炉具皮色相同的香瓶一具，内插香筷一双，香勺一具，香铲一具，香压一具，香帚一具，以备香席间各司用度。寻常自家用度，自明清以来，就有"炉、瓶、盒"三事为一套的完整用器，在北京故宫的档案与陈设、出版物中，都有仪轨与记载。台北故宫博物院以院内藏品汇编出版的《故宫历代香具图录》一书，可供参考。

其三，又设精美香盛一具，内盛香刀一把，小香案一方，木炭盒一方，烧炭尊一圆，点火器一具（古用火盆，今用喷枪），装有线香的香筒两支，内分置沉香、白檀等线香。

其四，香席间须陈设一些文玩雅器，竹木牙雕不拘，铜玉铁瓷亦可，当以小巧精致为上，宜于把玩，不易损坏，以使宾主于闻香论道之间，增兴怡心，升华情趣。

其五，应于席上端主位近处，安置精美礼钟一领，悬挂于专用的宫架之中，香席开前，主人击钟三声之后，席侧六尺处的琴箫理当启奏。在礼乐之中，大家分宾主入席，对面而坐，若人多时节，主人居于席中。

其六，"琮""璧"。礼钟之前，须安置上圆下方的木座，上置玉琮一尊，与之呼应和合，归并汉唐，既为弘扬礼乐，阴阳和谐。玉琮方圆，寓意可为天圆地方，祭地镇席，是为庄严。

其七，"香首"。席中主人的席面近处，正面横置一具三至四寸长，宽寸余的竹或木质的"香首"，上刻一篆书"勤"字。凡是香席之上，必须有此"香首"，是以明确此处为香席的"司香"者（大都为主人）。因为须操作，故而须勤、须谨、须勉力。香席断断不可缺失"香首"，否则是为缺仪、失礼。

其八，"莲蓬"。莲为清雅高贵之物，亦为皇家百姓宗教崇爱之物，在香席次端，须安置莲蓬头两首，一只无蒂，是为女宾；一只有柄，意指男宾，男女人数相当为上，意蕴和谐。必须依照莲蓬头所置方位入席。此物及此礼也是不能或缺的。

其九，"乐"，须有乐师三四，琴、箫、檀板，柔抚轻吹，或稍有间隙，若能吟唱古曲雅歌，则更为高尚了。

其十，须有童子一二，随时伺候应对，且为来宾待人接物，替主人拾遗补阙。或有曼妙女子一位，红袖添香，更是一桩美事。

其十一，须安置古磬一领，用明黄丝带悬挂于礼架之中，安置于门厅出入之侧，待得香席逸散，客人辞行之际，每人击磬三下，以示心身愉悦，香席完成而告辞。

其十二，香席最好"五要"俱全，即：琼、璧、磬、钟、琴。若实在难全，亦应以相应礼器替代，不可或缺。至于三两同好，小聚情趣，则非"香席"，一切从简亦可，抚琴亦可以音响代之。

其十三，室内香席，以精雅为上，香具与礼数应当齐备。

其十四，室外香席，必备香盛，将香席所用一并盛入，以备移动方便。炉器须得有盖，以防风来，卷起香灰，扰乱沉烟。

其十五，香盛方圆皆可，竹木不拘，但须结实。所隔五层，每层加垫，杂件、附件在底层，顶层安置娇气之物，诸多贵重香具安置在中，以便保护。

其十六，野外香席，除了以上内容外，亦可以模仿上古，"柴燔升烟"，就地取材，选择蒿草、艾草、茵陈、柏叶、松针等有味之草木为香，亦可以将香脂燃烧其上。野外香席宜小，长五七尺即可。必要注意取地空旷平坦，南北正向，趋阳的箕形之地，远离草木，切忌有风，以免火灾。

其十七，衣着需要淡雅整洁，中式为尚，宽松为宜。男士玄色、银灰、浅绛为宜，女士水黄、鹅绿、淡粉、海蓝较佳，尤忌大红青紫。

其十八，香席之前，宜先品茗。茶为净物，先可净身，再可净心，身净而气息高洁，心净而神清意定，方可入香席。所为大家相悦。

其十九，香事期间，可以说古论今，琴棋书画、玩赏古物等，亦可品茗，亦可闻香，甚至于雅歌投壶，亦为可以。所为研学、怡情、养性尔。

其二十，香事完毕，可以随意交流，分散活动，亦可与主人、宾客告别，但必须记得要去击磬三声，以全礼仪而后去。

香席为何？中国古来先是为祭祀营造氛围，后来是为生活、文艺等提供雅境，绝非为香而香。虽然香事高雅，繁简咸宜，但所用香与香具，却是绝不能紊乱和或缺的。

中国的"焚香""香事""闻香"，从来都如茶一样，是日常生活中的寻常必备。它们都已经融入了日常，作为人们生活、活动、交流的伴侣。任由你到各地去看看，大凡品茗、闻香之处所，人们都是攀谈着，活动着，绝非寂静、默默地几个小时在那里待着，纯粹地为香而香，为茶而茶。更何况在如今信息社会的速食文化氛围下，又有几人能无所事事地在那里发呆？

（原载2018年第7期《收藏》）

编辑凡例

一、以忠实于选文原作、整旧如旧为编辑原则，对选文写作时使用的专有名词、外文译名，以及作者写作时的语言和特色予以保留。

二、原文注释如旧，编者所作注释，均以"编者注"标明，以示与原文注释的区别。

三、原文偶有文字错讹脱衍之处，一律按现行出版规范予以改正，不再以其他符号标示。

四、文章中数字、标点符号用法，在不损害原文语义的情况下，做必要的规范。

本作品中文简体版权由湖南人民出版社所有。
未经许可，不得翻印。

图书在版编目（CIP）数据

君子博物 / 陈平原，王芳编. —长沙：湖南人民出版社，2023.6
ISBN 978-7-5561-3184-6

Ⅰ.①君…　Ⅱ.①陈…②王…　Ⅲ.①散文集—中国　Ⅳ.①I26

中国国家版本馆CIP数据核字（2023）第040757号

君子博物
JUNZI BOWU

领读文化传媒
LINGDU Culture & Media

编　　者：陈平原　王　芳
出版统筹：陈　实
监　　制：傅钦伟
选题策划：北京领读文化
产品经理：领　读–孙华硕
责任编辑：陈　实　刘　婷
责任校对：张轻霓
装帧设计：广　岛·UNLOOK
unlook-guangdao.com

出版发行：湖南人民出版社有限责任公司［http://www.hnppp.com］
地　　址：长沙市营盘东路3号　邮编：410005　电话：0731-82683313

印　　刷：湖南天闻新华印务有限公司
版　　次：2023年6月第1版　　　印　　次：2023年6月第1次印刷
开　　本：880 mm × 1230 mm　1/32　印　　张：10.5
字　　数：193千字
书　　号：ISBN 978-7-5561-3184-6
定　　价：53.00元

营销电话：0731-82683348（如发现印装质量问题请与出版社调换）